KB057709

어머니의
음성같이
옛 애인의
음성같이

김승희가
들려주는
우리들의
세계문학

어머니의
음성같이
옛 애인의
음성같이

ㄴㄴ 〉〈 ㄷㄴ

삶의 길을 묻는 그대들에게

우리 시대는 흔히 신이 없는 시대, 미로의 시대, 인간소외의 시대라고 부릅니다. 그리하여 20세기의 문학들은 대개 인간은 누구인가, 삶은 무엇인가, 우리는 어떻게 살아야 할 것인가라는 자기 탐구와 인생 탐구에 바쳐져 있습니다.

'책은 우리를 행복하게 하기 위한 것일까? 맙소사! 우리는 책이 없어도 행복할 수 있을 것이며, 또 우리를 행복하게 하는 책은 필요하다면 자신이 쓸 수도 있다. 그러나 우리는 몹시 고통스러운 불행과 같은 작용을 하고 우리 자신보다 더 사랑하는 사람의 죽음이나 자살과 같은 작용을 하는 책이 필요하다. 책은 우리들의 마음속 얼어붙은 바다에 대한 도끼가 되어야 한다'라는 프란츠 카프카의 말을 기억합니다. 깨어 있는 책 속에는 깨어 있는 사람들이 있고 인생이라는 '길 없는 길'을 가기 위하여 그들의 깨어 있는 말에 귀기울일 수 있다면 우리는 자신을 위한 행복한 삶을 가꿀 수 있을 것입니다.

삶의 길을 묻는 그대들에게 이 문학 속의 인생론을 바치고 싶습니다.

1992년

김승희

책 읽기의 새로움

"세상에서 가장 무서운 사람은 책을 한 권만 읽은 사람이다." 이런 말이 있지요. 책을 한 권만 읽은 사람은 신념이 굳고 목표가 뚜렷한 강점이 있겠지만 머리가 이데올로기의 콘크리트로 굳어버려 자유발랄한 유연성과 상상력을 잃어버리는 단점이 있을 것입니다. 자아의 독재에 빠질 위험성이 크다는 말이지요. 책 속의 이야기는 늘 인생보다 큽니다. 따라서 많은 책을 읽은 사람의 인생은 책을 한 권만 읽은 사람의 인생보다 훨씬 더 크고 풍요로울 것입니다. 책은 그렇게 새로운 세계로의 유랑입니다.

더러는 책 읽기의 즐거움을 말하지만 저는 책 읽기의 새로움을 말하고 싶습니다. 책을 읽는다는 것은 우리에게 새로운 자아의 확장, 새로운 자유의 영토, 새로운 현실 공간을 줌으로써 늘 미지의 새로움을 알게 하지요. 자아의 울타리를 부수고 나보다 더 큰 나, 나보다 더 여럿인 나, 나보다 더 새로운 다채로운 나를 만날 수 있게 합니다. 그래서 저는 책 읽기가 좋습니다. 책 속의 인물들이 이상하게도 형제자매나 친구들보다 더 가깝게 느껴지던 때도 있었습니다. 책은 그렇게 인생보다 큽니다.

마크 트웨인의 말이 떠오릅니다. "다른 곳은 사람을 옥죄고 질식시키지만 뗏목만큼은 그렇지 않다. 우리들은 뗏목 위에서만은 아주 자유롭고 편안하며 안락감에 젖을 수 있다." 책 읽기의 새로움은 바로 그런 뗏목의 노마드 정신에서 나옵니다. 하나의 책은 하나의 뗏목. 하나의 노마드. 그런 새로움에 도전하는 뗏목 정신이 없다면 인생이란 단독무늬 흐르는 지루한 방 이외의 무엇이겠습니까?

'세계문학기행'이라는 제목으로 1992년에 나온 책을 조금 손질하여 다시 펴냅니다. 독자 여러분, 고맙습니다. 또한 다시 펴낼 기회를 준 난다 출판사의 김민정 대표에게도 감사를 표합니다.

2021년 1월
김승희

1부 『어린 왕자』에서부터 『인간희극』까지

4부 『오셀로』에서부터 『양철북』까지

5부 『댈러웨이 부인』에서부터 『날아다니는 것이 무서워』까지

1

불멸하는 생명에의 꿈
_앙투안 드 생텍쥐페리의 『어린 왕자』

어두운 겨울이 가고 바야흐로 봄이 온다. 사람들은 저마다 굳게 닫혔던 덧창을 열고 이제 유리창 가에 수선화나 히아신스 뿌리가 담긴 물병이나 화분을 내놓으려고 분주하다. 봄은 향일성向日性이다. 모든 감각의 촉수가 생명을 향해, 빛을 향해, 따스한 것을 향해 한 치라도 더 나아가려고 고물거린다. 마당의 노쇠한 목련 가지 끝에도 희고 반짝이는 싹들이 움터오르려고 꿈의 팔꿈치를 들고 약동중이다. 저렇게 남루한 마당에도 꿈의 촛불을 켜들 희고 아름다운 팔꿈치들이 숨어 있었다니!

그래서 봄은 언제나 눈물이고 또는 하나의 전위이다. 인간도 비누 거품보다도 더 작고 미미하지만 그 미미한 비누 거품성性을 배반하고, 노트르담 성당을 짓기도 하고 부다페스트 그 아름다운 강변에 있는 거대한 돔Dome을 짓기도 하지 않았던가. 인간 역시 하나의 눈물이기도 하고 또는 거대한 꿈의 전위이기도 하다. 누가 그것을 포기하겠는가.

그러나 지금은 인간에 대해 꿈을 꾼다는 것이 몹시도 불리하기만 한 악의 계절이 아닌가 한다. 한국문학사 가운데서도 인간에 대해 가장 비관적 발언을 했던 장용학의 "인간은 하나의 반어反語. 모든 '인간적'은 '인간'에서의 퇴거증명서에 지나지 않았다"라는 「비인탄생非人誕生」이나 "인간성의 밑바닥이 드러날 때 사이비윤리가 판을 친다"는 알버트 슈바이처의 '생명의 모독' 발언이 생각난다. 우리는 서로를 인간이 아닌 비인非人으로 대하고 있으며 생명을 존중까지는 못하더라도 왜 나날이 생명의 모독이라는 외압에 시달려야 하는지, 서로가 서로의 얼굴을 노려보다 지친다. 자갈 같은 인간도 있고 보석 같은 인간도 있다는데 왜 다 함께 자갈밭에서 자갈이 되려고 하는지. 절망 속에서라도 평등하게 되자는 것인지. 그러나 인간 속에는 분명 자갈에서 보석으로 올라가는 계단이 있을 것이다. 이제는 그만 자갈밭에서 재갈이 물린 채 자갈로 살아가기를 멈추고, 보석이 되는 꿈을 꾸어야 할 때가 아닌지? 자갈에서 보석으로 올라가는 그런 꿈. 참으로 큰 인간이 되고자 하는 그런 꿈.

인류의 모든 비참과 왜소한 절망을 극복하기 위해 지평선의 끝에서 그런 꿈을 꾸었던 작가는 흔하지 않다. 생텍쥐페리는 지상의 자갈 같은 인간들 틈에서 인류를 대신하여 '보석의 태몽'을 꾸었던 희귀한 작가이다. 그의 『어린 왕자』는 이 말세에 인간이 꿀 수 있는 가장 아름다운 보석의 태몽과 같은 아름다운 책이다. 모두 다 알다시피 어린 왕자는 이 책 속의 불시착한 비행사가 사막에서 만난 꿈같은 인물이다. 이 비행사 역시 지상의 어른들의 비인간적 윤리와 상상력 없는 현실주의에 염증을 느끼고 있는 사람인데 어린 왕자를 만난 이후 어른들이 만들어놓은 이 병든 지상의 우스꽝스러움을 더 낯설게 인식하게 된다. 어린 왕자는 말하자면 우리에게는 너무나 친숙한 이 지상의 병듦, 우스꽝스러움, 무의미한 권위주의, 허망한 분주, 아무짝에도 쓸모없는 이기심 같은 것을 '극도로 낯설게 만들어서 보여주는' 신생아의 놀라운 시각 같은 존재라고나 할까. 그리고 그는 이 지구 역시 별게 아니고 그저 우주에 많이 있는 하나의 별에 지나지 않는다는 것을 깨우쳐준다.

'그렇다면 아저씨도 하늘에서 왔군. 어느 별에서 왔지?'

어린 왕자는 자기 별에 있는 장미와 갈등이 생겨 별을 떠나왔는데 지구에서 장미가 만발한 꽃밭을 보고 '내 꽃이 이것을 보면 무척 속이 상할 거야. 창피한 꼴을 당하지 않으려고 기침을 심하게 하며 죽는 시늉을 하겠지. 나는 하나밖에 없는 꽃을 가져서 부자라고 생각했는데 그저 흔해빠진 장미꽃 하나밖에 가진 것이 없었구나. 무릎밖에 안 차는 화산 셋 하고. 이걸 가지고 내가 위대한 왕자라고는 할 수 없겠구나' 하면서 풀밭에 엎드려 흐느껴 운다. 그때 여우가 나타나 '길들인다'는 사랑의 의미를 전달해준다.

'길들인다는 건 관계를 맺는다는 일이야. 나에게는 네가 아직 다른 수많은 아이와 똑같은 아이들에 지나지 않는단다. 그러니까 너는 나에게 별로 필요 없고 나도 너에게 필요 없겠지. 그러나 네가 나를 길들이기만 하면 우리는 서로 필요로 하게 되지.

나에게는 네가 세상에서 하나밖에 없는 아이가 될 테고 너에게 나는 이 세상에 하나밖에 없는 여우가 되지.'

'저길 봐! 밀밭이 보이지. 난 빵을 먹지 않으니 밀은 내게 아무 소용이 없어. 그러나 너는 금발이니까 네가 나를 길들인다면 나는 밀밭을 볼 때 네 생각이 날 거고, 밀밭을 스쳐가는 바람 소리도 좋아하게 될 거야. 제발 날 길들여다오!'라고 간청한다. 그후 어린 왕자는 깨닫는다. 수천 송이의 장미꽃이 있어도 자신의 장미꽃보다 전혀 중요하지 않다는 것을. 왜냐하면 그것은 자신이 물을 주고 덮개를 씌워주고 벌레를 잡아준 '내 장미꽃'이니까. 여우는 어린 왕자에게 사랑의 비밀을 가르쳐준다. '중요한 건 마음으로 보아야 하는 거야. 본질적인 건 눈에 보이지 않거든. 네가 길들인 것에 대해 언제나 책임을 느껴야 해.'

어린 왕자가 비행사 아저씨에게 가르쳐준 사랑의 비밀도 바로 그것이다.

'사막이 아름다운 건 어딘가에 우물이 숨어 있어서야……'

'아저씨네 별에 사는 사람들은 한 정원에 5천 송이나 되는 장미를 가꾸지만 그네들이 얻고자 하는 것을 거기서 찾아내지 못하지. 하지만 그네들이 찾는 것은 장미 한 송이나 물 한 모금에서도 얻을 수도 있는 거야.'

어린 왕자는 자신이 별을 떠난 지 1년이 되는 날 밤, 뱀의 독의 도움을 얻어 자신의 별로 돌아갈 결심을 한다.

'밤이 되면 별을 쳐다봐. 내 별은 너무 작아서 아저씨한테 보여줄 수가 없어. 차라리 그게 더 낫지. 내 별은 아저씨에게 여러

별 중 하나가 될 거고…… 그러면 아저씨는 어느 별이나 모두 바라보는 게 좋아질 거야…… 아저씨가 밤에 하늘을 바라보면 내가 그 별 중의 하나에서 웃고 있는 것처럼 보일 거야. 그러면 아저씨는 웃을 줄 아는 별을 갖게 되는 거지.'

그러곤 그의 발목에서 금빛이 반짝하더니 그는 나무가 쓰러지듯 조용히 쓰러진다. 그렇게 그는 자기의 별로 돌아가고 비행기를 고친 조종사도 고향으로 돌아갔다. 그는 밤에 5억 개의 방울소리 같은 별들의 웃음소리를 들으며 어린 왕자를 그리워할 것이다.

아름다운 어린 왕자의 말이 귀에 쟁쟁하다.

'별들은 우리 눈에는 보이지 않는 꽃 때문에 아름다워.'

'우리가 우물을 깨우니까 우물이 노래해.'

그러면 우리도 자신 속의 자갈을 깨워 노래하는 빛의 우물로 만들 수 있지 않을까? 바오바브나무를 뽑아 내 친구 꽃을 행복하게 해줄 수도 있지 않을까? 이 책은 보다 선하고 보다 아름다운 나 자신을 위한 향일성의 태몽을 우리에게 돌려준다는 의미에서 불멸하는 생명의 책이라고 할 것이다.

2

나비가 되기 위한 애벌레들의 혁명
_ 트리나 폴러스의 『꽃들에게 희망을』

트리나 폴러스의 『꽃들에게 희망을』은 소유욕과 출세욕으로
일그러진 현대인들의 멍든 가슴에 희망을 주는 책이다. 이 책의
머리말은 '보다 충만한 삶을— 진정한 혁명을 위하여'라고 되어
있다. 한 마리 애벌레가 아름다운 나비로 되기 위하여 겪어야 하
는 시련과 갈등, 꿈과 환멸, 자기 투쟁과 자기 혁명의 과정이 시
처럼 간결한 구절과 조그만 그림들로 단순 명쾌하게 펼쳐지고 있
다. 이 책은 자그마한 묵주와 같다고 나는 생각한다. 푸르스름한
옥으로 만든 묵주처럼 이 책은 기도와 구원, 그리고 회한과 기
쁨을 가지고 있다.

줄무늬 진 작은 애벌레 한 마리가 오랜 기간 동안 자기의 둥지
였던 알을 깨고 세상에 나온다. '세상아 안녕' 하고 그는 말하며
햇빛이 비치는 세상이 참 찬란하다고 느낀다. 배가 고프다는 생
각이 들자 그는 나뭇잎을 갉아먹기 시작한다. 또다른 잎을, 또다
른 잎을, 또다른 잎을…… 먹고 그는 점점 크게, 더욱 크게, 더

욱 크게…… 자라난다. 그러던 어느 날 그는 먹는 일을 중단하고 생각한다. '삶에는 그냥 먹고 자라는 일 이상의 무엇인가가 있지 않겠는가.'

그래서 줄무늬 애벌레는 지금까지 먹을 것을 제공해주던 다정한 나무에서 내려와 그 이상의 것을 찾기 시작한다. 땅 위의 온갖 신기한 것들—풀, 흙, 땅속의 모든 구멍, 작은 벌레들, 이 모든 것이 그를 황홀케 했으나 아무것도 그를 만족시키지는 못했다. 그러던 중 그는 자기처럼 기어다니는 다른 애벌레들을 만나 그들이 옛날의 자기처럼 먹는 일에만 열중하고 있는 것을 보고, '그들도 나보다 삶에 대해서 아는 게 없구나' 하고 한숨을 쉰다. 어느 날 그는 많은 애벌레가 기를 쓰고 하늘 높이 솟아 있는 커다란 기둥을 향해 기어가는 것을 보고 '어쩌면 내가 찾고 있는 것을 찾아낼 수 있을지도 모른다'고 생각하며 그 행렬 속으로 뛰어든다.

그러나 하늘 높이 솟구친 커다란 기둥이 '서로 밀치며 밟고 올라가는 애벌레들의 더미'라는 것을 깨닫고 놀란다. 그러나 '할일이란 단지 한 가지뿐' 그 더미 속으로 뛰어드는 것이어서 그도 사방에서 차이고 밟히며 그 기둥으로 오르려고 한다. 그 더미 속에는 친구란 있을 수 없으며 동료들이란 다만 하나의 위협이요 장애물이며 발판으로 삼는 기회일 뿐이다. 줄무늬 애벌레는 '꼭대기에는 무엇이 있니? 우리는 어디로 가고 있는 거지?'라는 내면의 불안을 느낀다. 그는 '그러나 우리가 어디로 가고 있는지 아무도 걱정하지 않는 걸 보면 틀림없이 그곳은 좋은 곳일 거야'라는 노랑 애벌레의 말을 듣고 안심하지만 아무리 꼭대기가 좋은 곳이라 할지라도 서로 밟고 차이며 밀치고 올라가는 그 방법이 마음에 들지 않았다. 그러다 그는 반드시 꼭대기로 올라가야 한다는 외곬의 집념을 버린다. 줄무늬 애벌레는 자기와 대화를 나눈 노랑 애벌레의 머리를 밟는 것에 미안하다고 말하며 '저 꼭대기에 무엇이 있건 과연 이런 행동을 할 가치가 있는 것인가' 회의한다.

그는 노랑 애벌레와 함께 그 기둥의 대열에서 내려와 푸른 풀밭에서 신선한 풀을 먹고 낮잠을 자고 사랑하는 평온한 행복을 누린다. 그들은 즐겁게 먹고 놀며 사랑하면서 천국과 같은 시간을 보낸다. 그러나 시간이 지남에 따라 포옹하는 일조차 시들해지며 '삶에는 틀림없이 무엇인가 이 이상의 것이 있을 거야'라고 또 생각하기 시작한다. 지긋지긋한 혼란의 세계보다 지금이 훨씬 좋지 않으냐는 노랑 애벌레의 말에 줄무늬 애벌레는 '하지만 그 꼭대기에 무엇이 있는지 우리는 모르잖아'라고 말하며 길을 떠난다. 그러나 노랑 애벌레는 '우리에겐 훌륭한 집이 있고 우린 서로 사랑하고 있잖아. 그러면 충분한 거지'라고 말하며 줄무늬 애벌레의 동행 권유를 거절한다. 줄무늬 애벌레는 다시 기둥을 오르는 대열에 합류하고, 노랑 애벌레는 남는다.

그러던 어느 날 노랑 애벌레는 늙은 애벌레 한 마리가 나뭇가지에 거꾸로 매달려 고치를 틀고 있는 것을 본다. '무슨 사고가 생긴 것 같은데 도와드릴까요?'라고 노랑 애벌레가 묻자 '아니다, 괜찮다. 나비가 되기 위해서는 이렇게 해야만 돼'라고 그는 대답한다. '나비!' 노랑 애벌레는 놀란다. 늙은 애벌레는 말한다.

'그것은 네가 되어야 할 바로 그것이야. 나비는 아름다운 두 날개로 날아다니며 하늘과 땅을 연결시켜주지. 그리고 꽃에 있는 달콤한 이슬만 마시며 이 꽃에서 저 꽃으로 사랑의 씨앗을 운반해준단다.'

'나비가 없으면 세상에는 곧 꽃이 없어지게 될 거야.'

노랑 애벌레는 솜털투성이 벌레의 내부에 그토록 아름다운 나비가 깃들 수 있다는 것에 놀란다. 그러자 늙은 애벌레가 말한다. '나비가 되는 건 한 마리 애벌레의 상태를 기꺼이 포기할 수 있을 만큼 절실히 날기를 원할 때 가능한 일이란다. 삶에 변화가 오는 것이지. 목숨을 빼앗긴 것이 아니란다. 너의 겉모습은 죽어 없어질 것이지만 너의 참모습은 여전히 살아 있을 거니까.' 늙은 애벌레는 노랑 애벌레에게 교훈을 남긴다.

'나를 잘 보아라. 나는 지금 고치를 만들고 있단다. 고치란 피해 달아나는 곳이 아니라 변화가 일어나는, 잠시 머무는 숙소와 같은 거야. 애벌레의 삶으로 다시는 돌아갈 수 없는 것이니까. 그것은 하나의 커다란 도약이지.'

그리고 일단 한 마리의 나비가 되면 참된 사랑을 할 수 있게 된다고 말한다. 그것은 애벌레들이 할 수 있는 온갖 포옹보다 더 훌륭한 것이라고.

'너는 한 마리 아름다운 나비가 될 수 있어. 우리는 모두 너를 기다리고 있을 거다!'

노랑 애벌레는 나비가 되는 모험을 시작하고 '나의 내부에 고치를 만들 수 있는 재료가 들어 있다면 나비가 될 수 있는 자질도 있을 거야'라고 생각하며 실을 뽑아내기 시작한다.

줄무늬 애벌레는 꼭대기로 올라가기 위해 죽을 고생을 했으나 꼭대기에 닿았을 때 그는 이런 기둥이 여기뿐 아니라 저기에도, 또다른 저기에도, 사방에 다 있음을 보았으며 꼭대기에서 할 수 있는 유일한 일은 '기둥에서 떨어져 죽는 일'임을 알고 분노와 실망을 느낀다. 기둥의 신비 따위는 없었다. 줄무늬 애벌레가 아래에서 올라오는 무수한 애벌레들에 밀려 꼭대기에서 떨어지기 직전, 한 마리의 나비가 그를 구해준다. 그는 그 나비의 눈길이 노랑 애벌레의 것과 흡사하다는 사실을 깨닫고 자기 삶의 태도를 바꾸기로 결심한다. 꿈틀대며 싸우는 일을 그만두고 아래로 내려가기 시작한 그는 계속 밀치며 올라오는 애벌레들에게 '우리는 날 수 있단 말이야. 우리는 나비가 될 수 있는 거야. 꼭대기에는 아무것도 없어!'라고 외치지만 다른 애벌레들은 듣지 않는다. 줄무늬 애벌레는 땅으로 내려와 기진맥진하여 쓰러져 있다가 한 마리의 노랑나비가 사랑에 넘치는 눈길로 자신에게 부채질을 해주는 것을 보고 나비를 따라간다. 그러고는 한 나뭇가지에 걸려 있는 찢어진 고치 두 개를 본다. 마침내 자신이 무엇을 해야 되는지를 깨달은 그는 모든 것을 포기해야 된다고 느꼈고…… 그러던 어느 날……

아름다운 노랑나비 한 마리와 아름다운 줄무늬 나비 한 마리가 꽃밭 속을 훨훨 날아다니는 그림을 마지막으로 이 책은 끝난다. 나비가 있으므로 꽃들에겐 희망이 생기고 세상은 꽃향기로 가득찰 것이다.

이 책은 우리 모두—애벌레의 삶으로 차이고 밟히며 찢어지는 우리 모두가 읽어야 할 아름다운 책이다. 마지막 페이지를 덮고 나서 우리는 가짜 욕망들인 소유욕과 출세욕, 허망한 탐욕에서 벗어나 진정한 내적 혁명을 꿈꾸어보게 된다. 애벌레는 나비가 될 수 있다. 나비만이 애벌레가 모르는 아름다운 세계를 알고 있다. 그러한 나비만이 꽃들에게 희망을 준다.

3

야만적 문명을 거부하는
내면으로의 길

_ 헤르만 헤세의 『데미안』

헤르만 헤세는 누구보다도 방랑하는 인생을 보낸 작가이다. 그가 살았던 20세기 자체가 두 차례의 세계대전과 아울러 여러 가지 폭력과 충격적 변혁으로 뿌리 뽑힌 병든 시대였지만, 그는 특히 자신이 속한 어느 세계에 전폭적으로 속한다기보다는 항상 '이쪽에서 저쪽을 찾는', 구도자적 방랑을 게을리하지 않는 구름과 같은 생애를 살았다. 『데미안』『싯다르타』『나르치스와 골드문트』『유리알 유희』『황야의 이리』 등 무수한 명작을 통하여 시대와 세계의 혼란 속에 빠진 현대인의 영혼을 어떻게 구원할 수 있을 것인가, 라는 문제에 끝없이 고뇌했으며 그런 물음에 대한 해답을 얻기 위해 동양의 지혜, 특히 인도의 『바가바드기타』나 『노자』『장자』『선불경』 등을 탐독하였다. 그는 평화와 자연을 사랑했으며, 파괴적인 역사나 이데올로기보다는 '인간을 그 자체로 자유롭게 풀어주는' '아름다움 속으로 해방시키는', 영원한 지혜나 맑은 철학에 관심을 기울였다. 그리하여 나치 정권 아래서 반전운동을 하다가 고향인 독일 땅에서 쫓겨나 스위스로 망명하여 그곳에서 아름다운 여생을 보냈다.

그뒤 파괴와 대량 학살로 폐허가 된 전후의 세계에서 헤세의 '고독한 영혼의 편력'은 엄청난 반향으로 현대인의 메마른 가슴속에 부활했다. 헤세 붐, 헤세 모드, 헤세의 물결이 휘몰아쳤고, 미국 대학가에는 싯다르타 주점, 데미안 지하 술집, 황야의 이리집 등의 술집이 생겨났다. 히피와 비트족 사이에서는 '성聖헤세 운동'이라는 문명의 부조리를 뛰어넘으려는 정신주의 운동이 일어날 정도였다. 2차대전의 전선에서 죽은 이름 없는 병사들의 배낭에서 발견되곤 했다는 한 권의 책『데미안』은 어찌하여 현대의 성서로까지 불리고 있는가?

에밀 싱클레어는 라틴어 학교에 다니는 안정된 중산층 계층의 아이이다. 그는 '어머니와 아버지, 사랑과 엄격, 모범과 교육'이라고 하는 밝고 규율 잡히고 용서와 선의가 있고 분명한 질서를 가진 세계와, 하녀와 직공들이 음담을 지껄이고 주정뱅이와 도살장과 강도와 살인과 자살이 있는 뒷골목의 세계를 마주한다. 그리고 세상에는 두 세계가 있으며 명암, 선악, 질서와 혼돈으로 나누어져 있다는 것을 알게 된다. 그는 누이와 어머니가 있는 크리스마스의 행복한 향기와 찬송가의 세계를 사랑하면서도 악에 대한 검고 무시무시한 유혹에 끌리게 된다. 그는 '다른 세계'에 살고 있는 크로머의 협박을 받으며 저금통의 돈을 훔친다. 그것은 에밀이 저지른 최초의 악이었다. 그때 에밀은 다행스럽게도 데미안의 도움으로 크로머의 함정에서 빠져나오게 되고, '카인이란 저주의 표적이 아니고 하나님의 표창이며 카인은 선택받은 자, 제어할 수 없이 강한 훌륭한 사람이고 아벨은 겁쟁이'라는 말을 듣고 밝고 깨끗한 아버지의 세계가 붕괴됨을 느낀다. 말하자면 이상적인 인간이 되기 위해서는 아벨과 동시에 카인도 인정해야 하지 않을까, 라는 의구심을 가지게 된 것이다. 이것은 헤르만 헤세가 평생 동안 다룬 선악의 기독교적 이분법에 대한 회의, 천사적인 모습과 악마적인 모습이 공존하는 새로운 신은 없을까, 라는 질문의 시작이다.

'우리는 공식적으로 분열된 절반의 세계가 아니라 전체의 세계를 숭배해야 한다고 생각해. 우리는 신의 제사와 동시에 악마에 대한 제사도 지내야 하는 거야. 그러니까 우리는 내부에 악마까지도 포함하고 있는 하나의 선을 창조해야 하는 거야'라고 데미안은 말한다.

데미안이 말하는 신은 아프락사스, 천사인 동시에 악마이며, 남자인 동시에 여자이고, 인생과 세계의 모든 대립적 다양성을 하나로 포괄하는 악마신이다. 말하자면 기독교적 선악, 천사와 악마의 이분법만으로는 세상이 구원되지 않는다는, 서양 종교에 대한 폭탄선언이다.

에밀은 도시의 신학교를 다니러 고향을 떠나 있는 동안, 술과 게으름과 방탕과 여러 가지 종류의 타락을 통하여 부조리한 세계를 만난다. 그러고는 선과 계율만을 강조하는 유일신이 아니라 보다 큰 악마적 품을 가진 신이 필요하다는 것을 스스로 절감하면서 자신의 힘으로 그 신을 찾는 길을 간다.

그는 꿈속에서 본 신의 얼굴, 단테의 베아트리체 같은 천상의 여인이 아니라 선과 악, 모성과 관능, 범죄와 순결이 함께 있고 성스러움과 추악함이 녹아 있는 '모성적 애인' '새로운 악마신'의 모습을 데미안의 어머니인 에바 부인에게서 발견한다. 그는 에바 부인에게서 사랑과 동시에 자신이 아버지의 세계에서 떠난 이후 줄곧 찾아왔던 신을 느끼고, 이 세계를 구원해줄 수 있는 '마성과 어머니, 운명과 애인'으로서의 에바 부인 안에서 인생의 완성을 느낀다.

에바 부인은 서양의 종교 안에서는 결코 찾을 수 없었던 '영원히 모성적인 포괄성의 사랑'이라는 의미에서 동양의 관음과 닮았고, 동양의 아름다운 관음처럼 세상의 무지와 불행을 돕기 위해 스스로 타락하고 악이 되고 불행이 되고 자비와 공포가 되기도 하는 무한히 큰 사랑인 것이다. 에밀은 데미안의 도움으로 새로운 마성의 여신인 에바 부인에 닿게 되고 어두운 세계와 밝은 세계, 선과 악의 세계를 다 포괄할 수 있는 구원의 신을 발견하게 된 것이다. 데미안의 이 말은 왜소하게 짓눌린 현대인의 심상 안에 커다란 자기 창조의 불꽃을 당기는 말로서 현대의 경구가 되어왔다.

'새는 알을 깨고 나온다. 알은 하나의 세계이다. 새로 태어나려는 자는 하나의 세계를 파괴해야 한다.'

4

가짜 세계 속 방랑의 성자

_ 헤르만 헤세의
『크눌프, 삶으로부터의 세 이야기』

헤르만 헤세의 『크눌프, 삶으로부터의 세 이야기』는 크눌프라는 방랑자의 삶을 세 가지 각도에서 조명해보고 있는 작은 소설이다. 크눌프는 철저하게 헤르만 헤세적인 주인공이라 말할 수 있는 인물로서 가짜 세계의 가짜 삶을 거부하고 끝까지 영혼의 천진성과 순진성을 지키기 위해 방랑이라는 삶의 양식을 포기하지 않는 사람이다. 19세기의 문학의 주인공들이 괴테의 『헤르만과 도로테아』 같은 작품에서 보듯이 시민적이고 건실한 인간들이었다면, 20세기 문학의 주인공은 시민적인 세계의 목가적인 아늑함이나 건전한 양식에 환멸을 느끼고 그 세계 속 위선과 비속성의 냄새로 그 세계 안에서 속물로 살기를 거부하는 이방인·국외자·방랑자의 모습을 띠고 나타난다. 고뇌하는 현대인의 이런 모습은 헤르만 헤세에게서는 방랑자(『페터 카멘친트』나 『황야의 이리』) 혹은 길 떠나는 구도자(『싯다르타』)의 모습으로 자주 나타나고, 카뮈나 사르트르 같은 실존주의 문학에서는 삶과 세상의 부조리를 깨달은 이방인 혹은 저항인(구토인)의 모습으로 나타나기도 하며, 장 콕토의 『무서운 아이들』로 표상되기도 한다. 그리하여 1차대전 이후 문학의 주인공들은 어쩔 수 없이 이방인·유랑인·방랑자의 아웃사이더적인 모습을 지니고 가짜 삶이 판치는 가짜 세계를 거부하는 비극적 운명의 길을 가는 것이다. 그런 환멸과 방황의 시대의 전형적 인물로 헤르만 헤세의 주인공 크눌프는 자리한다.

『크눌프, 삶으로부터의 세 이야기』의 첫번째 이야기 「이른봄」은 평생 방랑으로 삶을 보낸 늙은 크눌프가 추운 날씨에 병이 들어 병원에 입원했다가 레히시데텐에 사는 옛 친구 에밀 로트프스라는 피혁공의 집을 밤에 방문하는 이야기이다. 친구인 피혁공은 이제 막 결혼을 하여 젊은 부인과 신혼 초기를 보내고 있는데 그의 집은 '방안에는 커다란 식탁이 놓여 있고 그 위에 석유램프가 세 가닥의 사슬에 매달려 있었다. 엷은 담배 연기가 공중에 가느다랗게 하늘거리다가 뜨거운 램프 갓 위로 맴돌다 사라져갔고 식탁에는 신문과 돼지 방광으로 만든 담배쌈지가 놓여 있었다. 칸막이벽 옆에 놓인 소파에서 젊은 부인이 후다닥 일어났는데 선잠을 깬 듯했으나 부인의 연한 잿빛 눈에는 가정적인 아늑함과 공손한 예절이 듬뿍 담겨 있었다'라고 묘사된다. 이것이야말로 크눌프가 평생 한 번도 가져보지 못한 아늑한 가정의 목가성이 아닌가. 빵을 담은 소반의 둘레에는 '오늘도 우리에게 일용할 양식을 주옵소서'라는 성서의 구절이 적혀 있고, 집이 부자는 아니지만 일류 호텔처럼 아늑하고 포근하고 알뜰하다. 게다가 맛있는 음식까지 따뜻이 준비되어 있는 가정다운 가정, 고향 같은 집! 친구는 아직도 크눌프가 방랑의 삶을 청산하지 못한 것을 꾸짖고 자기 집에서 병을 치료하며 추운 겨울 날씨를 보내고 갈 것을 부탁하지만, 크눌프는 그 고장의 옛 친구들을 찾아보고 건너편 집에서 하녀로 일하는 젊고 외로운 시골 여자 바바라와 함께 하룻밤의 무도회에서 즐거운 춤을 춘 뒤 피혁공의 집을 떠난다. 피혁공의 젊은 아내는 크눌프의 부드러운 표정과 아름다운 모습에 반하여 그에게 추파를 던지기도 하는데, 크눌프는 그것에서 부지런한 일꾼인 피혁공이 굳건히 믿고 있는 건실한 가정의 행복이란 것의 위기와 거짓을 느끼고 다시 방랑의 길에 오른다. 크눌프적인 사랑이란 바로 그 이웃집 하녀인 바바라와의 관계에서 나타나듯 순간적인 반함, 따뜻한 시선의 교환, 고향 상실자들끼리 주고받는 덧없이 짧은 여행자의 위안 같은 것일 뿐 결혼이라는 시민사회의 모럴로 묶일 수 없다는 것을 첫번째 이야기 「이른봄」은 보여주고 있다.

두번째 이야기 「크눌프에 대한 회상」은 크눌프가 죽은 뒤 크눌프와 방랑길의 동행이었던 한 친구가 그를 회상하는 추억기이다. 그 친구는 어느 여름날 크눌프와 함께 묘지 옆을 지나다가 그와 나눈 대화를 생각한다. 그때 크눌프는 묘지에 피어난 아름다운 목서초를 한 가지 꺾어 모자에 꽂은 다음 '내가 죽으면 일요일 날 처녀들이 내 무덤에 다가와 꽃을 꺾을 것이네. 그럴 때면 나는 낮은 목소리로 노래를 불러줄 걸세'라고 자신의 죽음에 대해 말한다. 그러고는 '가장 아름다운 것이란 언제나 기쁨을 주는 동시에 슬픔과 불안을 안겨줄 때 아름다울 수 있다고 생각한다'고 하면서 '즉 아무리 아름다운 아가씨라 하더라도 때가 있는 게 아니겠나. 늙으면 죽지 않을 수 없겠지. 그렇기 때문에 사람들은 아름다운 소녀를 보고 사랑하는 것이 아닐까. 만일 아름다움이 영원히 변함없다고 한다면 처음에는 그 미의 불변성을 기뻐할지 모르지만 점점 냉정한 눈으로 보게 될 테고 그까짓 것 늘 있는 것, 오늘뿐이겠나 하는 생각을 갖게 될 걸세. 이와 반대로 나약한 것, 변하는 것을 볼 때 기쁨뿐 아니라 슬픔마저 느끼게 된단 말일세'라고 말한다. 이것은 아름다움뿐만 아니라 삶에 대한 크눌프 철학의 진수로서 바로 삶의 무상성을 깨달은 선사禪師와도 같은 크눌프의 모습을 보여주는 말이다. 삶의 무상함, 변천하는 인생 속의 환희와 비애를 삶의 전체로서 수용하는 크눌프의 각자覺者적인 모습이야말로 바로 동양사상에서 구원의 샘을 찾는 헤르만 헤세 자신의 초상이기도 하다. 크눌프는 말한다.

'나는 밤에 어디서 불을 볼 때만큼 더 아름다운 것을 알지 못한다네. 캄캄한 밤에 공중으로 올라가는 초록빛과 푸른빛 구슬빛이 가장 아름다워질 무렵에 그것은 작은 포물선을 그리며 사라져가는 게 아닌가. 그것을 보고 있노라면 기쁨과 함께 불안을 느끼는 것일세. 그것이 서로 맺어져 있기 때문에 그것이 영원보다 더 아름다운 것일세.'

이렇듯 크눌프는 모순을 사랑하는, 순간을 사랑하는 무상의 철학자다. 그는 인간의 숙명적인 고독을 이해한다.

'사람이란 누구나 영혼을 가지고 있다. 그것을 다른 사람의 영혼과 섞어놓을 수는 없다. 두 사람은 서로 가까이 다가가 이야기하고 서로 붙어 있을 수는 있다. 하지만 두 영혼은 꽃과 같아서 각각 한곳에 뿌리를 박고 있기 때문에 어떤 영혼도 다른 곳으로 옮길 수는 없다. 그러려면 뿌리에서 떨어지지 않으면 안 된다. 그것은 불가능한 이야기이다. 꽃은 서로 가까이 가기 위하여 향기를 보내고 씨를 보낸다. 그것은 바람이 하는 일이다. 바람은 자기 좋은 대로 마음에 맞는 곳으로 마음대로 불어 다닐 수 있다.'

이런 바람의 시인 같은 생활이 바로 크눌프의 방랑이다. 이런 방랑은 쓰디쓴 고독과 외톨이의 외로움을 동반한다. '내가 그들을 사랑하지 않을 수 없는데도 나는 그들에게 있어 이해할 수 없는 타인이 된다. 아버지는 아들의 코나 눈, 능력까지 유전으로 물려줄 수 있으나 영혼만은 어찌할 수 없다. 영혼은 모든 인간 속에 새로 탄생되는 것이란 말일세.'

그러곤 크눌프는 들국화 한 송이를 귀 뒤에 꽂고 가볍고 즐거운 발걸음으로 사라져간다. 그것이 그들의 마지막 작별이었다.

세번째 이야기 「종말」은 크눌프의 임종 무렵의 이야기이다. 의사인 친구가 병든 크눌프를 돌봐주려고 하나 그는 사양하고 고향으로 돌아간다. 고향으로 돌아간 크눌프는 어린 시절 자신에게 사랑의 환멸을 안겨준 첫사랑의 소녀를 회상하고 고향 여기저기를 돌아다닌다. 그는 말한다. '만일 첫사랑이 순조롭게 되었더라면 나는 사랑을 아름답고 행복한 것으로 생각했을 거야. 그러나 나는 사랑의 실패에서 타인에 대한 불신과 환멸을 느꼈던 거야. 그렇게 버림받은 후 난 자유롭고 아름답게 살았지만 늘 혼

자인 방랑의 삶을 선택했다.'

이렇듯 크눌프의 방랑은 거짓 세계에 대한 반란과 항거와 같은 것이었으며 위선과 허위로 가득찬 시민사회에 대한 거부였다. 어느 날 중병을 앓고 있음에도 장화를 깨끗이 닦아 신고 숲속을 산책하던 크눌프는 숲길을 걸으며 신과 대화를 나눈다. 신은 말한다. '보라! 나는 지금의 그대를 달리 만들 수 없었다. 나의 이름으로 그대는 방랑하였고 그대는 붙박인 삶을 사는 사람들에게 언제나 자유에로의 향수를 불러일으켜주었다. 그대는 나의 아들이요, 동생이며, 분신이었다. 그럼 이젠 더 한탄할 것이 없는가?' 눈 속에 누워 크눌프는 미소 짓는다. '그럼 모든 것이 좋은가? 모든 것이 될 대로 되었는가?' '네. 모든 것이 되어야 할 대로 되었습니다.' 어머니의 음성같이, 옛 애인의 음성같이 부드러운 신의 물음에 대답하며 크눌프는 미소를 띤 채 죽는다. 죽음이라고? 아니, 그것은 오히려 잠이라는 또다른 방랑의 길에 가깝다. 크눌프는 거짓과 탐욕과 위선으로 가득찬 시민 계급의 산업사회에 고요히 등을 돌린 무소유의 철학자, 바람의 시인, 삶의 모순과 무상을 깨달은 선사의 모습을 지닌다. 세계적으로 시대가 각박해지면 질수록 헤세의 책이 많이 읽히고, 『크눌프, 삶으로부터의 세 이야기』가 꾸준히 스테디셀러의 위치를 차지하고 있는 이유도 아마 이런 데 있지 않겠는가.

내 속에 숨은 낯선 사람
_ 알베르 카뮈의 『이방인』

월화수목금토일, 월화수목금토일…… 삶은 거의 비슷하게 매일매일 반복되며 우리는 남에게 질세라 바득바득 시간의 꽁무니를 뒤쫓아가고 있다. '잠자리에서 일어남, 전철, 근무 4시간, 점심, 근무 4시간, 저녁밥, 취침……' 똑같은 리듬으로 일주일, 한 달, 그리고 1년…… 이리하여 우리는 무난하게 일정한 궤도를 지켜가며 무난하게 나이를 먹고 무난하게 늙어가다가 무난하게 성공하기도 한다. 일상적 삶의 기계적 리듬에 맞추어 무난하게 자동적 몸짓으로 살아가다가 어느 날 문득 어느 거리 한 모퉁이에서, 또는 음식점 테이블에서 수저를 들다가, 아니면 가까운 동료와 환담을 나누다가 어떤 난데없는 충격이 우리를 뒤흔들어놓는 순간을 맞게 된다. 그 충격은 난데없고도 비참한 것이다. 그런 순간에 우리는 문득 묻게 된다. '도대체 나는 왜 살고 있을까?' '이렇게 살아간다는 것이 온당할까?' '습관의 노예와 같은 이런 삶에 과연 무슨 의미가 있을까?'

그런 순간이면 이때까지 아주 무난하고 태연스럽게 살아온 부산스러운 일상생활이 갑자기 역겹고 지루하게 느껴지기 시작한다. 모든 것이 무의미하고 허망해지는 것이다. 세상이 홀연 우리가 그것들에게 걸쳐주었던 덧없는 의미를 잃고 마는 순간, 그때부터 세상의 낯익은 풍경은 두렵고 낯선 것으로 변모하며 우리는 세상의 상식과 관습과 습관을 믿지 못하는 이방인으로 변모하게 된다.

그렇다. 카뮈의 주인공 뫼르소만이 이방인이 아니다. 우리도 가끔씩은 격렬하게 이방인이 된다. 그런 날이면 우리는 어두운 귀가 버스의 밤 유리창에 흐르는 자신의 얼굴을 바라보며 가만히 묻기도 한다. '매일같이 부산을 떨며 자동적으로 사는 일이 아무런 의미가 없다면 왜 이래야 하는가. 그렇다면 어떻게 사는 것이 옳은가.' 그때의 그대는 분명 이방인이다.

'오늘 엄마가 죽었다. 아니면 아마 어제였는시도 모른다. 양로원에서 전보 한 통을 받았다—모친 사망, 내일 장례식—. 그건 아무런 의미가 없다. 아마 어제였을 것이다'라는 유명한 구절로 카뮈의 『이방인』은 시작된다.

주인공 뫼르소는 프랑스령 알제리에 사는 평범한 회사원이다. 그는 이틀 동안의 장례식 휴가 신청에 사장이 달갑지 않은 눈치를 보이자 '그건 제 잘못이 아닙니다'라고 말한다. 그러고는 친구에게 검정 넥타이와 상장을 빌려 어머니가 죽은 마랑고시의 양로원으로 버스를 타고 간다.

그는 버스 안에서 내내 잠을 자고 눈물 한 방울 흘리지 않으며, 시신을 모셔놓은 빈소에서 담배를 피우고 밀크커피를 마시고, 관 속의 어머니 얼굴을 마지막으로 보지 않겠느냐고 양로원 수위가 물었을 때 보지 않겠다고 대답한다. 왜 그러느냐고 수위가 묻자 그는 자신도 모르겠다고 한다. 그는 어머니의 나이조차 정확하게 알지 못하며, 장례식의 모든 절차가 귀찮았고, 연신 졸음에 쫓겼고, 태양 때문에 머리가 혼미해졌다. 그러다 어머니의 매장이 끝나고 버스를 타고 돌아왔을 때 '이제는 드러누워서 열 시간쯤 실컷 잘 수 있겠구나' 하고 생각하며 기뻐한다.

그다음 일요일엔 무엇을 할까 생각하다가 해수욕을 하러 간다. 그곳에서 뜻밖에도 회사에서 타이피스트로 일했던 마리를 만나 수영을 하면서 장난을 하고, 코미디 영화를 보고, 집으로 돌아와서 정사를 즐긴다. 마리가 떠나 혼자 남겨졌을 때 그는 지루한 일요일에 짜증을 내면서 말한다.

'여전히 또 지나간 일요일이구나. 엄마는 지금 땅속에 묻혔고 다시 일을 시작해야 할 판이지. 결국 조금도 변한 건 없군.'

수동적이고 따분하고 지친 의식으로, 일상적인 자동적 몸짓으로만 살아가는 뫼르소는 마시고 먹고 잠자고 담배만 피울 뿐 사랑도 모르고 환희도 회한도 모른다. 어머니의 죽음도 마리의 사랑도 어떤 인간적 감동도 그를 그 마비 상태에서 끌어낼 수 없다.

마리가 뫼르소에게 결혼하자고 하자 그는 그런 거야 아무래도 상관없고 그녀가 원한다면 결혼해도 좋다고 말한다. 그녀가 자신을 사랑하느냐고 묻자 그는 그런 거야 아무래도 상관없지만 사랑하지 않는 것은 확실하다고 말한다.

그는 레몽이라는 건달과 알게 되어 우연히 그와 바닷가로 해수욕을 갔다가 거기서 아랍 사람 하나를 죽이게 된다. 태양 때문에, 엄마의 장례식이 있던 그날의 태양과 똑같은 뜨거운 태양 때문에 그는 방아쇠를 네 번이나 당겨 살인자가 된 것이다.

그는 살인죄로 체포되어 형무소에 수감된다. 관선 변호사는 그에게 묻는다. '당신은 어머니를 사랑했던가요?' 뫼르소는 대답한다. '아마 사랑했을 테지만 그건 아무 의미도 없다. 건강한 사람이라면 누구나 어느 정도는 자기가 사랑했던 사람의 죽음을 바랐던 경험이 있지 않겠는가?' 그는 설명을 계속하려다 귀찮아서 말을 포기해버린다. 검사는 뫼르소의 살인죄보다도 인간으로서의 부도덕성, 즉 무관심을 고발한다. 그리고 '나는 이 사람이 범죄자의 마음을 가지고 자기 어머니를 매장한 점을 고발하는 바입니다'라고 말한다.

뫼르소는 자기의 생사와 직접 관계되는 재판에 대해서도 자기와 상관없는 일처럼 철저히 이방인적 태도를 계속한다. 그렇게 그는 사형선고를 받는다. 그는 말한다. '인생이란 살 만한 가치가 없다는 것쯤은 누구나 알고 있다. 어차피 죽고 만다면 언제 죽든지 어떻게 죽든지 그런 따위가 문제될 것은 없다'고.

그는 자신의 죄를 사해주려는 신부와의 대화에서 짜증과 따분함을 느끼고, 하느님과 내세에 대한 이야기를 하며 자신을 위해 기도해주려는 신부의 옷깃을 잡고는 그에게 욕설을 퍼붓는다.

'너는 너무 자신만만하다. 하지만 그게 다 뭐란 말이냐? 네 눈에는 내가 빈털터리처럼 보일지 몰라도 나에겐 뚜렷한 확신이 있다. 나 자신에 대한 확신. 다가올 죽음에 대한 확신. 너희는 위선자다. 타인의 죽음, 엄마의 사랑, 그런 것이 내게 무슨 소용이란 말인가? 그 잘난 너의 하느님, 사람들이 즐겨 찾는 삶, 사람들이 선택하는 운명, 그것들이 뭐가 그리 대단하단 말이냐?' 신부의 눈엔 눈물이 가득 고여 있었다.

뫼르소는 생각한다. 왜 만년에 엄마는 약혼자를 정했는지, 왜 새로운 삶을 꾸미려고 했는지를 알 수 있을 것 같다고. 엄마의 죽음을 슬퍼할 권리는 아무에게도 없다고. 그는 그 커다란 분노가 괴로움을 없애주고 마지막 희망을 씻어준 것처럼 편안함을 느끼고 세상의 다정스러운 무관심에 난생처음으로 마음을 연다. 자신은 행복했으며 지금도 행복하다고 느끼며.

『이방인』의 주인공 뫼르소는 철저하게 전통적인 감정과 가치관에 대해서는 이방인이며, 무관심한 현대인의 전형과 같은 인간이다. 부조리에 눈뜨는 순간, 삶의 허망에 빠지는 순간, 우리 속의 이방인이 눈뜬다. 가짜 삶이 아닌 진짜 삶의 환희란 결국 멍청한 자기 마취적인 가짜 환락이 아니며, 삶과 죽음의 덧없는 부조리를 명철하게 인식하는 의식의 환희를 말함이므로. 그대 속에 뫼르소가 살고 있고 또한 우리들 사이에도 마치 이교의 신 같은 뫼르소가 살아 있다.

젊은 영혼의 고백서
_ 칼릴 지브란의 『눈물과 미소』

6

산문시 『예언자』의 저자로 우리에게 널리 알려진 칼릴 지브란의 첫 작품 『눈물과 미소』를 만나게 된 것은 커다란 기쁨이자 행복이었다는 것을 먼저 고백하고 싶다. 『눈물과 미소』는 지브란의 청년 시절에 쓰여진 초기 작품들과 파리에서 지내던 스물다섯 살 무렵에 쓰여진 산문시들의 모음이다. 동서양을 막론하고 낭만적인 젊은 시인들이 그러하듯이 스물다섯 무렵의 지브란 역시 세상의 불의와 폭력에 대항하는 강인한 저항 정신과 불멸과 무한의 세계에 가득찬 하얀 영원의 광채에 대한 청순한 동경으로 충만해 있음을 이 책은 보여주고 있다.

'지브란에게 신비주의자, 철학자, 종교가, 이단자, 평화주의자, 반항아 등 수많은 상반된 명칭이 부여되고 있다'라고 지브란 연구가들은 지적하고 있거니와 그는 하나의 시인이라고 부르기에는 너무나 폭넓은 철학 세계를 지녔고, 하나의 철학자라고 부르기에는 너무나 커다란 인류에 대한 사랑에 차 있었으며, 또한 성

자라고 부르기에는 너무나 날카로운 비판 정신이 앞섰고, 반항이라고 부르기에는 너무도 숭고한 영혼의 긍정을 지닌 사람으로 보인다. 그런 의미에서 그는 하나의 완전한 자아였고 완전한 예술가였다.

인류의 세계에는 때때로 이런 완전한 자아, 무한에 가까운 명상가와 무한에 가까운 창조 능력을 가진 사람이 나타나 인간이 신을 닮은 피조물이라는 당연한 사실을 증명해 보이곤 한다. 미켈란젤로나 다빈치, 괴테나 윌리엄 블레이크, 지브란 같은 희귀한 영혼들이 그런 깨달음을 준다. 인간은 포유류에 지나지 않는 동물이지만 포유류 이상의 어떤 존재라는 사실, 불멸의 영혼을 가진 반짝이는 신의 혈통이라는 사실을 되돌아보게 하는 것이다. 포유류에 불과한 타락한 인간들이 우리 주변엔 얼마나 많은가, 아니 대체 포유류의 욕망 이외의 어떤 꿈을 우리는 아직이 땅에서 지킬 수 있을까, 아니 인간이 먹고 마시고 자는 욕망만을 가진 포유류 이상의 존재라는 것은 사실일까, 등등의 슬픈 시대적 질문에 지브란의 『눈물과 미소』는 많은 대답을 준다.

마치 달마의 입술에서 흘러나오는 언어처럼 지브란의 언어는 단순하면서도 사색적이고, 사색적이면서도 음악적이고, 아름답다. 키츠의 '아름다움은 진리요, 진리는 아름다움'이라는 시구가 그대로 들어맞는 달마의 예지와도 같은 이 책은 그동안 상업주의의 비속한 음성으로 오염된 우리 독자들의 피로한 귀를 진실한 아름다움으로 성결하게 닦아주리라 믿는다.

칼릴 지브란은 그가 '영어로 이야기하는 달마'와 같은 인상을 풍기는 것에 걸맞게도 동양과 서양에 걸친 두 세계의 삶을 살았다. 그는 1883년 12월 6일(혹은 1월 6일이라는 기록도 있다) 레바논의 베챠리에서 태어났다. 그의 어머니는 첫 남편과 결혼하여 브라질로 이민을 갔는데 거기서 첫 남편은 병을 얻어 아들 피터를 남기고 세상을 떠났다.

그녀는 고국으로 돌아와 목축업자인 지브란의 아버지와 결혼을 하여 두 아이 마리아나와 술타나를 낳은 다음 지브란을 낳았다. 지브란의 어머니는 마로니트 교회의 사제인 스테판 레미의 딸로서 예술에 대한 천부적인 재능을 지닌 풍부한 감성의 소유자였다. 그녀는 자녀들에게 음악과 미술, 아랍어, 프랑스어를 가르쳤고 좀더 커서는 가정교사를 들여 영어를 가르쳤다. 어머니의 예술적으로 풍부한 교육은 천재적인 자질을 타고난 지브란에게 지대한 영향을 미쳤고, 그는 그것에 대해 이렇게 쓰기도 했다.

'나는 어렸을 때부터 내가 '나'라고 부르는 전부를 여인에게 힘입었다. 여인은 내 눈의 창을 열어주었다. 어머니로서의 여인이 없었다면, 누이로서의 여인, 또한 친구로서의 여인이 없었다면, 나는 코를 골며 세계의 평온을 소란케 하는 자들 가운데 잠들어 있었을 것이다.'

지브란은 부유하고도 문화적인 분위기에서 어린 시절을 보낸 셈이었다. 그는 자기 조국인 레바논에 대해 이렇게 쓰고 있다.

'서구의 시인들은 에덴동산이 아담과 이브의 타락 이후 상실된 것과 마찬가지로 레바논 역시 다윗과 솔로몬과 선지자들이 사라진 이래론 잊혀진 하나의 전설상의 지역으로 생각하고 있다. 서구의 시인들에게 레바논이란 어휘는 산허리가 신성한 삼나무의 향내로 흠씬 젖어 있는 굽이굽이 산들과 결부된 하나의 시적 표현이 되어 있다. 그것은 구리로 된 사원과 준엄하게 서 있는 난공불락의 대리석, 계루에서 풀을 뜯고 있는 한 무리의 양떼들을 그들에게 상기시키는 것이다.

이러한 레바논의 종교적 분위기는 지브란의 선지적 신비주의와 자연관을 형성시키는 데 많은 영향을 미치게 된다. 파괴된 사원들, 문명의 잔해들 속에 박혀 있는 옛 신들의 조각품들과 돌조각들은 지브란의 말세 이후의 폐허들을 바라보는 듯한 신비주의의 눈초리, 제행무상에 대한 관념, 일시적이고 덧없는 영화를 부정하고 불멸의 영혼을 섬기는 정신적 자세 등을 형성시켰다고 한다. 이런 일화가 있다.

옛 로마 사원들의 잔해가 남아 있는 어느 폐허에서 젊은 지브란은 한 고독한 사람이 무너진 사원 기둥 위에 앉아 동쪽을 응시하고 있는 것을 보았다. 지브란은 한참을 바라보다가 용기를 내어 그 사람에게 지금 무엇을 하고 있느냐고 물었다.

"삶을 바라보고 있소." 그것이 대답이었다.

"오, 그것뿐입니까?" 지브란이 물었다.

"그것이면 충분하지 않은가요?"

그 사건은 지브란의 마음에 깊은 인상을 주었다. 과거의 잔해 속에 앉아 다가오는 미래를 바라보는 삶의 관찰자, 도시의 혼잡스러움과 타인들과의 충돌에서 빠져나와 홀로 새벽을 망보고 있는 이 관찰자는 바로 지브란의 시인에 대한 관념, 바로 그것이었다.

또한 레바논 역사의 폐허 속에 앉아 다가올 정신의 미래의 예언을 기다리는 시인의 모습—그것은 바로 과거 조국의 영광을 짐 지고 사상의 미래를 기다리는 지브란의 모습이 아니겠는가.

지브란이 열두 살이 되었을 때 그들 가족은 열여덟 살인 형 피터의 주장에 따라 미국으로 옮겨가서 보스턴에서 식료품 가게를 열었다. 그의 아버지는 사업상 레바논에 머물러 있었다. 보스턴에서 학교를 다니다 열네 살이 되었을 때 그는 아랍어 공부를 마치기 위해 혼자 레바논으로 돌아갔다. 그리하여 베이루트의 유명한 교육기관인 지혜의 학교Collège de la sagesse에 들어갔으며 그곳에서 아라비아의 철학자, 시인들의 작품을 5년 동안 공부하면서 아버지와 함께 중동 지방을 여행했다. 5년 후 그는 그림을 그리러 그리스, 이탈리아, 스페인을 거쳐 파리로 갔다. 그후 그는 터키의 지배 때문에 조국으로 돌아가지 않았다.

1908년엔 파리의 미술 학교인 아카데미 줄리앙Académie Julian에서 미술 공부를 했는데 아마 그의 첫 작품집인 『눈물과 미소』는 이 당시 쓰여지지 않았나 추정된다. 스물다섯 살의 생일에 부친 시와 그 무렵의 심경을 보여주는 작품들이 많이 들어 있기 때문이다.

그뒤 미국으로 돌아간 지브란은 자신이 순례했던 나사렛, 베들레헴, 예루살렘, 트리폴리, 바알베크, 다마스커스, 팔미라 같은 옛 도시들의 여행 체험에 대해 풍부한 사색을 하며 철학적으로 심오한 영향을 받았다고 한다. 그는 1931년 마흔여덟 살을 일기로 세상을 떠날 때까지 뉴욕의 한 아파트에서 독신으로 살면서 글을 쓰고 그림을 그렸다.

『예언자』는 미국으로 돌아와 영어로는 최초로 쓴 책으로서 현대의 성서로서 널리 읽혀지고 있으며 아랍어로 쓴 최초의 소설 『부러진 날개』와 더불어 지브란의 2대 걸작으로 손꼽히고 있다.

지브란의 작품집인 『눈물과 미소』는 이러한 지브란의 동서양에 걸친 생애의 편린이 두드러지게 나타나는 책이다. 따라서 이 책은 지극히 동양적인 정신으로 서양적인 문화 충격에 맞선 하나의 젊은 영혼의 고백서라고 할 수 있다. 여기엔 선과 악, 부자와 빈자, 죽음과 삶, 압박자와 피압박자, 죄 지은 자와 구원받은 자, 사랑이 없는 자와 사랑하는 자와 같은 서양적 대립 개념들이 언제나 등장하고 있지만 그것은 지브란이 혈통적으로 타고난 보다 동양적인 영혼에 의해 조화를 이루고 통합을 지향한다.

어떻게 보면 우화처럼 교훈이 들어 있으며 어떻게 보면 젊은 이상주의자들이 흔히 빠지기 쉬운 감정적 철학이 넘쳐흐른다.

'내 가슴의 슬픔을 저 많은 사람의 기쁨과 바꾸지 않으리라. 내 몸의 구석구석에서 흐르는 슬픔이 웃음으로 바뀌는 것이라면 그런 눈물 또한 흘리지 않으리라. 나는 나의 인생이 눈물과 미소를 갖기를 바라네. (……) 눈물은 나를 저 부서진 가슴의 사람들에게 묶어주고, 미소란 살아 있는 내 기쁨의 표적이 되기도 한다네. (……) 한 송이 꽃의 삶이란 그리움과 충족, 그리고 눈물과 미소. 바다의 물은 수증기가 되어 하늘로 올라가 함께 모여서 구름이 된다. (……) 구름의 생애란 작별과 만남, 그리고 눈물

과 미소이지. 이처럼 영혼은 더욱더 위대한 영혼으로부터 분리되어……'

위에서 보듯 슬픔의 눈물은 우리의 가슴을 정화시키고 기쁨의 미소는 삶의 이해로써 가슴을 따뜻하게 해준다. 따라서 눈물역시 미소와 마찬가지로 인간에게 없어서는 안 될 긍정적인 요소이며, 슬픔 또한 기쁨과 마찬가지의 가치를 지닌다. 인간의 영적인 굶주림이야말로 삶의 목표이며 그 탐색 자체가 만족이다. 따라서 꿈을 실현한다는 것은 꿈을 잃는 것이며 이 세상에서 만족하는 사람들은 가장 불행한 사람들이다. 꿈에 차 있고 사랑의비애를 알며 선한 영혼을 가지고 고뇌하는 자는 비록 이 세상에서는 슬픔에 찬 쓰디쓴 빵을 먹고 가장 낮은 곳에서 압박받더라도 불멸의 행복이, 영혼의 지복이 기다리고 있는 것이다. 따라서 이러한 아시아적인 은유 속에서는 절망도 희망과 마찬가지로긍정되며 눈물도 미소와 마찬가지로 긍정적인 가치가 될 수밖에없는 것이다.

이런 사상은 「아기 예수」라는 글에서도 잘 나타난다.

'내 인생은 비통한 고뇌의 이야기이지만 이젠 환희로 물들었습니다. 이제 나의 삶은 축복으로 변했습니다. 아기 예수의 두 팔이 내 심장을 감싸고 내 영혼을 껴안았기 때문입니다.'

이러한 구절들에서 우리는 '고뇌의 환희주의'라고나 해야 할강인한 정신을 만나게 된다. 그것은 기독교적 감내주의의 정신같기도 하고 불교의 '사바 즉 극락이요, 중생 즉 부처'라는 역설의 정신을 풍기기도 한다.

우리가 삶을 전체로서 이해하기 위하여 봄·여름·가을·겨울
이라는 사계절을 전부 다 받아들여야만 하듯이 슬픔 또한 기쁨
과 마찬가지로, 절망 또한 희망과 마찬가지로 받아들이지 않으
면 안 된다는 것을 이 책은 역설하고 있다. 눈물과 미소는 분리
될 수 없는 신의 선물이므로.

7

수어에 가까운 슬픈 사랑들
_ 카슨 매컬러스의 『마음은 외로운 사냥꾼』

　『마음은 외로운 사냥꾼』이라는 독특하고 매혹적인 제목을 가진 이 소설은 미국의 작가 카슨 매컬러스가 스물두 살에 쓴 장편소설이다. 이 소설에 대해 유명한 작가 리처드 라이트는 '그녀가 그리는 절망의 질은 독특하고 개성적이다. 이는 포크너보다도 자연스럽고 확실한 것이라고 생각한다. 젊은 작가가 사랑 속에 깃든 고독의 절대성이라는 성역을 이만큼 파헤칠 수 있었다는 것은 놀라운 일이다'라는 찬사를 보냈다. 맨 처음엔 소설의 제목이 『벙어리』였으나 출판사에서 피오나 매클라우드의 시 「고독한 사냥꾼」 중의 '내 마음은 외로운 사냥꾼, 쓸쓸한 언덕에서 사냥을 한다'라는 시구를 따서 제목을 붙인 것이다.

　처음의 제목이 『벙어리』였던 것처럼 이 소설의 주인공은 농아인 남자 싱어(Singer, 가수)이다. 듣거나 소리내어 말하지 못하는 남자의 이름이 싱어라는 것도 다분히 역설적이며 상징적이지 않은가. 마치 현대의 신처럼 존 싱어를 중심으로 고독한 영혼의 갈증과 좌절을 지닌 사람들이 모여들어 저마다 그의 운명에 얽힌 고독과 사랑의 변주를 전개해나간다.

이야기의 배경이 되는 시대와 장소는 대략 1930년대 미국 남부의 한 작은 마을이다. 이 마을에는 농아인이 두 사람 살고 있는데 그들은 항상 함께 지냈다. 그들은 매일 아침 일찍 집을 나와서 팔짱을 낀 채 일터로 갔다. 두 친구는 성질이 매우 달랐는데, 그리스인 스피로스 안토나폴로스는 뚱뚱하고 탐욕스럽고 꿈꾸는 듯한 미소가 새겨져 있는 둥글고 기름이 번들거리는 얼굴이었으며, 싱어는 키가 크고 민첩하고 총명한 빛이 감도는 두 눈에 항상 깔끔하고 점잖은 옷차림을 하고 있었다.

그리스인 안토나폴로스는 과자를 파는 사촌의 가게에서 일했으며 술 마시는 일과 먹는 일을 이 세상의 무엇보다도 사랑했다. 그가 손을 움직여 게으르게 하는 말이란 자고 싶다거나 먹고 싶다거나 한잔하고 싶다는 것뿐이었으나, 싱어는 집에 돌아오면 안토나폴로스에게 손으로 열렬히 말을 걸었다. 그의 두 손은 재빠른 동작으로 말을 만들었으며 회색과 초록빛이 도는 두 눈은 슬기로운 불꽃이 넘쳤다. 그는 전심전력으로 사랑하는 사람이었으나 안토나폴로스는 그저 끝없이 게으르고 흐리멍덩하게 사랑받는 사람이었다.

두 사람에겐 다른 친구란 없었지만 전혀 외롭지 않았다. 그들은 10년 동안이나 배고픔과 외로움의 흔적이 절망적으로 찍혀 있는 이 마을의 작은 집 2층에 살았다. 그곳은 완벽한 행복의 둥지와도 같았다. 그들은 조용하고 행복하였고, 마음껏 먹고 마시며 수어로 모든 이야기를 나누었다. 그러던 어느 날부터인가 안토나폴로스는 짜증이 무척 심해져 싱어를 못 살게 굴었으며, 남의 가게에서 아무것이나 훔치기 시작했고, 길에서 오줌을 갈기고 법원과 감방을 쉴새없이 들락거려 싱어가 저축해둔 돈은 보석금과 벌금으로 다 날아가버렸다.

결국 안토나폴로스의 사촌인 가게 주인은 그를 주립정신병원에 보낼 입원 수속을 밟아놓았다. 싱어는 그것만은 안 된다고 하며 온갖 보살핌을 아끼지 않았으나, 마침내 안토나폴로스는 정신병원으로 떠나게 된다. 버스 정류장에서 싱어는 유리창 밖에서 버스 안의 그를 향해 마지막 대화를 나누기 위해 애타게 손을 놀렸으나 안토나폴로스는 점심때 먹으려 가져온 여러 가지를 점검하느라고 바빴으므로 싱어의 수어에 전혀 신경을 쓰지 않았다. 드디어 버스가 떠나고 싱어의 두 손은 떠나가는 버스를 향하여 열심히 수어를 보낸다. 뒤돌아보지도 않는 친구의 등뒤에서, 이것은 세상에서 가장 슬픈 사랑의 노력이자 고백이 된다. 그러나 그리스인 친구는 싱어의 수어를 뒤돌아보지 않았다. 이것이 싱어의 사랑이었다. 그리고 그의 사랑의 자세가 이 소설의 주제가 된다.

싱어는 그뒤 하루종일 보석상에 틀어박혀 열심히 일을 하고 열에 들뜬 듯한 고독의 열병을 앓았다. 잠이 들면 꿈에서 안토나폴로스를 만날 수 있었는데 그는 신경질적으로 손을 홱 움직였다. 꿈속에서도 말하는 사람은 싱어였고 안토나폴로스는 그저 멍청하게 바라보고만 있었다. 이것이 그의 사랑의 절망이었다.

그뒤 싱어는 믹 켈리라는 열두 살 정도 된 소녀의 집 2층에 하숙을 정한다. 믹 켈리는 키가 호리호리하고, 황갈색 머리를 하고, 카키색 바지에 푸른색 셔츠를 입고 다니는 사내아이 같은 강한 인상의 소녀다. 그녀는 지붕이 가파른 집의 2층 계단에서 하숙인인 싱어가 내려오길 기다리며 담배를 피우고 있다. 그녀는 홀로 명상하며 홀로 음악을 생각하고 자기 머릿속에 수많은 악보를 새겨두었다.

'MK—이것은 그녀가 열일곱 살이 되고 매우 유명해지면 어느 곳에나 쓸 사인이었다. 그는 이 두 머리글자를 문에 새긴 빨갛고 하얀 패커드 자동차를 타고 집으로 돌아올 것이다. 아마도 그녀는 위대한 발명가가 되어 사람들이 귀에 꽂고 다닐 수 있는 콩알처럼 작은 라디오나 배낭처럼 등에 달고 이 세상 어디건 쏘다닐 수 있는 비행기도 발명할 것이다. 이 모든 것이 이미 다 계획되어 있었다.'

이것이 믹 켈리의 야망이었다. 이미 다 계획되어 있었다지만 믹 켈리는 막연한 꿈 때문에 외로웠고 꿈이 생생한 만큼 외로움과 절망도 확실하였다. 그녀의 마음속엔 언제나 피아노나 다른 음악이 살아 있었고, 그녀는 구석방에 쪼그리고 엎드려 연필로 마음속의 음악들을 꼼꼼히 적어두곤 했다. 그러나 동생 버버와 랠프를 돌봐주어야 하고 학교에서 내준 숙제나 해야 하는 자신의 처지에 그녀는 언제나 강한 불만과 절망을 느꼈다. 예쁜 게으름뱅이인 언니들이 물려준 옷을 입기 싫어 바지만 입고 다니는 믹 켈리—그녀에게는 그만큼 주어진 운명에 맞서는 오만한 힘이 있었다.

그녀는 2층 계단을 올라가 싱어에게 자신의 꿈과 절망을 털어놓았고, 그에게서 조용하고 평화로운 이해의 미소를 발견하면 마치 신의 은총을 받은 듯한 따스한 기분을 느꼈다. 싱어는 시계상인 아빠를 제외하고 모든 아는 사람 중에서 가장 멋진 남자라고 그녀는 생각했다.

그 외에도 아내와 심각한 불화를 겪고 있는 카페 주인 비프, 비프가 좋아하는 떠돌이 주정뱅이 건달이자 현학자인 제이크 블라운트, 흑인들의 불행과 고통을 조금이라도 덜어주려는 목적으로 자신의 삶과 목숨을 바치며 살고 있는 흑인 의사 코플란드 박사, 그의 딸이자 믹 켈리의 집 가정부인 흑인 포샤, 포샤의 동생 칼 마르크스, 이 모든 불행하고도 외로운 영혼이 싱어의 주변에 모여들어 은밀한 고해를 하고 고백을 하고 자신들의 외로움을 위안받는다.

제이크 블라운트는 말한다. '사람이 자기를 잘 알고 있으면서도 다른 사람에게 자기를 이해시키지 못한다면 결국 그가 하는 건 뭐란 말인가.'

한때 예수의 고통을 생각하며 손에 못까지 박아본 블라운트는 싱어에게 말한다. '자네만이 유일한 사람이야. 암, 유일한 사람이지.'

이렇듯 싱어는 모두에게 유일한 사람이었고 믹 켈리에게도 그녀 내면의 방에 살고 있는 유일한 사람이었다. 누구든 무슨 말이든 싱어에게는 다 했다. 그러면 싱어는 모든 것을 다 알고 있다는 듯이 따스한 미소를 나누어주었다. 거기에서 사람들은 자신들의 고독과 불행에 맞설 힘을 얻었다.

마을엔 많은 비극이 일어났다 사라졌다 했으며, 싱어는 보석상에서 일하는 평온한 생활을 계속해나가다가 어느 날 문득 요양소의 안토나폴로스를 찾으러 갔다. 과일바구니를 들고서. 그러나 안토나폴로스는 이미 이 세상 사람이 아니었다. 싱어는 공허한 오후를 요양소의 거리를 배회하다가 기차를 타고 마을로 돌아왔다. 마을을 쏘다니다가 집으로 돌아와 냉커피 한 잔을 마시고, 담배를 한 대 피우고, 재떨이와 컵을 깨끗이 닦아놓고, 그러고 난 다음 주머니에서 권총을 꺼내 방아쇠를 당겼다.

싱어가 죽은 후 제이크 블라운트는 슬픔이 아니라 분노를 느낀다.

'그것은 슬픔이 아니라 분노였다. 그는 자신이 싱어에게 들려준 마음속 깊은 곳의 말들을 기억했으며 그 모든 것들은 그의 죽음과 함께 사라진 것 같았다. 왜 싱어는 자기의 인생을 끝장내려 했는가? 어쩌면 그는 온전한 정신이 아니었는지도 모른다.'

코플란드 박사는 파멸하고 제이크 블라운트는 미치광이처럼 마을을 도망치며 믹 켈리는 외로움과 불가능한 꿈 속에 미친 듯이 갇힌다.

'그녀는 사기당한 것 같았다. 아무도 그녀를 속이지 않았지만 말이다.'

카페 주인 비프는 이것이 다 수수께끼 같다고 생각하면서 마음의 안정을 찾지 못한다. 그 온갖 것에는 어딘지 모르게 자연스럽지 못한 것, 추한 농담 같은 것이 있었다. 그는 모든 것이 두려워지고 불안해졌다. 싱어는 죽고 남은 사람은 자신의 외로움 속에 못박힌 나날을 견디며 살아간다. 수어에 가깝던 따스하고 희망적이며 희미한 위안 같은 사랑마저 사라지자 그들은 자신의 외로움과 막힌 고독의 벽 안에 내팽개쳐졌다. 이것이 우리의 모습, 고독한 사랑의 사냥꾼들의 모습이다.

'사랑은 하나의 학문. 거대한 하나의 생활 필수품'이라고 말한 미국 남부의 이 총명한 작가 카슨 매컬러스는 사랑에 관한 또하나의 철저한 탐구서인 『슬픈 카페의 노래』를 썼으며 첫 남편과 이혼하고 다시 그와 재혼하기까지 알코올중독과 관절염으로 고생하다가 쉰 살에 세상을 떠났다. '내 마음은 외로운 사냥꾼, 쓸쓸한 언덕에서 사냥을 한다'라는 시구처럼 그녀만큼 사랑의 근원에 자리잡은 고독, 혹은 고독의 근원에 자리잡은 사랑의 정체를 밝히려 처참한 싸움을 벌였던 영혼은 흔치 않다. 릴케가 말했던가. 고독만이 사랑의 시금석이라고.

8

타락한 세계 속의 순수한
휴머니스트
_J.D. 샐린저의 『호밀밭의 파수꾼』

J.D. 샐린저는 현대 미국 소설을 이야기하는 데 있어서 결코 빠뜨릴 수 없는 주목할 만한 문제 작가이다. 현대 미국 소설에서의 샐린저의 위치를 이처럼 확고한 고지로 끌어올린 것은 그의 유일한 장편소설 『호밀밭의 파수꾼』이라 해도 과언이 아니다. 이 작품은 처음부터 상업적인 성공을 거두어 곧 베스트셀러의 목록에 올랐으며 청소년층의 독자에게 강한 영향력을 미쳐 곧 '샐린저 신화' 또는 '샐린저 산업'이라는 선풍적인 용어까지를 만들어낼 정도였다. 그러나 일부에서는 이 작품이 외설적이고 부도덕한 언어의 유희라 하여 마구 비난을 퍼붓기도 했고, 보수적인 사친회에서는 이 소설을 '추잡한 책'으로 낙인을 찍어 학교 도서관에서 추방하도록 요구하기도 했다. 하지만 그러한 비난은 이 작품이 소년의 에로틱한 방황을 다루고 있다거나 입에 담아서는 안 될 비속한 구어체를 마구 사용하고 있다는 등의 피상적인 이유 때문이었지 결코 이 작품의 본질에 관한 것은 아니었다. 오히

려 이 소설은 인간성의 순수함과 윤리의 중요성을 강조하고 있으며 도덕적으로 타락한 현대의 미국 사회가 안고 있는 여러 문제점을 소년의 시점을 통하여 날카롭게 해부하고 있다는 점에서 마크 트웨인의 『허클베리 핀의 모험』과 자주 비교되기도 한다. 샐린저는 '모든 어린이는 나의 친구들이다'라고 자주 말하는데, 예민하고 순수한 아이들의 이상적 세계와 정서적으로 공허하고 물질만능주의가 팽배한 성인 세계의 갈등이 이 소설의 주제이면서 동시에 모든 샐린저 소설의 핵심적 주제가 된다.

『호밀밭의 파수꾼』의 주인공 홀든 콜필드는 크리스마스 휴가가 시작될 무렵 그가 다니고 있던 대학 예비 학교인 펜시고등학교를 떠나게 된다. 홀든은 새치가 가득한 머리에 키는 189센티미터나 되는 고등학생인데, 경박한 학교생활과 거짓과 허위로 가득찬 속물적인 기숙사 환경에 식상하여 공부에 대한 의욕을 잃고 영어 이외의 나머지 모든 과목에서 낙제점을 받아 결국 퇴학을 당하게 된 것이다. 홀든은 이미 두 학교에서 퇴학당했던 경력이 있으므로 이번이 세번째 퇴학이다. 퇴학의 이유는 '내 주위에 있는 것이 엉터리 자식들뿐이었기 때문'이었다. 홀든이 가장 싫어하는 것은 허위와 불성실인데 그를 에워싸고 있던 기숙사의 동료들과 교사들이 바로 그런 위선과 허위의 속물스러운 분위기로 묘사되고 있다. 홀든은 크리스마스가 시작되기 사흘 전 자기가 가장 좋아하는 빨간 사냥 모자를 쓰고 기숙사를 뛰쳐나온다. 그러나 그는 변호사인 부모와 동생이 살고 있는 뉴욕의 집으로 가지 않고 브로드웨이의 한 호텔에 묵으면서 며칠 동안만이라도 금제가 없는 자유를 즐기기로 마음먹는다.

그리하여 그는 호텔에 방을 정하고 지하 술집에 내려가 위스키를 시키기도 하고 여자들에게 술을 사줘가며 춤을 청해보기도 하나 모두들 어린애 취급을 하고 만다. 기분이 상한 홀든은 아무나 술을 사 마실 수 있는 그리니치 빌리지의 한 클럽으로 가는 도중 택시 운전수에게 센트럴파크의 오리들은 겨울이면 어디로 가느냐고 몇 번이나 묻는다.

'오리 말입니다. 알고 계세요? 봄 같은 때 오리들이 이리저리 헤엄치고 있잖아요? 그런데 겨울이면 오리들이 어디로 가는지 아세요? 누가 트럭 같은 것을 가지고 와서 데려가는 것인지……남쪽이나 그 어떤 곳으로 말예요.'

그러나 운전수는 바보 같은 질문에 화를 내며 계속 얼음 밑의 물고기에 대해서만 얘기를 늘어놓는다. 홀든은 단절을 느낀다.

그는 어느 클럽에서 음란한 바보와 지독한 속물들로 가득찬 분위기에 환멸과 구역질을 느끼고 호텔로 돌아온다. 여자를 원하지 않느냐는 엘레베이터맨의 꼬드김에 별생각 없이 좋다고 승낙했다가 막상 써니라는 여자가 들어오자 두려움을 느껴 아무런 일도 하지 않고 약속한 화대 5달러를 지불한다. 그러나 써니는 약속한 가격이 10달러라고 우겨대는 엘리베이터맨과 공모하여 홀든을 실컷 두들겨패고 5달러를 더 강탈해가고 만다.

그다음 날 홀든은 호텔을 떠나 역의 수화물 보관소에 짐을 맡기고 예전 여자친구인 샐리와 시시한 연극을 보러 가지만 샐리의 거들먹거리는 허영심과 속물 취향에 지겨움을 느낀다. 그는 자신을 둘러싸고 있는 허위와 위선에 가득찬 이 사이비 도시를 떠나 조용한 숲속에 오두막집을 짓고 살자고 샐리에게 권유해보지만 그녀는 그의 제안을 거절하고, 결국 둘은 말다툼 끝에 불쾌하게 헤어지고 만다.

할일이 없어진 홀든은 옛날 학교 선배를 만나 술을 마시고 떠들어보기도 하지만 위선과 허위만을 느끼고 다시 혼자가 된다. 센트럴파크의 오리들이 걱정되어 밤의 호수를 찾아갔다가 불안과 두려움 그리고 가족에 대한 쓸쓸한 향수를 느끼고 부모 몰래 집으로 숨어들어가 세상에서 가장 사랑하는 여동생 피비를 만난다. 피비는 오빠를 만나 반가워하면서도 그가 학교에서 쫓겨난 사실을 금방 알아차리고 마구 나무라며 도대체 오빠는 이 세상에서 되고 싶은 것이 뭐냐고 추궁을 한다. 모든 것에 반항적이고 냉소적인 작은 풍자가 홀든도 피비 앞에서만은 한없이 착한 존재가 된다. 여동생 피비는 그에게 순수와 깨끗한 진실을 상징하는 천사의 존재로 보이기 때문이다. 피비에게 그는 말한다.

'난 넓은 호밀밭 가운데서 조그만 어린애들이 어떤 놀이를 하고 있는 모습을 항상 눈에 그려본단 말이야. 몇천 명의 어린이들이 있을 뿐 주위엔 어른이라곤 나밖에 없어. 나는 아득한 낭떠러지 옆에 서 있지. 내 일은 누구든지 낭떠러지에서 떨어질 것 같으면 얼른 붙잡아주는 거야. 애들은 달릴 때는 저희가 어디로 달리고 있는지 모르잖아? 그런 때 내가 어딘가에서 나타나 그애를 붙잡는 거지. 하루종일 그 일만 하면 돼. 이를테면 호밀밭의 파수꾼이 되는 거야. 바보 같은 짓인 줄은 알고 있어. 그러나 내가

정말 되고 싶은 것은 그것뿐이야.'

홀든은 부모가 귀가하는 기척을 듣고 몰래 집을 빠져나와 옛날 영어 선생이었던 앤톨리니 선생 댁을 찾아가 근엄한 설교를 실컷 듣고 잠을 자다가 선생이 자기를 상대로 변태적인 행위를 하고 있는 데 놀라 도망치다시피 그 집을 빠져나온다. 인간에 대한 혐오와 환멸에 지친 그는 이 타락한 세계를 떠나 서부로 도망치기로 결심하고 떠나기 전에 마지막으로 피비를 만나보려고 그녀의 학교로 찾아간다. 그러나 그녀의 학교 담벽과 아이들이 많이 다니는 박물관 벽에 'OO하자'와 같은 성적인 금제어가 낙서되거나 칼로 새겨진 것을 보고 이 세상엔 안전하고 순수한 곳은 없다는 분노와 절망을 느낀다. 피비는 놀랍게도 홀든을 따라 서부로 가려고 커다란 여행 가방을 끌고 약속 장소로 나타난다. 홀든은 도저히 피비를 설득할 수 없게 되자 동물원에 가서 피비에게 회전목마를 태워준다.

유쾌한 기분이 되어 회전목마를 타고 빙글빙글 돌아가는 피비의 천사 같은 모습을 지켜보면서 그는 갑자기 알 수 없는 어떤 행복감에 젖어들면서 피비에 대한 그리고 주위의 세계에 대해 어쩔 수 없는 애정을 느끼는 자신을 깨닫는다.

그리하여 그는 '왜 그랬는지는 모르지만' 캄캄한 자신의 내면이 밝아지면서 회전목마를 타고 있는 피비의 행복한 모습에서 마치 영적인 계시와도 같은 행복의 충격을 받는다. 그리고 피비와 함께 결국 집으로 돌아가게 되고 신경쇠약증으로 병원에 입원하게 된다. 이것이 홀든 콜필드의 이틀 동안의 모험 이야기이다.

    미성숙한 어린이의 세계에서 성숙한 성인의 세계로 옮겨가는 10대의 한 소년이 겪는 모험의 편력이라는 점에서 『호밀밭의 파수꾼』은 『허클베리 핀의 모험』과 비교되기도 하지만, 무서운 타락과 허위에 가득찬 암흑의 세계에서 고통과 소외를 당하면서도 그 고통에 굴하지 않고 '인간에 대한 근원적인 애정'이라는 따스한 심장을 지켜나간다는 점에서도 홀든과 허클베리 핀은 시대의 파수꾼적인 휴머니스트라 부를 수 있겠다.

9

죽음과 쓰레기로
사랑의 마법을 피워낸 모모
_ 에밀 아자르의 『자기 앞의 생』

1975년도 공쿠르상 수상작인 『자기 앞의 생』은 유태인 창녀에게서 양육된 아랍 소년 모모와 늙고 추해졌으나 유머러스하고 관대한 자비와 인간애를 지닌 유태인 창녀 로자 아줌마의 비참을, 그리고 따스한 사랑을 그린 감동적인 소설이다.

매음굴 속의 사생아면서 이미 열 살에 삶과 죽음에 통달해버린 현대의 쓰레기통 속의 철학자 '모모'는 소설 출간과 동시에 전 세계의 심금을 울렸고, 이스라엘 출신의 영화감독 모쉬 미즈라히가 이 소설을 〈마담 로자〉로 영화화하면서 쉰여섯의 명배우 시몬 시뇨레가 늙은 창녀 '로자 아줌마' 역을 맡아 한번 더 세상을 떠들썩하게 만들었다. 그러나 『자기 앞의 생』을 가장 유명하게 만든 것은 이 소설의 작가가 누구인가, 에밀 아자르는 누구이며 그가 정말 이 작품을 썼는가, 그는 과연 실존 인물인가 하는 점이었다.

여러 가지 수수께끼와 소문의 안개 속에서 에밀 아자르는 니스에서 태어난 보석상의 아들, 서른셋의 폴타블로비치로 한때 알려지기도 했으나 결국은 에밀 아자르란 존재하지도 않는 유령 작가이며 프랑스의 유명한 원로 작가 로맹 가리가 『자기 앞의 생』의 진짜 원작자임이 드러났다. 이처럼 다채로운 파문과 화제를 뿌린 『자기 앞의 생』은 우리나라에선 "모모는 철부지, 모모는 무지개, 모모는 생을 쫓아가는 시곗바늘이다…… 너무 기뻐서 박수를 치듯이 날갯짓하며 날아가는 니스의 새들을 꿈꾸는 모모는 환상가……"(김만준의 노래 〈모모〉) 등의 노랫말로 작곡되어 한때 대학가를 휩쓰는 선풍적인 유행가가 되기도 했다.

모모는 그처럼 우리 곁에 다가왔다. 슬픈 어릿광대의 옷을 입은 위장 성자의 모습으로. 그리고 바닥층에서도 가장 밑바닥의 그는 한마디의 처절한 말을 남긴다. '사랑해야 한다'고.

꼬마 모모는 95킬로그램의 육중한 체구를 오직 두 다리로 지탱하며 날마다 7층 아파트 계단을 오르내려야 하는 늙고 뚱뚱한 로자 부인의 집에서 살고 있다. 로자 부인은 젊고 예뻤을 때는 꽤나 인기 있는 창녀 노릇을 했으나 쉰이 넘고부터는 그것조차 할 수가 없어 창녀의 아이들을 양육해서 먹고사는 말하자면 창녀촌의 양육모와 같은 존재였다.

그녀는 말한다. '인류의 적은 남자의 생식기'라고. 모모는 '처음에 나는 그녀가 월말마다 받는 송금 수표 때문에 나를 보살펴준다는 사실을 모르고 있었다. 그저 나를 사랑해서 키우는 줄만 알고 있었다. 그러다가 여섯 살인가 일곱 살 때 수표가 온다는 사실을 알았다. 나는 밤이 새도록 울고 울었다. 그것은 내 생애 최고의 커다란 슬픔이었다. 그러자 로자 부인은 이 세상에서 내가 가장 소중하다고 맹세했다'라고 말한다.

로자 부인의 아파트에는 애들이 예닐곱 명이나 늘 우글거리고 있는데 돈벌이가 시원치 않거나 부모가 도망쳐버려 송금 수표가 끊어져버린 아이들도 있었고, 그러면 로자 부인은 아이들을 위해 훌륭한 부모를 찾아 입양시켜주기도 했다. 그런 일들을 위해 로자 부인은 늘 완벽한 위조 증명 서류를 트렁크 가득 갖추고 있었다. 그녀는 정말 버림받은 아이들을 위한 성모와 같은 존재였다.

또한 모모의 친구로 같은 아랍인인 여든이 넘은 타밀 할아버지가 있다. 타밀 할아버지는 모모에게 아랍 말과 글을 가르쳐주었고, 모하메드라는 이름 대신 그를 '꼬마 모모'라고 어린애 취급을 하며 부른다. 타밀 할아버지는 60년 전 8개월 남짓한 짧은 동안 사랑한 여자를 아직도 잊지 않고 사랑하고 있었다.

'때때로 나는 하나님이 지난 일을 잊게 하는 지우개를 쥐고 있는데 내가 살아가면서 그 여자에게 잊지 않겠다고 약속한 그 맹세를 지켜낼 수 있을까 겁을 먹곤 했지. 이젠 안심이야. 살 날이 얼마 없으니. 잊기 전에 죽을 테니까 말야.'

모모는 로자 부인 생각이 나서 타밀 할아버지에게 '사람은 사랑 없이도 살 수 있나요?'라고 묻는다. 할아버지는 한참 생각하다가 '그렇단다' 하고는 창피한 듯이 고개를 숙였다. 모모는 울기 시작했다.

로자 부인은 한때 유태인이라는 이유로 아우슈비츠에 강제수용된 적이 있었는데 초인종 소리만 나면 독일인이거나 경찰이라고 몹시 두려워하는 이상한 공포 증세를 아직도 가지고 있다. 로자 부인이 점점 더 심장병이 심해지고 아이들을 돌볼 기력이 쇠잔해지자 모모는 겁 많은 가난한 이웃들의 도움을 받으며 자신이 직접 아이들을 돌보게 된다.

병이 점점 더 심해진 로자 부인은 깜박깜박 혼수와 가사 상태에 빠지기도 하고, 망령기가 들어 그 뚱뚱하고 늙은 몸에 화장을 하고 향수를 병째로 들이붓고는 젊은 시절처럼 손님 끄는 유혹적인 흉내를 내기도 했다. 그러자 로자 부인의 정신 상태가 정상이 아니라는 소문이 퍼져 어느 창녀도 아이를 맡기지 않게 되고, 모모가 오히려 식물인간처럼 변해가는 로자 부인의 노망 든 여생을 맡게 되어버린다.

그러던 어느 날 한 아랍인 남자가 로자 부인에게 10년 전에 맡겼던 아들을 찾으러 승명 서류를 가시고 온다. 그는 정신 발작 끝에 창녀인 아내를 죽이고 10년 동안 정신병원에 수용되었다가 오늘에야 병원에서 나왔다는 것이다. 그는 '난 내 아들에게 용서를 빌고 싶습니다. 또 그 아이에게 나를 위해 기도해달라고 빌고 싶습니다'라고 말한다. 로자 부인은 자기가 사랑하는 모모를 숨기고 대신 유태인인 모세를 그 남자에게 아들이라고 가르쳐주었고, 그 남자는 분노와 실망으로 기절해서 죽고 만다. 모모는 그가 자신의 아버지라는 것을 알면서도 '나의 아버지는 사나이 중의 사나이여야지 아내를 죽인 정신병자 따위여선 안 된다'고 생각하며 그 시체를 다른 곳에 내다버린다. 그는 자신의 정체성 찾기를 거부한다. 차라리 아버지란 없는 게 좋다고 생각한다.

　로자 부인은 정신이 들면 모모에게 '엉덩이로 벌어먹고 살 생각을 해서는 안 된다'고 간곡히 부탁하고 자신을 결코 억지로 생명을 연장시키는 가혹한 병원에 보내서는 안 된다고, 자신이 식물인간이 되면 안락사를 시켜달라고 부탁한다. 결국 로자 부인이 기나긴 혼수상태에 빠지자 정이 많은 이웃 사람들과 의사는 로자 부인을 병원에 보내야 한다고 하지만 모모는 이스라엘의 친척들이 와서 로자 부인을 이스라엘로 데려갈 것이라고 거짓말을 한다. 로자 부인의 돌처럼 육중한 몸뚱이를 부축해 아파트 지하실로 옮긴 모모는 일곱 개의 촛불을 켜고 로자 부인의 얼굴에 귀신처럼 진한 화장을 해준다. 로자 부인이 '유태인 동굴'이라 부르며 자신의 죽음을 위해 준비해놓은 방, 그녀의 고향 이스라엘과도 같은 그 지하실 방에서 모모는 로자 부인의 아름다운 영면을 위해 끝까지 향수를 뿌려주고 침대 곁에 남아준다. 지상의 끝과도 같은 그 장소에서 이웃에게 발각되어 구출된 뒤 그는 말했다. '사람은 누구나 사랑할 사람이 없으면 살 수 없다. 사람은 서로 사랑해야 한다'고.

　태어날 때부터 사랑과는 아예 인연이 없었던 모모는 그러나 지상의 마지막 장소에서도 사랑을 보여줄 줄 알았던 사랑의 마법사다. 피임약과 훗물이라는 것을 몰라서 창조되어버린 창녀의 사생아 모모와 전직 창녀 로자 부인의 사랑—그것은 가장 낮지만 가장 넓게 흐르는 거대한 인간애의 바다이며, 빈민가를 인간의 장소로 변화시키는 눈물겨운 신성한 노력이다.

10

사랑이라는 이름의 수선공

_ 에밀 아자르의 『솔로몬의 고뇌』

살다보면 '우리 사는 세상'이 무언가 크게 잘못된 것이 아닐까 하는 생각이 들 때가 있다. 선과 악이 샐러드처럼 혼란스럽게 뒤섞여 있으며, 신성불가침의 꼭대기까지 닿아 있는 과학문명의 발전과 환경오염으로 사실상 우리는 한 치 앞의 미래도 점칠 수 없는 그런 불확실성의 시대에 살고 있다. 도덕률도 흔들리고 가치체계도 흔들리고 이른바 존재의 중심이랄 수 있는 신의 부재화 현상으로 믿음도 희망도 흔들린다. 이런 흔들리는 시대와 더불어 우리는 흔들리면서 살고 있다. 이렇게 흔들리는 무질서의 시대에선 모든 선택은 불안이 된다. 우리의 기본적인 정신 기조는 아마도 불안일 것이다. 확실히 믿을 무엇이 없는 세상에서 우리는 다만 무질서 속의 하나의 불안으로 남겨질 따름이다. 니체의 말대로 신은 죽은 것일까. 아니면 칸트의 말대로 신은 천지창조 이후 우주에서 손을 떼고 다만 '냉담'으로 등을 돌리고 앉아단지 자신의 손톱을 다듬고 있는 중일까. 사무엘 베케트의 농담한 대목이 생각난다.

한 양복점 주인이 있었다. 어떤 손님이 와서 바지 한 벌을 맞추었는데 약속된 기일이 지나도 양복장이는 바지를 완성시켜주지 않았다. 몇 번 허탕을 친 손님이 화가 나서 말했다. '아니, 하나님은 엿새 동안에 이 우주를 창조하였는데 당신은 그래 몇십일 동안 바지 한 벌도 못 만든단 말이오?' 그러자 양복장이는 조금도 굴하지 않고 의연히 말했다. '그러니 이 세상이 이렇게 엉망진창이지 않소? 내 바지는 구멍 하나 없이 튼튼하다오.'

『자기 앞의 생』이란 놀라운 책을 써서 세계 문단에 혜성처럼 나타난 에밀 아자르의 『솔로몬의 고뇌』는 바로 이런 테마를 다루고 있다. 불완전한 세상의 정처 없는 불행과 그 안에 살고 있는 인간들의 불안. 신도 없고 구원도 없는 엉망진창의 현실 속에서 자신의 불안을 극복해가는 방법을 두 명의 주인공 자노 라팽과 솔로몬 씨를 통해 나타내고 있다.

어느 날 택시 운전을 하고 있던 20대 청년 자노 라팽은 우연히 자신의 차에 손님으로 승차한 일흔네 살의 노인 솔로몬 씨를 알게 된다. 솔로몬 씨와의 대화 도중 자노는 그가 일생을 기성복 사업, 특히 판탈롱 기성복 사업에 종사했던 성공한 부호이며 현재는 은퇴하여 S.O.S. 무료봉사단이라는 자선사업을 이끌고 있음을 알게 된다. 솔로몬 씨는 그 나이에도 불구하고 힘찬 모습에 검고 매력 있는 눈동자, 한 치의 흐트러짐도 없는 엄격한 표정을 하고 있으며 나이에 비해 너무도 옷을 잘 차려입고 있어서 '아무렇게나 죽음을 맞이할 그런 만만한 사람은 아니라는 느낌'을 준다.

S.O.S.란 불안증 환자, 소위 말하는 애정결핍증 환자 같은 사람들이 그들의 불안을 호소해오면 전화 상담은 물론이거니와 방문 상담 또는 선물 보내기 등을 통하여 인도주의적 원조를 해주는 자선단체인데 솔로몬 씨는 자노 라팽에게 자신의 사회사업을 위해 운전을 해달라고 청한다. 자노 라팽은 자동차 수리공으로 일한 적이 있는 청년으로 수리공이라기보다는 잡다한 부속품을 다루는 그런 일들을 했으며 타고난 손재주가 좋아서 뭐든지 '고장난 것은 아무거나' 고쳐놓을 수가 있다. 그는 학벌이라곤 공립 초등학교 졸업이 전부이지만 일을 안 하는 시간에는 시립도서관에 가서 개인적으로 공부를 하는 순수한 열정의 소유자다. 그는 혼자서 줄곧 사전을 찾으며 공부를 하는데 사전에서 찾을 수 없는 것은 다른 어디서도 찾을 수가 없기 때문에 '사전이란 세상에서 가장 완전하다'고 생각하고 있는 청년이다.

그렇게 자노 라팽은 솔로몬 씨의 S.O.S.에서 일하게 된다. '돕는다라는 말은 솔로몬 왕이 퍽 좋아했을 말이란 걸 알아둘 필요가 있소. 인간에게 가장 부족하기 쉬운 게 바로 그거니까.' 솔로몬 씨는 말한다.

자노의 친구인 냉소주의자 척Chuck은 솔로몬 씨의 그런 행위는 선량한 마음에서라기보다는 오히려 신에게 어떤 깨우침을 주려는 데서, 다시 말해 신에게 복수하고 부끄러움을 느끼게 하고 그에게 올바른 길을 보여주려는 의도에서 비롯된 것이라고 한다. 즉 신이 이 세상에서 해야만 했으나 만들어놓지 않은 모든 것에 대해 신의 주의를 환기시키기 위해 그와 맞서 대항함으로써 신에게 부끄러움을 주고자 한다는 것이다. 그리고 자선사업을 통해 세계를 지배하고 결국은 사랑받고자 한다는 것이었다. 아무튼 자노는 솔로몬 씨의 봉사 단체에 참여하여 일흔다섯 살이 넘은 무명작가를 방문하기도 하고 휠체어에 앉아 있는 부인 집에 방문 상담을 가기도 하며 의지할 데 없이 고독한 사람들에게 솔로몬의 명함이 든 꽃과 과일바구니를 갖다주기도 한다. 그는 라디오에서 브르타뉴 지방에서 송유선 난파로 인한 '검은 물결' 속에 그만 5천 마리의 새들이 죽고 있다는 뉴스를 듣고 언제나 그 상념에 빠져 있다. 그리고 바로 그 검은 물결 속에 처박혀 죽고 있는 갈매기들이 자신의 모습 아니면 S.O.S.를 부르는 다른 방랑자들의 모습과 같다고 생각하면서 사랑으로 그들을 보호하는 데 일생을 바치고 싶다고 느낀다.

그러던 중 자노는 솔로몬 씨의 옛 애인이자 과거의 현실주의 샹송 가수였던 미스 코라를 솔로몬 씨의 청으로 방문하게 된다. 미스 코라는 예순다섯이면서도 스무 살 난 마음으로 처녀처럼 옷을 입고 아직도 인기 가수였던 시절에 대한 향수와 망상에 빠져 사는 우스꽝스러울 정도로 환상적인 여자였다. '자노, 사람이 늙어간다는 것은 사실이 아니야. 다만 주위에서 그것을 강요하지. 그것에 자신을 적응시키기란 퍽 힘이 들어.'

자노는 미스 코라의 의욕을 북돋우고 생을 생기 있게 해주기 위해 그녀를 젊은이들의 파티에 초대하고, 춤을 추고, 남들이 미스 코라의 꼴불견을 비웃자 동정심으로 키스를 하고, 늙음에 대한 일반적인 인습에 저항하는 마음이 되어 그녀와 동침하기까지

한다.

 '척, 그녀와 잔 것은 그녀가 받는 어떤 생의 부당함에 대한 도전이었어. 난 역시 구조대원 같은 일을 했던 거야. 그건 사랑이었지만 그녀 개인과는 관계 없는 사랑이었어. 보다 넓은 의미에 있어서의 전체 인간을 향한 사랑, 말하자면 검은 물결 속에서 죽어가는 새들처럼 모든 종류의 위험에서 허덕이는 존재에 대한 사랑 같은.' 자노는 그녀의 손을 잡을 때 마치 근심에 찬 지구의 손을 잡은 것 같았다고 쓴다.

 자노는 사랑이란 항목을 찾아보려고 의학 사전을 사러 책방에 간다. 책방 여인 알린은 '그런 단어는 의학 사전에선 찾지 못할걸요. 사랑이란 일반적으로 인간 영혼의 자연스러운 갈망을 뜻하니까요'라고 말한다. 훗날 자노는 알린과 결혼하게 되는데 사전에 대한 자노의 사랑은 바로 이 세계에 결핍되어 있는 '완전한 질서'에 대한 희구심인 것 같다. 병든 사회에서 사랑이란 의학과 같은 것이라고 그는 생각한다.

 솔로몬 씨는 자신의 불안을 해소하기 위해 우표 수집을 하고 남들의 기념엽서를 모으고 트레이닝복을 입고 요가 운동을 하거나 점쟁이집에 가서 자신의 미래를 점쳐보기도 하고 창녀집에 가서 자신의 능력을 확인하며 직접 S.O.S. 전화 상담을 하기도 한다. '바람이 분다. 살아봐야겠다'라는 발레리의 시구와 '젊은 이들의 눈엔 불길이 타오르고 노인들의 눈엔 빛이 차 있다'는 빅토르 위고의 시구를 좋아하는 솔로몬 씨는 말하자면 극기주의라는 과거의 철학을 온몸으로 실천하고 있는 것이다.

'모든 것은 너무 늦었다. 생이 너에게 어떤 보상도 해주지 않으리라고 문득 느끼게 되는 순간 말이야, 그것이 바로 고뇌의 순간일 테지. 그게 바로 S.O.S.에서 우리가 솔로몬 왕의 고뇌라고 부르는 것이고. 누군가에게 생의 빚을 갚아주고 싶다고 난 생각해.'

솔로몬 씨는 자신의 자선사업으로 많은 이를 절망과 죽음에서 구해내면서도 자신은 극기주의라는 초연한 철학에 빠져 과거에 사랑했던 미스 코라에게 모든 경제적 도움을 주면서도 사랑을 청하진 못한다. 모든 걸 잃게 될까봐 공포에 사로잡혀 차라리 고의적으로 전부 잃어버리려는 셈이다. 그렇게 함으로써 더이상 두려움을 느끼지 않으려고 한다. 즉 더이상 아무것도 잃을 게 없다는 위장된 무심에 그는 빠져 있었다.

자노는 미스 코라와 솔로몬 씨의 여생의 행복을 위해 서로가 생의 마지막 장미꽃을 딸 수 있는 용기를 주면서 그들이 결혼하여 니스에서 아름답고 행복한 은퇴 생활을 하도록 도와준다. '용기를 내세요! 솔로몬 선생님. 만약에 자신을 믿거든 내일까지 기다리지 마십시오. 오늘부터 생의 장미들을 꺾도록 하세요!' 미스 코라와 솔로몬 씨는 행복하게 결혼하여 열차를 타고 니스로 떠난다. 결국 솔로몬과 같은 초연한 극기주의도 미스 코라와 같은 환상적 낭만주의도 이 세상에 알맞은 사랑의 방법이 될 수 없다고 느끼며 자노는 말한다.

'알린. 참다운 무력감이 어떤 것인지 알아? 세계 도처에서 서서히 멸망되어가는 여러 현상들을 보면서도 아무것도 할 수 없을 때 느끼는 감정 말이야. 그게 고뇌야. 솔로몬 왕의 고뇌. 이미 이 세상 사람이 아니어서 엉망진창이 되어가는 세상을 보고만 있어야 하는 솔로몬 왕의 고뇌. 그래서 무엇이든 위험한 일을 단 하나라도 막을 수 있고 누구라도 좋으니 고통받는 사람들 중 한 명이라도 도와줄 수 있다면, 그렇다면 나 자신을 바치는 거야. 그러면 무력감이 약간 가시지.'

'난 사람들의 존경을 받을 만한 사람은 못 돼. 그건 내게 벅찬 일이야. 단지 수선공으로서 사회의 불행한 일부분을 수리해줄 뿐이야. 척은 내가 구원자 콤플렉스에 걸려 있다고 하지만 그건 헛소리에 불과해. 난 수선공일 뿐이야. 그 이상 아무것도 아닌. 수선공, 이해하겠어?'

결국 자노는 불쌍한 미스 코라와 외로운 솔로몬 씨의 인생을 수선하여 인간적인 행복을 완성시켜준다. 그후 자신 역시 알린과 결혼하여 자신의 떠돌이 인생을 수선한다.

'내가 독학자로서 배운 게 하나 있지. 우리는 살면서 수리하는 법을 배워야 해. 너와 난 행복한 생을 서로 수리해가며 일궈나갈 수 있어.'

삶이란 불완전하고 무질서해서 인간에게 잔혹한 고뇌를 주지만 고뇌에서 도피하지 않고 작은 부분이라도 고치고 때워서 작은 행복이나마 하나하나 쌓는 것—그것이 사랑이라고 20대 청년이 된 '모모', 즉 자노 라팽은 거듭 주장한다. 검은 물결 속에 빠져 죽어가는 세상의 모든 새를 구하기 위해 떠날 수 없으므로 자기 힘이 닿는 거리 안에 있는 구원의 가능성을 실현해보고자 하는 마음에서, 사랑을 갈망하는 예순다섯의 미스 코라와 동침하는 희극적이면서도 참으로 인간적인 자노 라팽. 그는 돈 많고 박학다식한 솔로몬 씨보다도 훨씬 더 지혜의 왕 솔로몬에 가까운 현대판 사랑의 구원자가 된 것이다.

11

순결한 것은 슬프다
_ 윌리엄 사로얀의 『인간희극』

윌리엄 사로얀은 20세기 초 터키인들의 학살을 피해 미국으로 이주한 아르메니아인의 아들로 1908년 미국 캘리포니아주 프레스노에서 태어났다. 그는 밑바닥에서의 성장 체험을 통해 '축소판 아르메니아'의 고집스럽고 가난하지만 소박한 삶을 누구보다도 잘 알았다. 포도원에서 일하던 아버지는 그가 두 살 때 돌아가셨고 어머니는 통조림 공장에서 일했으며, 윌리엄은 여덟 살에 신문팔이로 돈을 벌어 생활비를 보태면서 그후 전보 배달원, 도서관 직원, 포도원 일꾼, 신문기자 등의 일자리를 거친다.

이렇듯 험난하면서도 다채로운 과거의 체험들을 산뜻하고 간결한 문체로 포착한 그는 1935년 오 헨리상을 수상하고 겨우 6년 사이에 6백 편의 단편을 발표하여 미국 문단에서 '작은 언어의 모차르트'라는 별명을 얻기도 했다. 그의 초기 작품들은 전쟁과 경제공황에 시달리던 사람들이 듣고 싶어하던 진실한 휴머니즘의 소박한 낭만주의를 담고 있다. 그의 작품세계는 우리가 흔히 길거리에서 만나게 되는 자그마한 현실들의 생동하는 무늬로 짜여져 있다. 이러한 보잘것없는 인간 군상들의 현실과 진실의 모자이크가 바로 그의 대표작인『인간희극』이다.

『인간희극』의 원제는『The Human Comedy』인데 이는 단테의『신곡』, 즉『The Divine Comedy』를 의식하고 정한 제목인 듯 보인다. 단테의 시대에 작가의 상상력이 죽음 너머를 탐험하고 신의 세계를 방문하여 유랑할 수 있었다면, 사로얀의 시대에는 천상보다는 지상의 인간들, 그중에서도 가난하지만 인간미를 잃지 않고 소박한 삶을 살아가는 우리 이웃의 인간 군상이 탐험의 대상이 되었는지도 모른다. 아무튼 현대는 천상의 세계를 꿈꾸는 시대가 못 됨은 분명한 것 같다. 그런 의미에서『The Human Comedy』라는 제목을 붙인 듯한데, 그렇다면 번역을 『인간희극』보다는『신곡』과 대립되는 개념으로서의『인간극』이라고나 해야 더 적절할 것이라고 생각되는데 국내 번역본은 모두『인간희극』으로 되어 있다. 희극이 원래 '경험에는 어둠이 밝음으로 여과되어가는 관점이 있다. 희극은 이런 체험을 감지하고 그리로 뻗는다'(크리스토퍼 프라이)라는 관점에서 설명될 수 있는 것이라면『인간희극』이라는 번역 제목도 꽤 적절해 보인다. 사로얀의 인간 군상들은 모두 그렇게 어둠에서 밝음으로 가는 향일성의 감각을 가지고 있으며 그리하여 전쟁과 경제공황이라는 재난 속에서도 '철학적 미소'를 잃지 않는다.

『인간희극』의 주인공은 열네 살 소년 호머 매콜리이다. 그의 집은 캘리포니아주 이타카에 있다. 아버지인 매튜 매콜리는 돌아가셨고 형 마커스는 전쟁에 병사로 나갔으며 대학에 다니는 누나 베스와 꼬마 동생 율리시스 그리고 통조림 공장에서 일하는 어머니와 함께 산타클라라 거리에 살고 있다. 그는 형마저 전쟁에 끌려간 후 어려워진 집안을 돕기 위해 우체국에서 전보 배달원으로 일하며 이타카에 사는 각양각색의 인간과 그들의 삶을 들여다볼 기회를 갖는다. 우체국에는 한때 세계에서 가장 빠르게 전보를 칠 수 있었지만 지금은 예순일곱의 늙은 야간 전신 기사에 불과한 그로간 씨와 역사에 대한 올바른 인식과 휴머니즘의 실천적 감각을 지닌 전신국장 스팽글러 씨가 있다. 전쟁 때이니만큼 죽음의 전보가 우체국에 자주 당도한다. 어린 소년 호머는 전쟁터에서 혹은 어느 머나먼 전선에서 보내오는 죽음의 전보를 배달하는 데 말할 수 없는 두려움과 슬픔을 느낀다. 그는 그로간 씨에게 묻는다. '우리가 아는 어떤 사람, 알지 못하는 누군가, 우리가 한 번도 본 적이 없는 이들이 죽어갈 때, 그들이 그냥 헛되이 죽는 건 아니겠죠, 안 그래요?' 늙은 전신 기사는 한참 기다린 다음에야 대답한다. '난 이 세상을 오랫동안 살아왔지만 그 질문에 대한 해답을 알 수가 없단다, 얘야. 난 그 답이 존재하는지조차도 자신이 없구나. 그것은 젊은 질문이고 나는 늙은이니까.'

호머는 심장마비로 가끔 발작을 일으키는 그로간 씨에게 찬물을 뿌려주고 술을 넣어주고 약 심부름을 해주고 또 〈주 은혜 놀라워〉 같은 찬송가를 불러주기도 한다. 호머의 어머니 매콜리 부인이야말로 악으로 가득찬 세상에서도 따스한 휴머니즘을 잃지 않는 자애로운 여인이다. 그것은 그녀의 사랑이고 용기이다. 그녀는 아들 호머에게 말한다. '네가 느끼는 외로움은 네가 더이상 어린애가 아니어서 찾아온단다. 그리고 이 세상은 항상 그런 고독으로 가득하단다. 학교란 아이들이 길거리로 나가지 못하게 하려 보내는 곳에 지나지 않지만 어쨌든 아이들은 언젠가는 길거리에 나가야 하지. 자식들이 세상에 나가는 일을 부모들이 두려워하지만 사실은 무서워할 것도 없단다. 세상에는 온통 겁에 질린 아이들투성이야. 겁이 나서 그들은 서로 겁을 준단다. 이해하도록 노력해야지. 네가 만나는 모든 사람을 사랑하도록.'

그런 어머니의 박애와 소박한 휴머니즘을 이어받은 호머는 학교에서 벌어지는 속물적 싸움과 빈부의 차이에 따르는 차별 대우 같은 것에 적개심을 느끼기도 하지만 '나는 모든 태도의 밑에 깔린 참된 본질에 관심이 있어. 내가 가르치는 어느 아이가 부유하냐 가난하냐 혹은 똑똑하냐 둔하냐 하는 건 관심이 없단다. 만일 그 아이에게 인간성만 있다면, 그에게 마음이 있고 진리와 명예를 사랑한다면 말이지. 내 교실에 있는 아이들이 인간적이라면 나는 그들이 저마다 인간으로 자라는 모습이 서로 똑같기를 바라지 않아. 나는 내 아이들이 저마다 저 자신이 되기를 바라고 있어. 네가 이 학교를 떠난 후에도 네가 나를 잊어버린 다음에도 난 오랫동안 널 세상에서 지켜보고 있을 거야'라는 힉스 선생님의 말에 감동을 받고 선의의 신뢰를 회복한다. 장애물달리기 선수인 호머는 인생이란 그렇듯 끝없이 장애물을 넘어가는 것이라고 느끼고 있다.

아이들을 빈부에 따라 차별하는 바이필드 선생, 가문의 부와 명예를 자랑하는 같은 반 친구인 휴버트 애클리와 같은 인물들 사이에서도 호머는 따스한 이해와 삶에 대한 신뢰를 머금고 살아간다. 그것은 이타카의 햇빛이며, 이타카의 공기이며, 이타카의 시냇물이며, 이타카 나무들의 생리와도 같다. 기차를 타고 가던 흑인 남자가 손을 흔들어주었기 때문에 내내 기쁜 꼬마 율리시스, 형 마커스를 사랑하는 아름다운 이웃 소녀 메리, '하나님은 세상과 햇빛과 어머니와 자매와 집과 밭과 화로와 식탁과 침대와 모든 것을 주고, 가엾은 하나님이 모든 것을 주었는데도 아무도 행복하지 않고 독감 걸린 소년처럼 건포도 박힌 과자만 달라고 조른다'며 우울해하는 잡화상 주인 아라 아저씨, 얼간이 바보 그러나 참으로 선량한 꼬마 라이오넬, 특종 신문 기사 제목을 외치며 거리를 누비지만 '이제는 돌아가요! 여러분이 마땅히 있어야 할 곳으로 모두들 돌아가요! 살인을 중단해요! 그 대신 나무를 심어요!'라고 외치고 싶은 가두 신문팔이 소년 어거스트, 살인과 부패가 싫어 미친 세상이 싫어 세상을 거부하는 강도에게 돈을 주며 '이것을 가지고 고향으로 가요. 인간이 무엇을 하는지는 상관이 없어요. 선량하고 정직한 일이라면 무엇이든 좋아요'라고 말하는 스팽글러 국장. 그들이 이타카의 사람들이며 미소와 연민을 끝내 포기하지 않는 지상 최후의 '인간'들이다.

끝내 형 마커스는 전선에서 죽고 대신 마커스의 군대 친구이자 '고향 같은 곳'을 세상에서 찾고 있던 고아 토비가 이타카의 집으로 돌아온다. 하프와 피아노와 노랫소리가 들려오는 집. 고아 토비는 그곳이 기나긴 오디세우스의 영웅적 모험과 항해가 도달해야 할 마지막 구원처였음을 느끼고 한 번도 본 적이 없는 고향으로, 가족에게로 돌아온 따스함을 느낀다. 사로얀의 이타카는 바로 우리 시대의 인간들이 꿈꾸어야 할 순결한 회귀의 중심 바로 그곳인 것 같다.

2부

『마담 보바리』에서부터
『아들과 연인』까지

12

이룰 수 없는 사랑의 난파

_ 귀스타브 플로베르의 『마담 보바리』

귀스타브 플로베르의 『마담 보바리』는 '문학의 혁명'이니, '모든 자연주의 소설은 『마담 보바리』로부터 그 탄생을 보았다'라는 등의 문학사적 찬사가 아낌없이 바쳐진 작품이다. 그러나 발표되었을 당시엔 보들레르의 『악의 꽃』과 더불어 종교를 모독하고 미풍양속을 해치며 도덕의식을 타락시킨다는 이유로 힘겨운 법정 투쟁을 거치고 비로소 빛을 보게 된 수난과 영광의 작품이기도 하다. 그후 『마담 보바리』는 시간과 공간을 뛰어넘어 전 세계의 독자들에게 꾸준한 애정으로 읽히고 있으며 '보바리즘'이란 신화를 세계인의 마음속에 심어놓았다. 보바리즘 신화란 무엇이며, 또 내 안에는 보바리즘이 없는가. 우리는 각자의 은밀한 숙명 속에 숨쉬고 있는 보바리즘을 어떻게 극복하고 싸워가고 있는가.

봄이 오는 지평선에는 모든 숨은 씨앗이 눈을 뜬다. 나무마다 깃든 새둥지 안에서 홰치는 소리가 꿈처럼 푸드득거리는 이 회생의 계절에 나는 엠마 보바리의 그 파멸적 환상의 이야기와 우리들의 보바리즘에 대해 생각해보고 싶다. 봄이 오면 누구든 어디론가 떠나고 싶고, 자기를 벗어나 환상을 따라 가출이든 출가든 무엇인가 '저지르고' 싶다고 느끼지 않는가? 그리고 보바리즘이란 바로 그런 '현재로부터의 끊임없는 도피를 획책하면서 항상 자기가 있어야 하는 곳과는 다른 곳에 있으려고 하는 욕망' '자신을 있는 그대로의 현실적 자아로 보지 않고 항상 그랬으면 하는 이상적·환상적 자아로 보고자 하는 낭만적 태도' 등을 포괄하는 위험한 의미가 아닌가?

소설 『마담 보바리』는 프랑스 루앙 근교의 리 마을에서 실제로 있었던 '들라마르 사건'을 모델로 쓰여진 작품이다. 당시 리 마을에는 의사였던 플로베르의 아버지의 제자인 들라마르라는 의사가 있었다. 소설 속의 샤를과 비슷한 면모를 지닌 들라마르는 역시 소설 속의 여주인공 엠마와 비슷한 성격의 델핀이라는 미모의 여성과 재혼을 했다. 허영과 사치가 몸에 배어 세련된 멋을 동경하던 델핀은 남편의 범상하고 무미건조한 결혼 생활에 권태를 느낀 나머지 외간남자와 방탕을 일삼다가 많은 빚을 진 채 음독자살을 했다고 한다.

소설 속의 엠마는 베르토라는 작은 마을의 부유한 지주인 루오 영감의 딸로 태어났다. 그녀는 시골에서 조용하고 변화 없는 생활을 하다가 열세 살에 수녀원 학교로 들어가 교육을 받았다. 처음엔 지상과 천상으로 메아리치는 듯이 울리는 로맨틱한 우수의 종교 서적에 매료되기도 했으나 그녀는 천성적으로 몽상의 폭풍우를 꿈꾸고 있었으므로 곧장 따분한 수도원 생활에 싫증을 냈다. 엠마는 병적 낭만주의와도 같은 라마르틴의 책을 읽고 매료되어 수도원에서의 영혼 구제나 금욕에 대한 종교적 설교에 반항했으며, 그리하여 그녀는 수도원을 떠나 고향 마을로 다시 돌아온다. 항상 경이로운 열정에 빠지기를 즐기는 엠마에게 다시 돌아온 베르토에서의 생활은 환멸과 따분함으로 이어졌고 그런 무미건조한 나날 속에서 엠마는 토스트에서 왕진 온 의사 샤를 보바리를 만나 그와 결혼하게 된다.

샤를 보바리와 결혼한 엠마는 그의 전처의 음울한 망령이 가득차 있는 집안의 분위기를 화려하고 세련된 취미로 장식하고 의사 부인으로서의 우아함과 우월감을 즐기면서 보석처럼 반짝이는 밀월을 보낸다. 그러다 어느덧 권태가 그녀의 마음을 어둡게 한다. '결혼 전만 해도 그녀는 샤를을 사랑한다고 믿었다. 그러나 그 사랑으로부터 주어졌어야 할 행복이 찾아들지 않았기에 아마도 자신이 잘못 생각했다고 믿었다. 그녀는 책 속에서는 그렇게도 아름답게 생각되었던 행복·정열·도취 같은 낱말의 뜻을 사람들이 실생활 속에서 정확히 어떻게 이해하고 있는지 알고 싶어했다.'

이 세상에 존재하지 않는 아름다움에서 흥분을 찾는 엠마는 금방 남편이 무능력하고 시들하게 느껴졌고, 저녁 식탁에 놓인 접시 속에 '인생의 모든 쓴맛'이 듬뿍 담긴 것처럼 혐오를 느낀다. 그녀는 자신을 너무도 사랑하기에 관대하기 이를 데 없는 남편에게 극도로 냉정해졌으며 사냥개를 데리고 들판에 나가 빙빙 돌아다니는 개의 자유로움을 바라보면서 양산 끝으로 잔디밭을 콕콕 찌르며 '아! 나는 왜 결혼을 했을까!'라고 비탄의 독백을 되뇐다. 사실 우리의 일상생활이란 바로 그 양산 꼭지에 파인 좁은 땅구멍처럼 작고 고착적인 것이며 감옥처럼 비좁고 변화 없는 그런 고정된 감금이 아닌가? 그러나 상상력이 풍부하고 낭만의 열정으로 타오르는 엠마는 그런 쥐구멍만한 행복과 평화를 거부하고 숨막히는 몽상의 탈출을 꿈꾼다.

어느 날 무도회 초청을 받은 엠마는 무도회에서 만난 젊은 자작의 아름다움과 꿈같은 상류 생활에 매혹된다. 무도회의 추억, 그것은 엠마에게 하나의 집착이 되었고 뜨거운 질병이 되었으며 자작이 산다는 파리의 호화찬란한 장면은 성당의 종소리처럼 그녀의 피를 흔들었다. 그녀는 새로운 유행과 사치, 상류사회의 패션과 장식품을 애호했으며 시골 의사인 남편을 점점 더 냉대했다. '그녀는 영혼의 깊은 곳에서 하나의 사건이 발생하기를 기다리고 있었다. 마치 조난당한 수부水夫와도 같이 눈에 절망의 빛이 가득한 채, 저 멀리 안개 낀 수평선에서 흰 돛을 찾으며 인생의 고독 속을 헤매는 것이었다.'

용빌이라는 큰 도시로 이사를 한 엠마는 젊은 로돌프와 또 법률사무소 서기로 일하는 아름다운 청년 레옹과 사랑에 빠진다. 그러나 로돌프는 같이 도망가자는 엠마의 불같은 열정을 도외시하고 레옹 역시 루앙으로 도망쳐버린다. 아내의 우울증과 신경 과민에 걱정이 된 샤를은 아내의 기분을 전환시켜주려고 루앙으로 오페라 구경을 떠난다. 루앙의 극장에서 레옹을 다시 만난 엠마는 또다시 불같은 불륜의 사랑에 빠져든다. 루앙으로 마차를 타고 정부를 만나러 다니는 엠마는 옷치장과 볼로뉴 호텔 투숙비, 꽃과 사치스러운 식사 등 엄청난 비용을 지출하기 위해 고리대금업자인 뢰르에게 집을 저당잡히고 계속 돈을 얻어 쓴다. 남편 샤를은 환자의 굽은 다리 수술에 실패하여 점점 수입이 줄어들지만 엠마는 어린 딸 베르트에게도 무관심한 채, 자신의 사랑과 방탕과 환락의 소용돌이에 빠져간다. 그것은 그녀에게 축제의 나날이었지만 파산은 더욱 가까이 다가온다. 집행관이 집을 차압하러 오기 전날, 엠마는 비소를 한 움큼 집어먹고 자살한다.

'누가 당신을 이 꼴로 만들었소? 왜 당신은 행복하지 않았단 말이오? 나는 힘 닿는 데까지 다했는데!' 이것은 착하고 인습적인 남편 샤를의 처절한 질문이다. 보바리즘을 지닌 사람은 결국 자신의 환상과 욕망 때문에 숙명적으로 난파하는 것이다. 이룰 수 없는 사랑을 추구하다가 결국 숙명의 덫에 치어 파산하는 것, 그것은 보바리즘의 공포이면서 또한 피할 수 없는 우리 모두의 체험이기도 하지 않을까?

13

스스로 행복을 선택하지 않은 사랑
_ 앙드레 지드의 『좁은 문』

20세기 프랑스 문학의 거장 앙드레 지드의 『좁은 문』은 1909년에 발표되어 지드를 세계적으로 유명하게 만든 작품이다. 주인공이며 화자인 제롬이 자신의 사랑의 전말을 회상하여 기술하는 형식을 취하고 있는 이 작품의 표면적 줄거리는 비교적 간단하다. 그러나 이 작품이 세계의 심금을 울린 것은 '알리사'라는 불가해하리만치 신비한 여주인공의 창조에 있다고 하겠다. '좁은 문으로 들어가라……'라는 성경의 한 구절을 에피그래프로 내세우고 있는 『좁은 문』은 알리사식의 특이한 사랑법을 부각시킴으로써 세계의 로맨스 문학 속에서 고유한 자리를 차지하고 있다. 톨스토이는 사랑에는 세 종류가 있다고 말하면서 첫째는 아름다운 사랑이요, 둘째는 헌신적인 사랑, 셋째가 활동적인 사랑이라고 하였는데 알리사식의 사랑이란 과연 어떤 종류의 사랑일까.

제롬과 그의 외사촌 누이 알리사는 어린 시절부터 서로 따뜻한 애정과 친화력을 느껴온 사이였다. 그들은 성장함에 따라 어린 시절의 우정과 친화력이 뜨거운 이성 간의 사랑으로 발전함을 느낀다. 알리사의 어머니는 매우 민감하고 열정적인 성품의 여인인데, 권태스럽고 평화로운 시골 생활에 견디지 못하여 가족을 버리고 젊은 남자와 도망을 쳐버린다. 제롬과 알리사는 이 사건에 커다란 충격을 받고, 제롬은 '내가 알리사를 평생토록 지켜주리라' 하는 결심을 하게 된다. 그리고 '좁은 문으로 들어가라. 멸망으로 인도하는 문은 크고 넓어 그리 들어가는 사람은 많고 생명으로 인도하는 문은 좁고 길이 협착하여 찾는 이가 적음이니라'라는 목사님의 설교를 들으면서 제롬은 자신이 들어가도록 힘써야 할 좁은 문이 알리사의 방문이라는 꿈을 갖게 된다. 그는 모든 고행과 모든 슬픔을 넘어서서 순결하고 신비스럽고 청순한 기쁨, 즉 영혼의 기쁨 속에서 알리사의 영혼과 자신의 영혼이 맹렬한 불꽃처럼 녹아드는 것을 몽상하면서 자신들 사랑의 승리를 믿는다.

'찾는 이가 적음이니라…… 그러나 나는 그중의 하나가 되리라.'

그리하여 제롬은 '미덕'이라고 부르는 것을 향해 영혼을 몰두시켰으며 알리사와 함께 라틴어 복음서의 구절을 외우기도 한다. 그들은 많은 편지를 주고받으며 서로의 사랑을 확인하고 종교 문답과 인생 문답, 사랑의 문답을 주고받지만 약혼을 하고 싶어하는 제롬의 청을 알리사는 한사코 거절한다. '아니 제롬, 약혼하지는 말자. 제발…… 나는 그렇게 많은 행복이 필요한 것이 아냐.

우리는 이대로 행복하지 않니?'라고 울면서 알리사는 약혼 제의를 물리친다. 제롬에게는 '인생 전체가 하나의 긴 여행, 알리사와 더불어 책이며 사람들이며, 여러 나라들을 거치는 긴 여행'인데도 불구하고 알리사는 끝내 제롬의 청을 받아들이지 않는다.

'네가 그 편을 좋아한다면 약혼은 하지 말자. 네 편지를 받았을 때 나는 사실상 행복했는데 앞으로 그러지 못하리라는 것을 동시에 깨달았어. 내가 가졌던 그 행복을 돌려줘. 난 그 행복 없이 지낼 수 없어. 나는 일생 동안이라도 기다릴 만큼 널 사랑해. 그렇지만 네가 날 사랑하지 않게 된다거나 나의 사랑을 의심한다거나 하는 일만은 견딜 수가 없어'라고 말하며 제롬은 알리사에게 약혼은 하지 않아도 좋으니 전처럼 지내달라고 말한다.

사실 그것은 알리사의 여동생 쥘리에트 역시 제롬을 사랑한다는 비밀을 알리사가 알고 스스로 제롬을 포기하여 동생 쥘리에트에게 행복을 안겨주려는 자기희생적인 노력이었다. 그러나 어머니를 닮아 열정적이고 자유분방한 단호함을 가진 쥘리에트가 나이 많은 포도 농장 주인의 청혼을 받아들여 돌발적으로 결혼해버림으로써 제롬과 알리사 사이엔 아무런 현실적인 장애가 없게 된다. 그러나 알리사는 제롬을 몹시 사랑하면서도 끝내 그의 청혼에 대해서는 망설인다.

'제롬, 나는 네 곁에서 사람이 느낄 수 있는 행복 그 이상으로 행복해…… 하지만 믿어줘. 우리는 행복을 위해 태어난 것이 아니야.'

제롬이 영혼이 행복보다 무엇을 더 바랄 수 있는지 묻자 알리사는 '성스러움……'이라고 낮은 목소리로 대답한다. 제롬은 "네가 없이는 나는 그곳에 이르지 못해. 너 없이는 안 돼"라고 외치지만 알리사는 '그렇지만 제롬. 성스러움은 선택이 아니라 의무야. 네가 만약 내가 믿었던 그런 사람이라면 너 역시 그 의무에서 벗어날 수는 없을 거야'라는 편지를 보낸다. 제롬은 이런 말을 편지에 쓴다.

'사랑은 내가 간직하고 있는 것 중에서 가장 좋은 것이라는 생각이 들어. 나의 모든 미덕도 사랑에 달려 있고, 사랑은 나를 나 자신 이상이 되게 해줘. 네가 없다면 나는 지극히 평범한 내 본성의 보잘것없는 높이로 다시 떨어져버릴 거야. 아무리 험한 오솔길이라도 나에게 가장 좋은 길로 보이는 건 그 끝에서 너를 만나리라는 희망 때문이야.'

그러나 알리사는 끝끝내 제롬의 청을 물리치고 스스로 집을 떠나 요양원 속에 몸을 감추고 은거하다가 요양원에서 죽는다. 알리사가 제롬에게 남긴 유서 같은 일기가 이 작품의 끝부분을 이루고 있는데, 이 일기는 현실적인 사랑과 행복의 단념이 알리사에게 얼마나 크나큰 고통과 회한이었는가를 담고 있다.

'내가 어렸을 때부터 아름다워지기를 바랐던 것은 제롬 때문이었다. 지금 나는 오직 제롬만을 위해 완성을 지향하고 있는 듯하다. 그런데 그 완성은 그가 없어야만 달성될 수 있다는 것, 오 주님이여! 그것이 당신의 가르침 가운데 저의 영혼을 가장 당혹스럽게 하는 것입니다. 덕성과 사랑이 하나될 수 있는 영혼은 얼마나 행복할 것인가! 때때로 나는 사랑하고 최대한으로 사랑하

고 항상 더욱더 사랑하는 것 이외의 다른 덕성이 있을까 의심해
본다. 그러나 어떤 날에는 아아! 그가 말했듯 나에 대한 사랑이
처음에는 그를 하나님께로 향하게 했다 하더라도 지금은 그 사
랑이 그를 가로막고 있다. 그는 나 때문에 머뭇거리고, 나를 택
한다. 나는 그가 덕성을 더 멀리 밀고 나가지 못하게 가로막는
우상이 되었다. 우리 둘 중 하나라도 덕성에 도달할 수 있어야
한다.'

그리하여 결국 알리사는 제롬과 함께 들어가기엔 너무나 좁은
문을 혼자서 걸어들어가 천상의 영광에 이르기를 결심한다. 알
리사식 사랑이란 현실적이고 세속적인 사랑을 선택하지 않고 넓
은 문이 지닌 일상적 행복을 거부한 채로 고난의 좁은 문을 걸
어갔을 때 만날 수 있는 순수한 영광과 정신의 희열이다.

알리사가 말하지 않았던가.

'그들은 그들에게 약속된 것을 얻지 못하였느니라. 주님께서
는 우리를 위하여 가장 좋은 것을 간직하여두셨기에……'

결국 알리사의 사랑은 미완성된 고행의 사랑만이 무한의 세
계에서 최고의 행복을 주리라는 순결한 천상의 믿음과 연관되어
있는 것이다.

14

불가해한 사랑의 격정적 파멸

_ 블라디미르 나보코프의『롤리타』

'롤리타. 내 생명의 빛, 내 가슴의 불꽃. 나의 죄악, 나의 영혼. 롤-리-타. 혀끝은 입천장 밑에서 구른다. 한 걸음, 두 걸음, 그리고 마지막 세 걸음째에 이와 만난다. 롤 리 타.

아침의 그녀는 로였다. 신발을 신지 않고 잰 키가 4피트 10인치인 평범한 로였다. 바지를 입으면 로라, 학교에 가면 돌리였으며 서류상 이름은 돌로레스였다. 그러나 내 품에서 그녀는 언제나 롤리타였다.

그녀 말고는 또 없었는가? 있었다. 그녀 아닌 다른 여자가. 사실 어느 여름날 최초의 어린 여자애를 내가 사랑하지 않았더라면 롤리타도 없었을지 모른다. 아, 그게 언제였냐고? 롤리타는 태어나기도 전 내 나이만큼이나 거슬러올라가는 그해 여름이었다. 바닷가의 왕국에서. 이 엄청난 산문 스타일의 글을 살인자가 썼다는 사실을 여러분은 늘 참작해주기 바란다.

배심원석의 신사·숙녀 여러분. 증거 서류 1번에는 대천사들이, 고상한 날개가 달린, 잘못 전해들은, 단순한 대천사들이 무엇을 시기했는지 나와 있소. 이 가시들의 엉킴을 봐주기 바라오.'

이것은 러시아 망명 작가 블라디미르 나보코프의 아름답고 충격적인 사랑 소설『롤리타』의 첫 부분이다. '사랑 소설'이라고 필자 임의로 이름을 붙였지만 이 소설은 그보다는 '포르노 소설'이라고 여러 출판사로부터 배척을 받았고, 부도덕하고 짐승 같은 도색 소설이라고 출판이 금지되기까지 한 기구한 작품이다.

나보코프 역시 러시아혁명 때 조국을 등지고 유럽으로 망명한 후 영국, 파리, 미국, 스위스 등을 떠돌다가 1977년 스위스에서 사망할 때까지 '2류 브랜디'라고 스스로 조소했던 영어로 글을 쓰며 외로운 방랑을 했던 기구한 아웃사이더였다. 그는 부인과 함께 여름마다 나비 채집에 광적으로 몰두했으며 채집한 나비의 표본을 하버드대학교와 코넬대학교 과학연구소에 기증할 정도로 전문적인 나비 채집가였다. 나비 채집망을 들고 하얀 셔츠에 반바지를 입고 햇빛가리개를 비스듬히 쓴 그의 사진이 생각난다.

나비 채집을 하는 나보코프, 나비 채집을 하는 빠삐용의 죄수들, 그리고 나비만큼 가볍게 움직이며 요정처럼 빠르게 달아나는 소녀 롤리타를 사랑하는, 숙명의 덫에 빠진 40대 남자 험버트. 그들 사이에 진한 연관이 있다고도, 혹은 아무 연관이 없다고도 딱 잘라 말할 수는 없지만『롤리타』는 완벽한 사랑의 아름다움을 추구하여 세상의 모든 금지선을 기꺼이 넘어가는 불가해한 사랑의 황홀한 파멸을 그리고 있다. 해골섬에 종신형으로 간힌 죄수 빠삐용이 광선처럼 아름답게 날아가는 나비의 영상을 뿌리치지 못해 기꺼이 푸른 바닷속으로 몸을 던지듯이.

『롤리타』는 살인을 한 험버트가 재판을 위해 배심원들에게 자료를 내려고 자신의 기구한 사랑의 역정을 써내려간 일종의 회고록이다. 그는 정신과 병동에서, 혹은 무덤 같기는 하지만 난방 시설이 잘된 이 '은거지'에서 글을 쓰고 있다고 고백한다. 10대의 어린 소녀에 대한 성도착적 사랑이 어떻게 해서 시작되었으며, 어찌하여 부도덕의 광인처럼 자신의 의붓딸을 강간(성적 희롱)하게 되었는가에 대한 해부학적 심리의 흐름이기도 하다.

맨 앞에서 인용한 부분을 읽고 눈치 빠른 독자라면 『롤리타』 안에 불가능한 사랑을 추구하는 '애너벨 리 콤플렉스'가 주요 모티브로 작용하고 있음을 알아챘을 것이다. 에드거 앨런 포의 애너벨 리, 천사의 질투로 빼앗긴 그 바닷가 연인을 험버트 역시 만났던 것이다. 소년 시절 그는 바닷가에서 애너벨이라 불리는 꿀빛 피부에 갈색 단발머리를 하고 긴 속눈썹을 지닌 요정 같은 소녀와 사랑을 나눈 적이 있다. 외딴 모래사장의 비밀 창고에서 그 요정을 소유하려는 순간 애너벨을 부르는 그녀 어머니의 소리에 사랑은 깨어지고 그로부터 넉 달 후 애너벨은 지중해의 어느 그리스 섬에서 발진티푸스에 걸려 죽는다.

이것이 험버트의 원천적인 상처였으며, 그는 성장해서도 나이 든 여인보다는 어린 소녀들을 원하고 아홉 살부터 열네 살 사이의 순결한 요정들을 찾아 매춘부들 사이를 방황하는 너절한 성행각을 벌인다. 그러다 어린 소녀 티가 나는 서른 직전의 폴란드

의사의 딸과 결혼하여 지루한 결혼생활을 하던 중 미국의 아저씨가 유산을 험버트에게 남기고 죽는 사건이 생긴다. 그리하여 파리에서 미국으로 거처를 옮기려는 수속을 하던 중 아내 발레리아에게 사랑하는 남성이 있다는 것을 알게 되어 이혼을 하고 홀로 뉴욕으로 간다.

그는 뉴욕에서 아저씨의 향수 제조 사업을 이어받아 부유한 생활을 하다가 회사 종업원의 소개로 과부인 헤이즈 부인의 집에 하숙을 하게 된다. 롤리타. 거기에서 헤이즈 부인의 외동딸인 열두 살의 롤리타를 운명의 장난처럼 만나게 된 험버트는 요정 같은, 무례한, 팔락이는 속눈썹과 변화무쌍한 변덕을 가진, 쾌활하고, 버릇없고, 안하무인인, 새까만 나비 리본을 맨 위험한 그 요정에게 헤아릴 수 없이 이끌린다. 롤리타와 함께 있기 위하여 그녀의 엄마인 헤이즈 부인과 결혼한 험버트는 어느 날 그의 일기를 훔쳐본 헤이즈 부인이 자기 딸에 대한 미친 사랑에 놀라 거리로 뛰쳐나가 자동차에 치어 죽고 말자, 학교 캠핑에 가 있던 롤리타를 의붓아버지의 자격으로 데리고 나와 미국의 모텔을 돌아다니며 사랑의 행각을 벌인다.

맨 처음 '매혹된 사냥꾼'이란 호텔에 묵었을 때 롤리타는 험버트를 먼저 유혹했으며 그곳에서부터 험버트의 자제된 정욕은 무너졌다. 두 사람은 비어즐리에 정착하여 롤리타는 학교에 들어가고 험버트는 저술 활동을 하면서 외면적으로는 아버지와 딸의 생활을 해나간다. 그러나 붙잡으려 하면 할수록 도망치는 요정 같은 롤리타는 결국 그에게서 도망쳐버리고, 그녀 찾기를 포기할 즈음의 어느 날 롤리타의 돈을 구하는 편지를 받은 험버트는 젊은 일꾼인 딕과 결혼하여 만삭이 된 롤리타의 집으로 찾아간다. 그곳에서 딕과 롤리타를 죽이려던 계획을 포기하고 롤리타에게 돌아와주기를 간청하던 험버트는 롤리타의 도망이 비어즐리의 학교 시절 연극을 지도했던 중년의 극작가 퀼티 때문임을 알게 되고, 늙은 퀼티가 롤리타를 진정으로 사랑한 것이 아니라 성적 농락물로 취급했고 포르노 영화에 한번 사용하고 버린 것을 알고 권총으로 그를 쏘아 죽인다.

롤리타 친구들의 이름을 시처럼 암송했던 험버트. 롤리타와 같이 있기 위해 그녀의 엄마와 싫은 결혼까지 한 험버트. 나의 카르멘이라 부르며 도망친 그녀를 찾아 방방곡곡을 헤매던 험버트에게 경박하고 즉흥적인 퀼티의 난봉은 용서할 수 없는 범죄였던 것이다. 자신의 여신을 더럽힌 늙은 극작가를 살해한 살인자 험버트는 영원히 나비처럼 살아 움직이는 초현실의 요정을 갖기를 희구한 미친 사랑의 비극적 주인공이다.

그러나 누가 나비를 산 채로 소유할 수 있는가? 누가 초현실의 애너벨 리 같은 불멸의 요정을 현실 안에서 가질 수 있는가? 이것은 금지된 것에 대한 어쩔 수 없는 소유욕, 사랑의 숙명성과 격정적 파멸에 대한 무서운 이야기일 뿐 성에 관한 포르노적 이야기는 아니라고 나는 말하고 싶다.

15

못 이룬 사랑, 그 슬픔의 황홀성
_ 이반 투르게네프의 『첫사랑』

문득 봄날, 복사꽃이 흐드러지게 피어 있는 꽃나무 사잇길을 걸어가다가, 갑자기 눈물처럼 먼 데서 솟구쳐오르는 시구 하나를 우리는 만나기도 한다.

못 잊어 생각이 나겠지요,
그런대로 한 세상 지내시구려.
사노라면 잊힐 날 있으리다.

그렇게, 사노라면, 잊히기도 했을까? 잊힐 수도 있을까? 그러나 봄날, 그림자가 햇빛보다 더 눈부시게 하얀 봄길을 걷다가, 우리는 갑자기 가슴을 찌르는 듯한 통증을 느끼며 가던 길을 멈추고 담벼락에 이마를 묻고 소리 없이 중얼거리기도 하였지, 못 잊어—라고. 그런 것은 첫사랑, 다만 일생에 한 번밖에 없는 찬란한 신비의 극락조. 그러나 첫사랑은 단 한 번 왔을지라도 문득

한 번 만에 가버리는 것은 아니다. 단 한 번의 첫사랑은 결국 훗날에 다가올 모든 사랑의 모습을 결정하고 끝끝내 한 영혼의 역사 그 마지막 페이지까지를 모질게 지배한다.

그러기에 모든 첫사랑은 악마적이고 또한 단테의 베아트리체처럼 성스럽다. 어느 봄날 문득 하얀 꽃나무 아랫길을 걷다가 생각해보면 그대의 첫사랑 역시 그런 신비의 남사당의 음악 같은 아득한 황홀성으로 그대의 방황과 아픔을 이끌어 흘러흘러 그대와 함께 영원히 동행하고 있지 않을까.

러시아의 서정파 작가인 이반 투르게네프의 『첫사랑』은 마치 우수와 환희로 빛나는 한 편의 서정적 판화처럼 아름답고 보석 같은 작품이다.

『첫사랑』은 한 소년이 열여섯 살 꿈같은 나이에 겪는 첫사랑의 숙명적인 우수와 악마적 비극성을 수채화로 영혼의 도화지를 물들이듯이 그린 작품이다.

그는 모스크바 교외에 있는 별장에서 부모와 함께 살고 있다. 대학 입시 준비를 하고 있었지만 공부는 별로 서두르지 않고 시를 읽고 몽상과 환상에 취해 사는 자유분방한 몽환적 방황에 빠져 있었다. 화창한 날씨에 피는 약동하고 마음은 우스꽝스러울 정도로 달콤하였다. 소년의 어머니는 소년 외에는 자식이 없었음에도 불구하고 무관심했으며, 아버지는 세련되고 침착하지만 자존심이 강하고 엄격한 남자였다.

어머니는 아버지보다 열 살이나 위여서 슬픔 속에서 나날을 보내며 언제나 질투하거나 흥분했고, 그러면서도 아버지를 매우 두려워하고 있었다. 소년은 이런 분위기 속에서 여성에 대한 말할 수 없이 감미로운 어떤 예감을 가지고 별장의 숲길을 꿈에 취해 방황하고 다녔다.

그러다가 소년의 별장 별채에 가난뱅이 공작 부인이 아름답고 교만하며 걷잡을 수 없이 햇빛처럼 방자한 성품의 딸과 함께 세를 들어오게 된다. 날씬한 몸매에 가느다란 목, 하얀 수건 밑으로 보이는 헝클어진 금발에 영리한 눈을 가진 지나이다는 주변에 많은 숭배자를 거느리고 있었는데 그녀의 교만한 횡포는 아름다움을 지나쳐 무서울 정도였다. 소년은 처녀 지나이다를 향한 무한한 동경으로 몸을 떨면서 그녀의 숭배자들에게 몸을 태울 듯한 질투를 느낀다.

지나이다는 백작, 의사 선생, 시인, 예비역 대위, 경기병 들로 구성된 숭배자들과 항상 복닥거리면서 서로의 질투심을 일으키는 묘한 유희의 줄다리기를 하면서 잔인한 쾌감으로 들뜬 생활을 하고 있었는데, 소년은 그런 생활에 휩쓸려 질투심과 걷잡을 수 없는 동경으로 밤잠을 이루지 못한 채 첫사랑의 번민과 절망적 우수에 빠져든다. 첫사랑의 대상이란 왜 이렇듯 난폭한 마녀성의 여성이기 쉬울까. 벌금놀이를 하고 『살육자』의 한 구절을 낭독하고 집시들의 흉내를 내는 악마적이고 떠들썩한 유희판 속에서 소년은 그 순진한 영혼의 동정을 잃게 되고, 귀족적인 유약함에 끝없는 상처를 입으면서도 마법에 걸린 듯이 그녀의 지배를 벗어나지 못한다.

새롭고 감미로운 사랑, 신비스럽고 희미한 그녀의 미소……

소년은 교만하고 순정이라고는 도무지 모르는 지나이다의 포로가 되어 얼핏 스친 그녀의 미소 하나 때문에 밤잠을 잃은 채 배회하는 것이었다.

그러나 지나이다는 소년의 연정을 재미있어하고 희롱하고 달래기도 하며 그를 괴롭히기만 할 뿐 그의 연정을 진지하게 생각하지 않았고, 단지 자신이 다른 사람에게 최대의 환희와 비애의 유일한 원천이 된다는 것에 흥분하여 소년을 가까이할 뿐 소년 자체엔 심각한 관심을 갖지 않았다. 그러던 그녀는 어느 날부터인가 누군가를 사랑하기 시작한다. 미지의 사람과 사랑에 빠진 그녀는 슬픔에 잠겨 한숨을 쉬고 고통으로 여위어갔으며, 종일 굶으면서 얼음물만 마시고는 감기에 걸려 죽는다면 오히려 그것이 나을 거라는 등 잔인한 자학을 서슴지 않는다. 사랑의 고통에 빠져 밤의 별장 숲을 거니는 지나이다의 하얀 그림자를 창문으로 바라보면서 소년은 말할 수 없이 불행한 고독과 절망으로 자신의 사랑을 괴로워한다. 그러다 어느 날 밤 소년은 밤의 정원 한가운데 분수 앞에서 지나이다를 만나러 가는 자신의 아버지를 발견하고서 전율한다. 오셀로처럼 살인이라도 저지를 듯 질투에 불타던 소년은 한순간에 이해할 수 없는 경이와 부딪치게 된 것이었다.

'이건 무엇일까? 꿈인가, 우연인가, 아니면……'

지나이다와 아버지의 사랑을 알게 된 어머니의 분노와 히스테리로 소년의 가족은 시내로 이사를 가게 되고, 소년의 첫사랑의 꽃은 한꺼번에 모조리 꺾여 산산이 흩어진 채 짓밟혀버리고 만

다. 소년은 미친 듯이 배회하며 실연의 고통을 잊으려고 노력한
다. 그러고는 생각한다.

'그녀는 아버지한테 가정이 있다는 것을 알면서도 그런 행동
을 했다. 아버지에게서 대체 무엇을 바랐을까? 자기 미래를 파멸
시키면서도 두려워하지 않은 까닭은 무엇일까? 그렇다. 그것이야
말로 사랑이다. 그것이 열정이고 헌신이다. 어떤 종류의 인간들
에겐 자기희생도 감미로운 것이다.'

마지막 인사를 하면서 그녀에게 말한다.

'지나이다 알렉산드로나, 당신이 무슨 짓을 하더라도, 또 아
무리 나를 괴롭히더라도 죽는 날까지 당신을 사랑하고 사모하겠
습니다.'

소년은 시내로 이사하고 한참 후 아버지와 말을 타고 외출했
다가 아버지가 어느 집의 창문 앞에서 한 여자와 이야기하는 장
면을 본다. 이야기 도중 아버지는 승마용 채찍으로 여자의 팔을
때린다. 여자는 꿈틀하고 몸을 떨고는 채찍 자국에 입을 맞추며
아버지를 쳐다봤고 아버지는 빠른 걸음으로 계단을 올라가 팔
을 벌린 여자를 껴안는다. 그 여자가 바로 지나이다였다.

4년이 흐른 뒤 소년은 지나이다가 결혼을 하여 돌리 스카야
부인이 되었다는 것과 아이를 낳다가 죽었다는 소식을 듣게 된
다. 그때 소년은 자신의 화려했던 청춘의 죽음을 느끼면서 '그
짧고 뜨겁고 빛나던 생명이 이렇게 끝나버렸단 말인가? 오 청춘
아! 너는 마치 우주의 온갖 보물을 차지한 것 같다. 우수조차도
위로가 되며 비애조차도 그대에게는 어울린다'라고 청춘의 장송

곡을 되뇌인다.

지나이다의 죽음, 그것은 순결한 첫사랑의 진혼곡이었다.

『첫사랑』은 투르게네프의 자전적 소설로서, 그는 폴린 비아르도라는 결혼한 여가수를 38년 동안이나 짝사랑하여 그녀와 그 가정의 깨끗한 친구로 아름다운 관계를 계속하면서 평생 독신으로 살았다. 어쩌면 첫사랑이란 "사노라면 잊힐 날"이 오지 않는다는 것만 더욱 확실해지는 어떤 원시의 종교적 숙명론 같은 것이 아닐까?

16

사랑으로 단독 평화를 만든다 해도
_ 어니스트 헤밍웨이의 『무기여 잘 있거라』

어니스트 헤밍웨이의 『무기여 잘 있거라』는 제목이 암시하듯 전쟁에 대한 환멸과 그로 인한 세계의 '황무지'화를 그리고 있다. 1차대전 당시 '삶의 격렬한 체험들을 선천적으로 사랑하고 항상 현장에 있기를 원했던' 그의 성격대로 헤밍웨이는 전쟁에 참여했었다. 왼쪽 눈의 결함 때문에 육군 복무에 퇴짜를 맞은 그는 1918년 미국 적십자에 입대하여 처음엔 프랑스 전선에서, 후엔 이태리 전선에서 앰뷸런스 운전병으로 복무했다. 그는 열아홉에서 2주가 모자라는 나이에 오스트리아군의 포격을 뚫고 안전지대로 부상자를 운반하다가 박격포 파편을 맞고 중상을 입었는데, 그때 수백 개의 작고 뾰족한 파편이 양다리에 박혔다. 몇 개는 그 자신이 포켓용 칼로 제거했으며, 약 2백 개는 밀라노 병원에서 제거했고, 나머지 몇 개는 그가 죽을 때까지 그대로 몸안에 남아 있었다. 이 체험은 『무기여 잘 있거라』의 생생한 소재가 되는데, 우리는 포켓용 칼로 스스로 파편을 제거하고 있는 젊은 헤밍웨이의 모습에서 훗날 인간 최고의 숭고한 용기를 보여주는 『노인과 바다』의 산티아고 노인이나 엄청난 상처를 입고도 소와 싸워 이기는 투우사들의 남성적 원시주의나 강인한 위엄을 볼 수 있다. 산티아고 노인의 말처럼 '인간은 패배를 위한 존재가 아니다. 인간이란 파괴당할 수는 있어도 결코 패배하지는 않는다'라는 불패의 정신을 보여주는 전기적 단서랄까.

헤밍웨이의 작품에는 항상 죽음의 상징과 이미지가 가득차 있다. 그가 죽음의 씨앗과도 같은 박격포 파편을 평생 몸안에 담고 다녔기 때문인지도 모르겠다. 『무기여 잘 있거라』에서도 비의 이미지가 죽음과 재앙의 상징으로 나타나고 있으며, 『킬리만자로의 눈』에서도 열기가 생명력으로 가득찬, 거대하고 신비스러운 대륙 한복판 영봉靈峰 성상에 쌓인 백설이 죽음의 이미지로 나타난다.

헤밍웨이의 문학은 그의 삶과 마찬가지로 언제나 신비스러운 '생과 사의 이중주'로 단단한 표범 불꽃처럼 타오르고 있다.

『무기여 잘 있거라』는 그가 전쟁 속에서 바라본 환멸, 전쟁에 의해 인간이 잃어버려야 했던 성스러운 가치들에 대한 상실감이 중위 헨리와 아름다운 간호원 캐서린의 사랑 이야기와 더불어 펼쳐진다. 주인공 헨리와 애정의 유대감을 나누고 있던 운전병 파시니는 폭격으로 죽기 직전, 전쟁은 순전히 어리석음 때문에 일어난다고 비난한다. '나라마다 그 나라를 지배하는 어리석고 미련한 계급이 있지요. 그들은 생전 아무것도 깨닫지 못하며 그럴 능력도 없어요. 그래서 우린 여기에서 싸워야 하는 거예요.'

헨리가 재미없는 사람이라고 생각하는 젊은 신부조차도 자기 고향을 지키기 위한 전쟁의 가치에 대해 몹시 회의적이다. 헨리가 무릎 부상으로 입원해 있다가 퇴원하여 귀대했을 때, 신부는 찾아와 '저는 오랫동안 승리를 바라왔어요. 그러나 이제는 모르겠어요. 저는 이제 더이상 승리를 믿지 않습니다'라고 전쟁에 대한 큰 불신과 비관론을 고백한다.

다른 군인들은 젊고 미숙한 신부를 조롱하고, 생각하는 사람은 모두 무신론자라는 극언을 던지기도 하지만, 헨리는 기독교적 믿음과 질서를 정면으로 부정하거나 조롱하지는 않는다. 헨리는 아무리 동물화된 군상들이 우글대는 전선에서일망정 인간 정신의 고결함과 이상적 가치를 포기해서는 안 된다는 믿음을 캐서린과의 만남으로 점점 더 확인해간다. 간호원 캐서린과의 만남은 처음엔 우연한 쾌락 정도의 가벼운 것에서 출발했으나, 정신적 교류의 폭이 넓어짐에 따라 점점 지순하고 건강한 정신의 행복으로 영역이 확장되어간다.

저주 같은 황폐한 전쟁 속에서 캐서린과의 사랑은 무의미한 불모의 대지 위에 꽃핀 한 떨기 생명의 광명과도 같다. '전쟁은 지긋지긋하다. 그보다 더 흉악한 것은 세상에 없다'라고 말하며 헨리는 아이를 가진 캐서린과 함께 사지를 탈출, 밤배를 타고 스위스의 고원으로 도망친다. 그야말로 전쟁은 끝나지 않았는데 헨리 혼자 전쟁과 단독 강화 협정을 체결하고 캐서린과의 사랑으로 단독 평화를 맺은 것이다.

헨리에 대한 캐서린의 애정은 간호원이란 직업적 이미지가 상징하듯이 생명의 양육자 내지 절망의 정화자 같은 헌신적 사랑이며, 그것에 의해 헨리는 전쟁의 비극을 초월할 수 있는 힘을 얻는다. 캐서린은 인류의 비극을 정화하는 힘을 지닌 여성인 것이다. 그 힘은 바로 사랑이다.

헨리와 캐서린이 가진 스위스 산에서의 '목가적 은둔'은 그 나름의 행복과 평온의 질서를 가진 완전한 우주였으나 출산 도중 캐서린의 사망으로 깨지고 만다. 캐서린을 사랑하는 헨리에게 '자네는 사랑을 하고 있지 않네. 그것이 종교적 느낌이라는 걸 잊지 말게'라는 백작의 지적처럼 헨리는 캐서린의 죽음으로 '삶에 대한 종교적 느낌'마저 상실하게 되는 것이다. 아기와 캐서린을 다 잃어버린 빗속의 헨리는 바로 1차대전 후에 등장한 잃어버린 세대Lost Generation의 초상과도 같다.

잃어버린 세대의 비극적 주인공들은 전쟁의 비인간적 살육의 체험을 거쳐 도덕률, 정의 또는 신에 대한 가치체계를 잃어버리고 술이나 행동에 극단적으로 탐닉하는 경향을 보였다. 피츠제럴드의 『위대한 개츠비』나 거트루드 스타인, 에즈라 파운드, 존 더스 패서스 등이 잃어버린 세대의 자화상을 남겼다.

우리나라의 경우에도 전쟁은 손창섭의 『잉여인간』이나 『낙서족』 『유실몽』 같은 비관적 실존주의 문학을 낳았고, 의미 없는 전쟁과 타락된 사회의 전도된 가치관 그리고 부조리한 인간의 운명이 복잡하게 얽힌 부정의 비극을 탄생시켰다. 손창섭의 「신의 희작」 중 '그렇다면 그는 그러한 비극을 연출하기 위한 의미로만 존재하는 것일까. 신은 이 세상 만물 중 어느 것 하나 의미 없이 만든 것이 없다고 하니 말이다. 여기서 그는 너무나 저주스럽고 짓궂은 신의 의도와 미소를 발견하고 새로운 도전을 결의하지 않을 수가 없는 것이다. 그 자체가 이미 하나의 완전한 난센스인 도전'이라는 분노와 고통의 구절은 『무기여 잘 있거라』에서의 부조리에 대한 헨리의 외침과 유사한 울림을 준다.

'이 세상은 모든 사람을 파괴한다. 그것은 파괴되지 않으려는 사람을 살해한다. 아주 선량하고 온순하고 용감한 사람들도 가리지 않고 죽인다. 당신이 이들 중에 끼지 않는다 해도 언젠가는 당신도 죽일 것이라 확신해도 좋다. 서두르지 않을 뿐.'

사랑으로 단독 평화를 만들어 전쟁중인 세상과 맞설 용기를 가진 두 사람이었지만 끝내 죽음은 '잃어버린 세대'에게 그 단독 평화마저도 허용하지 않는 것이다. 전쟁이 없더라도 죽음은 있다. 그러나 전쟁은 무의미한 삶의 부조리와 상실의 고통을 더욱 집단으로 양산해낸다. 그리고 어떤 단독 평화도 무차별 파괴하는 대량 학살의 무시무시함에서 살아남지 못한다.

17

파멸하면서 사랑하기
_F. 스콧 피츠제럴드의 『위대한 개츠비』

세상에는 언제나 많은 사랑 이야기가 있다. 사랑 이야기는 영원히 지칠 줄 모르고 읽히고 또한 쓰인다. 어떤 책은 사랑을 마치 온 세상의 행복의 원천인 듯이 말하고, 반면에 어떤 책은 악마의 쾌락인 듯이 말한다. 또한 어떤 책은 사랑이 마치 승천의 계단 입구인 것처럼 천상적으로 찬미하고, 반면에 어떤 책은 파멸과 죄악인 것처럼 비탄한다. 이 모두가 사랑이라면 과연 사랑이란 무엇일까. 이게 다 사랑이라면 과연 사랑의 진정한 누드란 어떤 모습일까.

라이너 마리아 릴케의 시구가 떠오른다.

'사랑받는 것은 타버리는 것, 사랑하는 것은 고갈되지 않는 기름으로 밤새 불을 밝히는 것. 사랑받는 것은 꺼지는 것, 그러나 사랑하는 것은 긴긴 지속.'

미국의 유명한 작가 스콧 피츠제럴드의 『위대한 개츠비』역시 어떤 사랑에 관한 이야기이다. 그리고 이 사랑 이야기는 명백히

'파멸하면서 사랑하기'의 대표적 이야기인지도 모른다. 마치 『카르멘』이나 『노트르담의 꼽추』처럼 『위대한 개츠비』 역시 사랑의 열정과 환상과 쾌락 속에서 기꺼이 파멸하며 죽어가는 한 가없은 남자의 슬픈 이야기이다.

이 작품의 이야기는 1922년 뉴욕의 롱아일랜드를 배경으로 펼쳐진다. 화자인 닉 캐러웨이가 살고 있는 웨스트에그West Egg의 초라한 셋집 바로 이웃에는 제이 개츠비라는 화려한 부호의 저택이 호화스럽게 버티어 있고, 그 집에서는 주말 내내 파티가 열려 남자와 여자들의 속삭임과 샴페인과 음악, 별들의 틈바구니로 환락과 흥청대는 속물들의 웃음소리가 오페라처럼 솟구치는 것이었다. 제이 개츠비의 집이 있는 웨스트에그에서 조그만만 하나를 사이에 둔 건너편 이스트에그East Egg에는 아름다운 은빛 달 같은 여인 데이지와 그녀의 남편 톰 뷰캐넌이 살고 있었다. 개츠비는 자기가 과거에 사랑했던 여인 데이지가 언젠가 한번은 자기 집 파티에 우연히라도 나타나주지 않을까 기대하면서 주말마다 그토록 허망하고도 엄청난 향락의 파티를 연다.

제이 개츠비에 대해서는 파티에 참석하여 마음껏 먹고 마시고 흥청대는 손님들 어느 누구도 정확하게 아는 것이 아무것도 없었고, 다만 빌헬름 황제의 조카가 사촌동생뻘이 된다는 전설 같은 헛소문과 아니면 막대한 유산을 상속받은 어마어마한 대부호의 상속자일지도 모른다는 얼빠진 추측만이 난무하고 있을 뿐이었다.

오케스트라, 유명한 테너 가수가 이탈리아 말로 노래하는 음악회, 재즈와 샴페인, 행복하게 얼빠진 아우성, 다양한 음식과 칠면조 고기와 황홀한 술들…… 이 모든 환락과 사치와 낭비와 환상적인 법석거림은 신비스럽게도 모습을 좀체 드러내지 않는 저택 주인 개츠비에게 있어서는 오직 한 가지의 목적만을 가질 뿐이다. 그것은 그가 젊은 시절 테일러 기지에서 장교 생활을 할 때 꿈과 정열을 다 바쳐 사랑했던, 그러나 가난 때문에 잃어버리고 말았던 사랑하는 연인 데이지를 되찾는 것, 그리하여 5년 전의 과거를 재현하는 것이다. 그랬기에 개츠비는 데이지가 살고 있는 동부 바로 건너편 웨스트에그에 으리으리한 저택을 사고 밤마다 데이지를 기다리며 건너편 해변 너머 빛나는 연인의 집을 바라보는 것을 오직 하나의 절대적 행복과 소망으로 삼는다. 이 얼마나 낭만적인 사랑의 모습인가.

결국 닉을 통해 개츠비는 꿈에도 그리던 데이지를 만나게 되고 어여쁜 악마 아니면 어여쁜 천치 같은 데이지는 금세 개츠비의 엄청난 부와 호화로운 파티, 왕실에서나 입을 것 같은 외제 의상들에 반하여 개츠비를 다시 사랑하게 된다.

'개츠비는 한 번도 데이지에게서 시선을 떼지 않았다. 그는 자기 집의 모든 값비싼 물건을 데이지의 어여쁜 눈이 반응하는 정도에 따라서 새로이 평가하려는 듯 보였다.'

순금의 화장품 세트로 장식된 경대, 장미와 라벤더 비단으로 감싼 침실들, 으리으리한 목욕실과 도박실, 옷장 속에 가득 쌓인 최고급 와이셔츠들. 이 모든 것은 오직 데이지에게 보이기 위해서만 존재해왔던 것이었고 데이지의 사치 취미에 헌정되기를 기다려왔던 개츠비의 꿈의 분신들이었다. 데이지는 개츠비의 부에 넋을 잃고 울면서 개츠비를 사랑하게 되어 그들은 황홀한 꿈 같은 행복감에 잠긴다.

그러나 낭만적 희열은 오래 계속되지 않았다. 개츠비는 너무도 순진하게 데이지를 자신이 다시 소유했다고 느끼고 있었을 뿐이었다. 어느 여름날 개츠비, 데이지, 데이지의 남편 톰, 그리고 닉까지 자리를 같이한 뉴욕의 질식할 듯한 무더운 호텔방에서 개츠비는 데이지에게 톰과 헤어질 것을 강력하게 요구한다.

'당신 아내는 당신을 사랑한 적이 없습니다. 나를 사랑하고 있습니다. 당신과 결혼한 것은 내가 가난해서였소. 그런 나를 기다리는 데 지쳐서. 하지만 마음으로는 나밖에 아무도 사랑하지 않았소.'

개츠비는 덫에 빠진 짐승처럼 성실하고 절박하게 말했지만 데이지는 그의 말에 동조하지 않는다. 남편 톰은 '아, 이 여자는 나를 사랑하고 있는 거요. 가끔 어리석은 생각에서 자기 자신도 왜 그러는지 모르는 짓을 하는 게 탈이지만' 하고 개츠비의 사랑을 경멸조의 농담으로 얼버무린다.

'데이지, 제발 말해줘요. 남편에게 진실을 말해줘요. 사랑한 일은 절대로 없다고요. 그러면 죄는 영원히 씻겨집니다.'

그러나 데이지는 톰을 사랑하지 않았다고는 말할 수 없다면서 불성실하게 진실을 회피한다. 그러자 톰은 개츠비의 수상스러운 과거와 파티의 내막을 폭로하면서 그를 비열한 인간이라고 비난한다.

돌아가는 길에 흥분한 데이지는 톰과 내연 관계인 머틀이라는 주유소집 여자를 치어 죽이게 된다. 닉은 머틀을 죽인 사람이 개츠비가 아니라 데이지임을 폭로하려고 하나 데이지 실수의 책임을 혼자 떠맡으려는 개츠비의 비장한 결심을 알게 된다. 톰과 데이지가 부엌의 식탁 앞에 튀긴 차가운 닭고기 한 접시와 맥주 두 병을 놓고 서로 열심히 음모를 획책하고 있을 때, 개츠비는 데이지를 지켜주기 위해 그들의 창밖 달빛 아래서 신성한 불침번을 서고 있었다. 마치 허무처럼.

그다음 날 개츠비는 톰에게서 무언가 귓속말을 전해들은 윌슨(죽은 여자 머틀의 늙은 남편)의 총에 맞아 죽고 만다. 수영장에서 홀로 수영을 하다가. 풀장의 물빛은 그로테스크하게도 장미라는 꽃을 닮아 있었다. 이로써 허망한 환상과 사랑의 학살은 끝났다. 윌슨도 총을 쏘아 자살하고 만다. 개츠비의 장례식엔 파티에서 흥청이던 속물적 인간들은 하나도 오지 않고 비에 젖은 영구차와 닉, 그리고 제이 개츠비의 가난한 아버지만이 비에 젖어 묘지로 걸어왔다.

결국 개츠비는 빌헬름 황제의 조카도 아니요 어마어마한 부호의 상속자도 아닌, 중서부 출신의 가난한 소년이 뼈가 빠지는 미국식 자수성가의 과정을 거쳐 롱아일랜드의 부호로 엄청난 신분상의 변신을 했다는 사실이 밝혀진다. 환상적인 꿈과 환상적인 사랑을 좇아 오직 황금의 물질적 가치에만 매달려 살아온 젊은이가 환멸과 허무 속에서 결국 사랑하는 여인을 위하여 비극적인 죽음을 결심한다는 이 이야기는 '재즈 시대' 혹은 '잃어버

린 세대'라고 불리는 1920년대 미국 사회의 혼란한 가치의 풍속
도를 예리하게 드러내고 있다.

그리고 개츠비—위대한 개츠비는 꿈이 환상이었다는 것을 깨
달았으면서도 허영과 가식의 인형 같은 데이지를 사랑했고 그
화려한 허영덩어리 악마의 제단에 몸을 던져 기꺼이 파멸해갔던
것이다. 개츠비는 위대했다. 그 눈부신 물질적 성공과 부의 획득
때문이 아니라 데이지의 생명과 무죄를 위해 자신이 데이지의 죄
를 떠맡기로 결심했던 그 위대한 결단 때문에. 결국 그는 그 결
단 때문에 그동안 부와 황금만을 추구해왔던 자신의 뒤틀린 환
상과 세속적 욕망을 극복할 수 있었던 것이다. 그의 파멸과 실패
의 이야기는 사랑의 성공 이야기며 명예와 부에 대한 집착이 결
국 진정한 사랑에 의해 극복된다는 영혼 정화의 이야기가 된다.

18

전쟁 사이에서 떠도는
생명의 불꽃들
_ 에리히 마리아 레마르크의 『개선문』

에리히 마리아 레마르크는 1898년 독일에서 태어난 20세기 초반 최대의 전쟁 작가이다.

그의 출생 연도로부터 알 수 있듯이 그는 1차대전 당시 학도 병으로 출정하여 전쟁의 공포를 뼈저리게 체험했으며 그것으로 『서부 전선 이상 없다』라는 첫 작품을 집필하여 국제적 전후문학의 찬연한 금자탑을 세웠다. 그후 『개선문』 『사랑할 때와 죽을 때』 『생명의 불꽃』 『검은 오벨리스크』 등 8편의 장편소설을 내놓아 시대적 상징으로 가득찬 전쟁 문학, 르포르타주 문학, 시대 소설로 불리면서 세계적인 공감을 넓혀갔다. 그의 소설은 언제나 전쟁과 그 사이에서 떠도는 인간들의 슬픈 좌초의 이야기이면서 동시에 전쟁과 전제주의에 대한 증오와 저항의 반전 문학이기도 하다. 그러나 그의 작품 속 인물은 앙드레 말로나 헤밍웨이처럼 전쟁 속에 뛰어드는 영웅적 이상주의자가 아니라 전쟁에 휩싸여 우연과 숙명에 농락당하는 슬픈 허무주의자에 가깝다.

전쟁이란 무엇인가? 맹목적인 힘과 욕망과 아집이 서로 부딪치는 우스꽝스러운 파괴이다. 전쟁은 목적의식을 가지고 있을 때나 목적의식이 상실되었을 때나 똑같이 환멸과 절망이며 인간이 배제된 채 계획되고 달성되는 부조리한 참화에 지나지 않는다. 전쟁 속에서 인간은 '개인 대 전체'라는 구조 안에 어쩔 수 없이 갇혀 있어야 하지만 그것은 부조리한 모순일 뿐 개인의 생명의 불꽃을 무자비하게 짓밟아 끄는 무서운 전체의 참혹한 살생에 지나지 않는다. 전쟁 속에서 개인은 아무도 자신의 생을 살 수 없으며 누구도 자신의 이름으로 살아가지 못한다. 나치의 위협을 피해 파리로 밀입국한 망명 의사 라비크처럼 끝없이 본명을 바꾸면서 불법체류자의 떠도는 파멸만을 가질 수 있을 뿐이다.

레마르크의 『개선문』은 2차대전의 암울한 전운이 감도는 파리의 개선문을 배경으로 전개되는 불법체류자, 망명자, 떠돌이, 창녀, 신분 증명 서류를 가지지 못한 유령 같은 사람들에 관한 절망적인 몸부림의 이야기이다. 레마르크 역시 『개선문』 속 외과의사 라비크처럼 나치의 광적이며 폭력적인 야만을 피하여 스위스로 미국으로 망명을 다닌 망명 작가였다. 1933년 히틀러의 1차 금서 리스트에 오르고 시민권 박탈이라는 국적 상실까지 겪게 되어 소외와 추방으로 수난의 세월을 살았다. 그러면서도 그는 끊임없이 인간에 대한 사랑, 시들 수 없는 생명의 불꽃을 애도해온 휴머니스트이기도 했다.

『개선문』 속의 불법체류자이며, 프랑스 의사들 대신 불법 대리 수술을 해주며 먹고사는 독일인 의사 라비크는 그의 친구 모로소프와 이런 말을 나눈다.

'나는 우리가 통조림의 시대 속에 살고 있다고 생각하네. 우리는 이미 생각할 필요가 없어졌네. 만사가 미리 생각되고 미리 씹어지고 미리 느껴진 것이거든. 열기만 하면 되니까. 날마다 세 번씩 집으로 배달되고.'

그러자 모로소프는 신문을 높이 쳐들면서 말한다.

'우리는 사전꾼으로서 살고 있는 것일세. 놈들은 평화를 바라기 때문에 무기공장을 세우고, 진리를 사랑하기 때문에 강제수용소를 짓는 것이네. 정의란 모든 당파적 광란의 구실일세. 정치적인 갱단이 구세주이고 자유란 모든 권력욕을 위한 큰소리인 것이네. 위조지폐야. 정신의 위조지폐야! 선전의 거짓. 부엌의 마키아벨리즘이고 지옥의 손에 쥐여 있는 이상주의지.'

라비크는 강물 아래로 몸을 던져 자살하려고 하는 혼혈 여배우인 조앙 마두를 자살에서 구해주고 절망과 고독에 빠진 그녀의 처지를 개선해주기 위해 극장식 주점인 셰에라자드에 취직을 시켜주기도 하나 처음에는 그녀와 사랑의 관계를 이루는 데 소극적이다. 그는 이미 프랑스에서 발각되어 세 번이나 국외 추방을 당했으며 망명자들이 들끓는 호텔에서 하루하루 목숨을 꾸려가고 있기 때문이다. 그러나 결국 그들의 사랑은 넓고 따스하게 퍼져가는 능금빛 향기처럼 서로의 차가운 고독 위에 파고들었으며 라비크와 조앙은 이베리아 해안선 위의 금빛 햇살, 남국의 따스한 희망, 가정의 행복 같은 것을 꿈꾸기도 한다. 라비크는 '만일 아무것도 신성한 것이 없다면 모든 것이 더욱 인간적인 방법으로 다시 한번 신성해지는 법이오. 지렁이 속에서까지도 맥동하고 지렁이로 하여금 때때로 광명을 찾아내게 하는 생명의 불꽃을 존경해야 하오'라고 생명과 사랑에 대한 숨길 수 없는 신앙을 고백한다.

끊어질 듯 애절하게 이어지는 조앙 마두와의 사랑의 선, 게슈타포 간부인 하케와의 조우로 느끼는 끝없는 불안, 낙태수술 사이사이에 끼어드는 강제수용소에서 스스로 목숨을 끊은 첫사랑 시벨에 대한 참담한 추억, 하케에 대한 복수, 치정의 총알에 맞는 조앙 마두의 죽음을 앞두고 적성국의 국민이며 불법체류자에 불법 의사로 체포되어 프랑스의 강제수용소로 끌려가는 라비크의 최후.

이런 비극의 인생 유전들을 바라보며 파리의 개선문은 죽음과 피난민이 들끓는 광장의 아우성 속에 우뚝 서 있다. 그러나 라비크가 망명자들의 트럭에 실려 마지막으로 떠나고 만 에트왈 광장은 이미 등화관제로 불빛이라곤 하나 없는 캄캄한 어둠 속에 잠겨 있어 '너무 어두워서 개선문조차 이미 보이지 않았다'라는 문장으로 소설은 끝난다.

그 개선문은 누구를 위한, 무엇을 위한 개선문인가?라고 라비크의 슬픈 눈동자는 묻고 있는 듯하다. 프랑스의 강제수용소에 수용되기 위해 독일의 강제수용소에서 도망쳐 나온 꼴이 된 라비크, '고향 없는 사내, 땅 없는 덩굴식물, 죽음의 소매치기'인 라비크, 본명 루트비히 프레젠버그. 이런 선량한 인간들의 무의미한 피와 수난과 죽음 위에 세워지는 개선문은 무엇인가? 인간은 대체 무엇을 하려고 사랑과 친절과 자비, 영원과 신과 부활을 발명하곤 또 그 옆에서 끔찍한 전쟁을 발명해내고 있단 말인가? 전쟁이 끝나고 인류의 폐허 위에 또하나 세워질 개선문은 과연 무엇이겠는가?

19

단 한 번의 노래, 단 한 번의 사랑

_ 콜린 매컬로의 『가시나무새』

'일생에 단 한 번 우는 전설의 새가 있다. 그 울음소리는 이세상의 어떤 소리보다도 아름답다. 둥지를 떠나는 그 순간부터 그 새는 가시나무를 찾아 헤맨다. 그러다가 가장 길고 날카로운 가시를 찾아 스스로 자기 몸이 찔리게 한다. 죽어가는 새는 그 고통을 초월하면서 이윽고 종달새나 나이팅게일도 따를 수 없는 아름다운 노래를 부른다. 가장 아름다운 노래와 목숨을 맞바꾸는 것이다. 그리하여 온 세상은 침묵 속에서 귀를 기울이고 신까지도 미소를 짓는다. 가장 훌륭한 것은 위대한 고통을 치러야만 비로소 얻을 수 있기 때문이다.'

오스트레일리아의 작가 콜린 매컬로가 쓴 방대한 소설 『가시나무새』는 이런 '켈트의 전설'을 배경으로 아름답고도 매혹적으로 펼쳐진다. 이 소설의 여주인공인 매기 클레어리는 물론이려니와 그녀의 한없는 연모의 대상인 랠프 신부, 그리고 책 속의 다른 등장인물까지도 모두 가시나무새의 삶과 사랑을 숙명적으로 살아내고 있다. 그런 의미에서 이 소설의 등장인물들 모두가 가시나무새이며, 작가에 의하면 산다는 것 그 자체, 인생 그 자체가 가시나무새의 숙명 그대로이다.

가시나무새는 그렇다면 왜 가장 길고 날카로운 가시를 찾아 헤매는가? 왜 가시를 찾아 헤매다가 그 가시에 자기의 몸을 찔리게 해야만 하는가? 왜 거기서밖에 아름다움과 구원을 느끼지 못하는가? 콜린 매컬로는 말한다. '그것이 인생이지요.'

『가시나무새』의 주인공 매기 클레어리는 아버지 패디 클레어리와 어머니 피오나 클레어리 사이에서 태어난 외동딸이다. 위로 다섯 오빠가 있기 때문에 그녀의 존재는 대단한 것이 못 되며 소외되어 있다.

『가시나무새』의 첫 장면은 매기의 네번째 생일날, 매기가 집 앞에 있는 가시금작화 숲속에서 생일선물로 받은 예쁜 인형 아그네스의 포장을 뜯어보며 황홀한 기쁨에 잠기는 데서부터 시작된다. 분에 넘치는 아름다운 선물에 기쁨과 설렘 속에 잠겨 있는데 오빠들이 가시금작화 숲 뒤에서 나와 인형 아그네스를 갈가리 찢어버리고 진주를 다 뜯어버려 망가뜨린다. 매기는 가시금작화 나무 밑에서 미친 듯이 운다. 이것이 매기 생애의 상징적 서곡이다. '아들들은 기적이었으니 어머니의 육체로부터 변형되어 나온 기적들이었다. 매기는 여자였으므로 신기할 데가 없었다'라는 표현 그대로 남성우월주의가 가득찬 집안에서 매기는 소외감과 반항심을 배운다. 클레어리 집안이 아버지 패디의 누나 메리가 살고 있는 오스트레일리아의 드로이다로 이주했을 때 어린 소녀 매기와 젊은 미남 신부 랠프는 처음 만난다. 랠프 신부는 매기를 처음 본 순간부터 어떤 막연한 즐거움과 감동을 느낀다.

'매기는 그를 무척 감동시켰는데 그는 그 이유를 알지 못했다. 그녀의 머리카락 빛깔이 그를 즐겁게 하기는 했고 그녀의 눈은 빛깔과 모양이 어머니를 닮아 아름다웠지만 그러나 그 어느 것도 완전한 대답이 되지는 못했다. 아무도 그녀를 중요하게 여기지 않았는데 이는 그녀의 인생에 그가 들어가 사랑을 다짐받을 수 있는 공간이 있음을 뜻했고, 그녀가 워낙 어린 터라 그의 생활양식이나 성직자로서의 평판이 위험해지지도 않을 터였다. 그녀는 아름다웠고 그는 아름다움을 즐겼으며 무엇보다도 그녀의 따사로움과 인간적인 견실성은 하느님이 채울 수 없었던 인생의 공백을 채워주었다. 매기는 반항아가 아니었고 오히려 그 반대였다. 그녀는 평생 순종할 것이며 여성적 숙명의 울타리 안에서만 머무르리라.'

랠프 드 브리카사르트 신부는 자기보다 열여덟 살이나 어린 소녀 매기에게 한없이 다정한 매혹을 느끼고 부드럽게 대해준다. 이것이 그들 사이의 숙명적인 사랑의 시작이다. 매기의 고모인 부유한 미망인 메리는 사실 랠프 신부를 사랑하지만 섹스에 너무나 무관심한 랠프 신부가 '난 남자가 아녜요. 난 성직자예요. 난 여자도 남자도 필요치 않고 영성체만으로 만족해요'라고 말하는 것을 듣고도 자신의 희망 없는 사랑을 포기하지 못한다. 그녀는 매기에 대한 랠프 신부의 사랑을 눈치채고 조카 매기를 미워한다. 랠프 신부는 말한다.

'아녜요, 메리. 그런 사랑이 아녜요. 매기는 내 인생의 하나의 장미꽃이지, 내가 절대로 소유할 수 없는 아이예요. 매기는 하나의 개념이에요. 개념!'

그러나 매기는 점점 더 자라 아름답게 꽃피고, 울타리 장미꽃처럼 너울너울 이글거리며 랠프의 억제된 관능 속으로 파고들어오며, 랠프의 욕망을 지배해간다. 랠프는 말한다.

'매기, 난 죽을 때까지 널 잊어버릴 수가 없어. 그리고 난 벌을 받으려고 오래오래 살 거야.'

고모 메리는 클레어리 집안의 사람들을 부유한 상속자로 만들어놓고 죽고, 아버지 패디는 목장의 산불에 타 죽고, 오빠 스튜 역시 패디의 시체를 발견하는 순간 산돼지의 뿔에 받쳐 죽고, 큰오빠 프랭크는 자신이 사생아임을 알고 집을 떠난다. 어머니 피오나는 결혼 전에 매기의 큰오빠 프랭크를 낳았던 것이다. 어머니 피오나 역시 '멈출 수 없는 불가항력적인 사랑'에 눈이 멀어 사생아를 낳게 된 운명적인 고통의 여인이었음이 뒤에 밝혀진다. 또하나의 가시나무새, 랠프 신부는 가족의 일로 불행에 빠진 매기를 위안하려 무심코 키스를 하다가 문득 '그녀의 회색 눈동자 속에 담긴 무엇—다른 종류의 성사聖事, 관능의 검고 쓴 포도주가 콸콸거리는 것—지옥의 욕망'을 느끼고 드로이다를 떠날 결심을 한다.

매기는 랠프 신부가 주교가 되어 시드니로 떠나는 것에 배신감을 느끼고 랠프 신부와 모습이 비슷한, 건장하고 투박하기 그지 없어 민감성이 결여된 목동 루크 오닐과 급속도로 결혼해버린다.

'루크 오닐은 랠프 신부와 너무도 닮았다. 그것은 잔인한 조롱이요 벌이었다.'

매기는 랠프에 대한 복수심의 쾌락에 잔인한 희열을 느끼면서 루크와 결혼하여 딸을 낳는다. 그러나 가족에게 냉혹할 정도로 무관심한 루크에게 환멸을 느낀 매기는 혼자 멀리 외로운 산호섬 매틀록으로 휴양을 떠난다. 매기의 불행한 결혼 생활을 알게 된 랠프 신부는 로마 교황청으로 떠나기 전 매기를 만나려고 매틀록섬으로 간다. 그곳에서 신부는 성직자로서 신 앞에 맹세한 순결을 잃게 되고 사랑, 눈먼 관능의 사랑에 굴복하고 만다.

'아, 하느님! 나의 매기, 나의 매기! 어떻게 그들이 나를 키웠길래 나는 너를 신성모독이라 생각하게 되었는가? 나는 그녀와 단지 공존하는 것이 아니라 나의 한 부분으로, 드디어 그리고 영원히 나의 일부로 만들고 싶다. 치켜올리며 밀어내는 젖가슴과 배와 엉덩이와 그 사이의 틈과 접힌 부분들을 결코 잊지 않으리라.

그는 그녀를 위해서 만들어졌고 그녀는 그를 위해 만들어졌으니 16년 동안 그는 이유도 모른 채 그녀를 가꾸어왔다. 그녀는 그의 몰락이었고 장미꽃이었고, 창조였기 때문이다. 그것은 그가 남자의 육체를 지닌 한 절대로 깨어날 수 없는 꿈이었다. 아, 하느님. 나는 안다, 나는 안다. 주여, 때때로 나는 그녀를 당신보다 훨씬 더 사랑하므로 쾌락 또한 당신이 내리는 벌의 일부입니다.'

이것이 그들이 평생 찾아다닌 가장 길고 날카로운 가시이며, 산호섬에서의 일주일은 가시나무새들의 마지막, 그리고 유일한 백조의 노래였다. 그들은 관능 속에서 죄악과 쾌락의 어우러짐을 보았고, 신성모독의 카니발을 즐겼으며, 금기를 깨고 서로의 육체 구석구석에 관능의 시를 새겼다. 관능이란 그들에게 금석문과도 같은 죽음의 단어였고 파계의 쾌락이었다. 그 결과로 매기는 랠프 신부를 꼭 닮은 아들 데인을 낳고, 랠프 신부에게도 그 사실을 숨긴 채 '하느님을 이긴 기쁨, 하느님을 물리친 이브의 쾌감'을 즐기며 외로운 생애를 이끌어가지만 결국 아들 데인은 로마로 랠프 신부를 찾아가 신부가 되는 길을 걷다가 신부 서품식을 받은 후 강물에 빠져 익사해버리고 만다. 매기는 슬픔 속에서도 냉혹하게 말한다. '결국 신으로부터 훔친 것을 제자리로 돌려준 것뿐'이라고.

그리스 비극은 모든 이치를 벗어나서 어떤 것을 사랑하는 일은 신들에 대한 죄라고 말한다. 어떤 사람이 그런 사랑을 받는다면 신들이 질투해서 그 꽃이 한창 피었을 때 때려 부순다는 것이다. 너무 사랑한다는 건 신성모독이 되므로.

매기는 신성모독에 가까울 정도로 강렬한 사랑을 했고 어떤 피조물보다도 더 달콤하게 일생에 단 한 번 절정의 노래를 불렀다. 단 한 번의 노래, 최고의 노래는 죽음의 값이다. 인간이 가시에 찔려 죽어갈 때 신은 미소를 짓고, 또한 인간은 황홀 속에 죽음이 있다 하여도 사랑의 황홀성을 탐하지 않을 수 없다. 매기, 신과 혼약을 한 신부의 순결을 빼앗은 매기는 결국 구약 속 사과를 딴 이브의 변형이다. 가시에 찔리는 고통이 아무리 크다 하여도 누가 가시를 두려워하랴. 모든 탐미는 결국 고행인 것이기

에, 그러므로 죽음보다 더 두려운 것은 단 한 번의 운명적인 사
랑에서 덧없이 비껴나 단 한 번의 노래를 부르지 못하고 덧없이
잊히는 그 소멸이 아니랴.

20

억압에서 해방으로

_ D. H. 로렌스의 『처녀와 집시』

D. H. 로렌스는 『채털리 부인의 사랑』으로 유명한 영국의 작가이지만 그에 붙여진 이름은 매우 다양하다. 『채털리 부인의 사랑』과 같은 계열의 작품으로만 보자면 성性찬미자, 성개혁론자, 남근숭배자 등으로 불리지만, 그는 그것들보다는 훨씬 더 무한하고 가두리 없는 사상을 가지고 있어서 사람에 따라서는 생명주의자, 원시복귀론자, 인습타파론자, 공상적 계급투쟁주의자, 범신론자, 귀족주의자 혹은 하나의 예언론자로 불리기도 한다. 그러나 그의 기본적 문제는 자서전 『스케치』에서 밝히고 있듯이 '유럽 문명의 노쇠와 피로 속에 갇힌 생(생명)을 어떻게 쇄신할 것인가?'라는 물음이다. '노쇠하고 병든 유럽 문명 속의 죽음의 문화에서부터 어떻게 생명을 살리는 살림의 문화로 갈 것인가?' 라는 것이 모든 그의 작품 속에 흐르는 기본 사상이다.

'인간은 자기 욕망의 충족을 원한다. 기독교는 반동과 부정에 기초한다. 일체의 세속적 욕망을 버려라, 천국을 위하여 살아라,

라고 기독교 교리는 가르친다. 그러나 인간은 모름지기 자기 욕망을 신성하게 충족시켜야 한다고 나는 생각한다. 이것은 가장 뜻있는 욕망, 즉 외적인 것에 구속받지 않고 살려는 욕망의 충족을 의미한다'라는 로렌스 자신의 말처럼 '억압에서 해방으로'라는 주제가 그의 기나긴 싸움의 제목이었다. 그 해방의 메커니즘이 사람마다 다를 뿐이지 그런 종류의 해방지향적 꿈은 누구에게나 있는 근원적 욕망 아닌가?

로렌스는 그 해방의 메커니즘을 육체와 성性에서 찾았고 그리하여 '나의 위대한 종교는 지성보다 현명한 피와 육체의 신앙이다. 내가 오로지 바라는 것은 정신이니 도덕이니 하는 쓸데없는 간섭을 당함이 없이 직접 나의 피에 호응하는 것이다'라고 쓰고 있다.

로렌스를 '성의 십자가를 진 사나이a sex crucified man'라고 부르는 비평가도 있는데, 그의 성에 대한 강박관념은 현세적이고 관능적인 광부 아버지와 청교도적 준엄함과 독선적 태도를 지닌 교사 출신의 어머니 사이의 철저한 부조화에서 싹텄다고 보기도 한다. 그에게 강한 영향을 끼친 사람은 청교도적인 어머니인데 어머니는 그에게 지적인 야망을 품게 하고 힘든 뒷바라지를 해주어 그를 노팅엄대학까지 다니게 했으나 평생 독점적 소유욕의 모성애를 가지고 로렌스의 애정 관계에 끼어들었으며(『아들과 연인』에서 자세히 나타난다), 그리하여 로렌스는 어머니의 사후에도 여성과의 사랑에 실패하는 좌절을 겪는다. 그러다가 노팅엄대학 교수의 부인인 독일인 귀족 출신 프리다 위클리를 만나 함께 도피

행각을 벌이며 방랑하던 중 프리다의 자유분방한 사랑과 개방적 인생관, 감각적인 부드러움으로 '어머니에게서의 해방'을 얻게 된다. 청교도적 문화의 억압에서부터 생명을 구해낸 것이다.

그런 맥락에서 로렌스는 멕시코를 여행하며 멕시코 인디언들의 원시적 생활을 통해 진실한 생명을 보기도 했는데, 그에게 있어서 이상적인 인간상은 '원시적 모습'을 지닌 사람이요, 이상적인 삶은 '원시에 가까운 생활'이었다. 현대는 소위 문화와 기계 문명으로 몸과 마음과 생활이 퇴화되고 위축되고 오염되었기에, 그는 멕시코 인디언들의 원초적 삶에서 자신의 생명주의의 원형을 발견하고 찬미했던 것이다. 바로 그런 '원시에의 찬미'가 그의 미발표 유고작으로 알려진 『처녀와 집시』의 주제다. 교구 보조목사의 젊은 아내 신시아가 빈털터리 젊은 청년과 도망치는 사건으로 시작되는 이 소설은 로렌스 자신이 교수 부인 프리다와 독일로 도망친 사건과 어느 정도 연관되었는지도 모른다. 로렌스는 프리다의 전남편의 딸인 엘사와 바바라를 잘 알고 있었으므로 이들이 『처녀와 집시』의 주인공인 이베트와 루실의 모델이 되었을 가능성도 있다.

신시아라는 이름의 여인이 도망친 목사관에서 그녀의 두 딸 루실과 이베트는 늙은 할머니(아흔을 향하고 있지만 아직도 아들을 장악하고 싶어하고 집안의 규율을 지배하려고 하는)와 함께 살아간다. '신시아였던 여인'은 순결하고 고귀한 목사님의 마음속에 눈꽃으로 피어 아직도 시들지 않았으나, 집안은 충실함의 전통과 무서운 우상 같은 할머니가 추구하는 권력의 손아귀 안에 있었다. 그러나 둘째딸 이베트는 '신시아였던 여인'에게서 발견되던 아련한 자유분방함을 가지고 있었고, 장성한 그녀는 지긋지긋한 짜증을 가지고 목사관 내의 맛없는 음식, 지루한 중산계급의 을 씨년스러운 사교, 희생적인 노처녀 시시 고모 등을 증오한다. '발견되지 않은 인생의 문을 여는 것보다는 감옥 철창을 부수기가 훨씬 더 쉽다'고 느끼면서.

어느 날 이베트는 남자친구인 리오가 모는 자동차를 타고 언니 루실 등과 함께 교외로 소풍을 갔다가 채석장에 잠시 포장마차를 친 집시 일가를 만났다. 그때 이베트는 집시들의 삶을 보고 형언할 수 없는 벅찬 설렘을 느낀다. 초록빛 옷을 입은 집시 남자의 강렬한 눈빛에서 이베트는 '법을 지키는 사람들을 조롱하며 제 갈 길을 가는 부랑자의 경멸적이고 도전적인 눈빛, 오만한 눈초리, 밥과 리오 같은 사람을 철저히 무시하는 눈빛. 이런 것들이 나의 가슴을 달아오르게 하는구나. 그는 나보다 강하다'라고 생각하면서 초록색 옷에 내비친 묘하게 검고 순수한 그의 몸매에 무한히 마음이 끌린다. 집시 여인에게서 점을 본 이베트는 색유리 창문 기금으로 모금한 시시 고모의 돈을 복채로 쓰고 할머니에게서 '적어도 우리는 반쪽이 타락한 자식들은 아니다'라는 모욕적인 말을 듣는다. 그러나 이베트는 그들의 어머니 신시아가 '위험하고 부도덕할지는 몰라도 더욱 고귀한 세계'에 속해 있었으며, 아버지 세이웰 가문의 사람들이 '이른바 도덕의 이름으로 그녀의 예민하고 깨끗한 피와 살의 신성함을 짓밟아버렸음을' 깨닫기 시작했다.

'그들은 언제나 그것을 더럽히고 싶어했다. 그들은 싱싱한 삶을 믿지 않았다. 반면에 신시아였던 여인은 어쩌면 도덕을 믿지 않았던 모양이다.'

하얀 눈꽃 같은 신시아였던 여인에 대한 뜨거운 이해가 이베트를 흔든다. 그녀는 집시에 대한 야생적인 갈망과 '자칭 사내라고 하는 길들여진 개에 대한' 냉소적인 경멸을 느끼고, 할머니의 지긋지긋한 기생충적인 노망기에 시달리며 채석장 집시의 삶을 그리워한다. 돈도 있고 잘생기고 우아한 젊은이 리오의 청혼까지 뿌리치며 그녀는 집시의 모닥불 같은 몸매, 날씬한 엉덩이, '완전한 암흑의 힘'을 꿈꾸는 것이었다. 언니 루실 역시 '내 생각에는 천박한 종류의 섹스가 있고 천박하지 않은 다른 어떤 섹스가 있는 것 같아, 나는 평범한 치들은 싫어' 하고 말하고 이베트는 '섹스가 뭐야? 그건 흔히 말하는 관능처럼 평범한 것은 정말 아닐 거야. 언니와 나는 어쩌면 섹스가 없나봐. 사내들과 우리를 결합시켜주는 섹스가 우리에게는 정말 없는 것 같아'라며 체념하기도 한다.

집시에 대한 갈망으로 불처럼 시달리면서도 죽음의 세균처럼 지긋지긋하게 달라붙는 냄새 고약한 목사관의 가족을 떠나지도 못하는 이베트는 '물의 목소리에 귀를 기울일지어다'라는 집시 할머니의 점괘를 듣던 날 목사관을 덮쳐오는 홍수에 빠져 죽을 뻔한다. 집시 남자에 의해 이베트는 안전하게 구조되지만 할머니는 물에 빠져 죽고 목사관도 물살에 붕괴되어버린다. 할머니의 장례식날 이베트는 침대에 누워서 '나는 그를 사랑해! 나는 그를 사랑해! 사랑해!'라고 외치며 집시에 대한 갈망과 떠나버린 집시에 대한 안도감을 동시에 느끼는 것이었다.

『처녀와 집시』는 로렌스의 미발표 유고작이지만 현대 문명과 도덕에 대한 생명주의적 반항이 극명하게 드러나 있는 주요 작품이다. 문명의 도시가 황무지인가, 집시와 멕시코 인디언들이 사는 미개척 야만의 땅이 황무지인가? 신시아였던 여인이 반인간적인가, 목사관의 생활이 반인간적인가? 때로는 인간적이라는 이름의 반생명이 또 얼마나 우리를 억누르고 있는가?

21

어머니로부터의 해방
_ D. H. 로렌스의 『아들과 연인』

어머니의 소유욕 속에서 성장한 로렌스는 『아들과 연인』에서 미리엄으로 등장하는 제시 체임버즈와 중학교를 졸업한 1901년부터 알게 되어 10년 동안이나 연인 관계를 지속하는데, 제시와의 비극적 사랑은 로렌스의 작품과 생애에 중대한 의미를 가져다주었다. 로렌스는 노팅엄대학 사범과를 졸업하고 학교 교사를 하던 중 폐렴에 걸려 학교를 사직하게 되고, 어머니 또한 암으로 1910년 사망하게 된다.

어머니가 돌아가신 후에도 계속 로렌스를 사로잡고 있던 병적 폐쇄 감정은 노팅엄대학 은사인 위클리 교수의 부인 프리다를 만나 그녀와 사랑의 도피행을 감행하면서 서서히 풀리게 된다. 프리다는 세 딸의 어머니면서 독일 남작의 딸인 여섯 살 연상의 귀족 여인이었는데, 로렌스는 프리다에게서 이상적인 여성상을 발견하고 그녀의 밝고 개방적인 인생관과 감각적인 성품에서 '어머니로부터의 해방'을 얻게 된다. 『아들과 연인』은 1913년 프리다와의 도망(12년) 직후 출판된 초기 작품이다.

이 작품의 1부는 폴의 아버지와 어머니의 연애와 사랑, 그리고 증오와 고통에 대해서 다루고 있다. 아버지 월터 모렐은 귀부인이라는 신비적인 매력을 가진 거트루드에게 이끌려 결혼했고, 어머니 거트루드는 '촛불이 타오르듯이 그 육체에서 흘러나오는 관능적인 생의 불길의 어스레한 황금빛의 부드러움'에 이끌려 결혼했다. 그러나 결혼 7개월 후 어느 날 남편의 호주머니에서 아직도 지불되지 않은 가구 대금의 청구서를 발견하고 남편의 거짓말을 알게 되자, 두 사람은 무서운 부부싸움을 시작하고 아내는 남편을 말할 수 없이 무시하게 된다. 아버지의 술타령과 구타를 보며 자라난 폴은 아버지를 미워했다. 그는 '아버지가 술을 끊게 해주소서'라고 매일 밤 기도를 드렸고, '주여 아버지를 죽게 해주소서'라고 자주 기도를 드렸다. 아버지는 다른 식구들과 대화가 불가능한 국외자 같았다.

큰아들 윌리엄은 공부도 잘하고 똑똑한 청년으로서 런던에서 연봉 120파운드의 좋은 직장을 다니고 있는데, 어머니의 희망의 등불이었다. 이런 윌리엄이 런던에서 미스 웨스턴이라는 허영심 강하고 천박한 여자와 사귀어 어머니를 실망시키더니 그 갈등으로 괴로워하다 폐렴에 걸려 죽고 만다. 넋 나간 어머니는 생의 의욕을 잃었으나 곧이어 애정이 폴을 향하게 되어 모자의 관계는 변모한다. '모자는 완전한 애정 속에 굳게 결합되어 있었다. 모렐 부인의 생활은 폴에게 뿌리박고 있었다. 모자는 생활을 같이 나누었다.'

폴의 여자친구 미리엄에 대해서 어머니는 '저애는 기뻐서 날뛰는구나. 나에게서 폴을 빼앗아갈 때 기뻐서 날뛰는구나'하고 잔인하도록 차가운 마음을 품는다. 모렐 부인은 아들이 가버리면 이렇게 가슴속에서 소리지르는 것이었다. '그애는 보통 여자와 달라서 어머니 몫을 남겨두지도 않는구나. 폴한테서 전부를 빨아먹으려 하는구나. 전부를 끌어내서 빨아먹고 마침내는 폴 자신에게조차 아무것도 남지 않게 하려는구나. 폴은 절대로 제 발로 설 수 있는 인간은 되지 못할 거야. 그애에게 죄다 빨아먹혀 버릴 테니까.' 이렇게 어머니는 앉아서 마음의 갈등으로 슬픔에 잠긴다.

미리엄과 폴은 청춘의 순수한 열정과 이상주의적인 사랑에 몹시 몰두하지만 어머니는 미리엄이 그를 차지하더라도 뿌리만은 어머니에게 남겨주는 여자가 되기를 희망하고, 폴 역시 어머니의 희망에 억압을 느껴 '미리엄, 난 당신을 육체적으론 사랑할 수 없다는 것을 알았소. 당신은 날 사랑함으로써 호주머니 속에 집어넣으려고 하오'라고 말하며 수녀처럼 종교적인 그녀와 결별을 선언한다.

같은 회사의 클레어리라는, 남편과 별거중인 기혼녀와 금빛 불꽃이 타오르는 듯한 육체적이고 관능적인 사랑을 나누지만 무언가 부족한 공허를 느낀다. 어머니는 '너는 아직 마음에 드는 여성을 만나지 못했다'고 위로하려 하지만 폴은 '아마 어머니가 살아 계시는 동안은 절대로 그런 여성을 만나지 못할 것 같아요'라고 말한다. 그러던 중 어머니가 암에 걸려 투병을 시작하고,

간호에 열심인 폴은 사랑하는 어머니의 고통을 보다못해 치사량의 모르핀을 우유에 타서 마시게 하여 어머니를 죽음에 이르게 한다. 어머니의 죽음 이후, 시바 여왕처럼 건장하고 관능적인 클레어리는 폴의 마음이 차가워진 것을 알고 남편에게로 돌아갔고, 미리엄은 다시 폴과 결혼할 것을 제의하지만 거절당하고 만다. 자신의 생명을 착취당할 것 같은 폴의 두려움 때문에……

혼자 남은 황량한 어둠 속에서 폴은 무한히 작고 미약한 자신의 존재를 자각하며 그리움에 어머니를 불러본다. 그러나 그는 어머니를 따라 암흑 속으로 난 길을 걷지는 않으리라 결심한다. 폴이 금빛 불빛이 반짝이는 시내 쪽으로 빨리 걸어가는 장면과 함께 이 소설은 끝난다.

어머니와의 사랑 때문에 연인을 사랑하지 못하는 아들의 이야기는 우리 주변에서도 흔히 볼 수 있는 낯익은 비극이 아닐까?

3부

『황무지』에서부터
『참을 수 없는 존재의 가벼움』까지

22

4월은 왜 잔인한가
_ T. S. 엘리엇의 『황무지』

4월은 가장 잔인한 달,

죽은 땅에서 라일락을 키워내고

기억과 욕망을 뒤섞으며

봄비로 잠든 뿌리를 뒤흔든다.

차라리 겨울은 우리를 따뜻하게 하였다.

망각의 눈으로 대지를 감싸고

마른 구근으로 가냘픈 생명을

키웠으니……

—『황무지』 제1부 「사자의 매장」

20세기 최고·최대의 걸작 시라고 불리는 T. S. 엘리엇의 『황무지』는 바로 이런 시구로 시작된다. 비록 정확한 의미는 접어둔 채라 하더라도 4월이면 누구나 한 번쯤 입술 위에 떠올려보는 시구—'4월은 잔인한 달……'

왜 4월은 잔인한가. 꽃피고 새 우는 계절의 아름다움에도 불구하고 왜 4월은 잔인하며, 특히 우리의 4월은 왜 그렇게 소란스럽고 모든 것이 뒤죽박죽 혼란스러우며 강력한 번뇌로 다가오는 것일까?

엘리엇의 『황무지』는 우선 작품 규모부터가 대작이어서 5부 433행으로 되어 있다. 여기에 동서고금의 문학과 사상에서의 인용이 35개 처에 걸쳐 있는데, 단테나 셰익스피어는 말할 것도 없고 심지어 불경과 바그너의 가극, 고대 인도의 철학 경전 『우파니샤드』에서의 인용까지 들어 있기에 매우 광범위한 독서 배경을 갖고 있지 않으면 읽기가 힘들다. 그런데다가 본래 엘리엇은 여러 조각의 단편을 한데 모아서 종합하는 방법으로 시를 쓰기 때문에 단절과 비약이 심한 시인인데, 이 시의 경우는 애초에 1천 행 정도 되던 것을 에즈라 파운드가 대담하게 색연필로 삭제·수정하는 바람에 반으로 줄어들어 더욱 비약과 단절이 심하다. 그래서 엘리엇은 이 시를 '보다 위대한 예술가 파운드에게' 헌정하고 있다.

이 방대한 걸작의 주제는 그러나 비교적 단순한 것으로, '20세기의 정신의 불모와 현대인의 황무지성'에 대해 다각적인 해부를 시도하고 있다. 엘리엇 개인적으로는 정신이상 증세를 겪던 부인과의 가정생활도 원만치 못한데다가 새벽 다섯시에 일어나 글을 쓰고, 은행에서 종일 일을 하고, 집에 돌아와서는 아내를 돌보는 수년간의 과로로 신경이 극도로 쇠약해져서, 다니던 로이드은행에서 휴가를 얻어 스위스 로잔느의 요양소에 입원해 있을 때 『황무지』를 완성했다. 그리하여 이 시에는 신경성 질환에 의한 예민한 추억과 울분과 광명에 대한 기원 같은 개인적인 요소가 심하게 들어 있다고 지적하는 학자도 있다. 결국 시인이란 자신의 상태를 통해 시대를 진단하고 질병의 창문을 통해 시대의 기상도를 진단서처럼 그려내는 '환자-의사'의 1인 2역이 아닐 것인가.

엘리엇은 현대의 인간들이 중세시대 성배 전설 속의 어부왕의 나라 사람들처럼 황폐와 성적 불모라는 질병을 앓고 있다고 생각한다. 성배 전설에 의하면 어부왕이라는 왕이 벌을 받아 성적 불구자가 되었는데, 그 결과로 나라 안엔 질병이 발생하고, 곡물이나 과실은 열매를 맺지 않고, 동물은 생산이 끊어지고, 물에는 고기가 없어져 불모의 황폐국이 된다. 당시에는 왕의 병이 고쳐지면 그 나라에 풍요가 회복된다고 믿었다. 전설에 따르면 한 순결한 기사가 나타나 그리스도의 피를 담았던 성배를 찾아 그 피를 왕에게 발라줌으로써 왕에게 내린 저주가 풀려 불모국이 복구되었다고 한다.

또한 엘리엇은 고대 인류의 토속신앙과 제사에 관한 자료를 수집한 프레이저의 『황금가지』에서 고대 아도니스·아티스·오시리스의 신화와 같은 곡물신화를 선택해 쓰고 있다. 이 신화들이 생의 기원과 성性의 원리를 말하고 있는 만큼 성의 원리와 종교의 기원에는 불가분의 관계가 있는데, 그런 각도에서 성의 타락과 종교에서의 이탈은 현대의 황폐화의 기본 원인이며 그로 말미암아 현대인들은 '황폐국'의 어부왕과 같이 생의 의미를 상실한 죽음의 상태를 지속할 뿐이다. 이 황무지에 생을 가져오는 길은 오직 진정한 죽음을 통해서만 가능한 것이다. 그렇다. 우리 현대인들은 바로 그런, 삶도 아니고 죽음도 아닌 생중사의 상태, 젊음도 늙음도 없고 말하자면 꿈꾸는 오수午睡의 상태 속에서 실낱같은 목숨을 붙이고 있는 것이다. 『황무지』의 제사題詞로 등장하는 쿠마 무녀의 이야기는 이러한 의미를 담고 있다. 죽지 않는 장수를 아폴론 신에게서 허락받았으나 젊음을 깜박 잊었기 때문에 몸이 말라비틀어져서도 죽지 못해 항아리 속에 매달려 간신히 살아가는 쿠마 무녀처럼 현대인에게 소원이 있다면 '나는 죽고 싶다'는 것이요, 그의 삶이란 쓰라린 고통bitter agony밖에 아무것도 아니다.

쿠마 무녀의 '나는 죽고 싶다'는 심리 상태, 어부왕과 같은 생중사의 상태를 생각하면 '4월은 잔인한 달'이라는 이 시의 첫 선고를 충분히 이해할 수가 있다.

현대인은 자신이 취한 생중사의 안일한 상태에서 깨어나기를 싫어하고 마취 속에 파묻힌 백치적인 평화가 방해 받는 것을 두려워한다. 그런데 만물이 소생하는 4월이 그들에게 옛 기억을 되살아나게 하고 생의 젊은 욕망을 불어넣어 상처와 갖은 뜨거운 꿈을 재생시키는 것이다. 차라리 망각의 겨울, 모든 생명의 싹을 냉엄한 땅이 억누르고 있었던 죽음의 겨울은 눈에 싸여 그지없이 편안하지 않았던가.

잔인한 4월로 일깨워진 이 시인의 과거의 기억은 생이 무성했던 여름철, 독일의 한 유원지에서 어느 부인과의 대화 장면으로 흘러들어간다. 그것은 황무지 인간들의 생이 아닌 생의 장면들로서 뿌리도 없이 굴러다니는 돌멩이들이 부딪치는 장면에 불과하다. 생의 순환을 의미하는 계절이란 것도 현대인에게는 관광과 레저 스포츠와 여행 등의 목적에 이용될 뿐이다.

'이 엉켜붙은 뿌리들은 무엇인가. 돌더미, 쓰레기 속에서 무슨 가지가 자란단 말인가?'

이 황무지에 무슨 생명이 자랄 리가 없다. 그 안에 살고 있는 인간들도 실은 인간의 형해形骸에 불과하고 무수한 그림자에 지나지 않으니 그들이 말할 수도 추측할 수도 없음은 당연한 일이다. 다만 보는 것은 '깨어진 영상의 무더기일 뿐'이다.

'이 공허의 도시/겨울날 새벽 갈색 안개 속으로/군중이 런던 교 위로 수없이 흘러갔다./나는 죽음이 저렇게 많은 사람을 멸망시켰다고는 생각하지 못했다.'

이런 비실재의 유령의 도시는 비단 엘리엇의 런던뿐이 아니다. 보들레르가 본 파리도 바글바글 인간이 들끓는 '꿈으로 가득찬 도시'고 '대낮에도 망령이 통행인의 소매를 끄는 도시'였다. 생중사의 인간들, 선의 의식도 악의 의식도 없는 사람들, 천국으로도 지옥으로도 갈 수 없는 영혼들—즉 '죽음의 희망'도 없는 사람들이다. 우리의 서울, 점심시간이 되어 시청 앞 광장을 흘러가는 인파의 부글거리는 통행은 어떠한가. 이런 황무지의 인간이기에 우리는 장래에 대하여 별로 아는 것이 없다. '다만 한 세대에서 다음 세대로/똑같은 일이 일어나고 또 일어난다는 것뿐/스텟슨! 자네가 작년에 정원에 심었던 시체에선 싹이 트기 시작했는가? 올해 꽃이 피겠는가?' 하고 오랜만에 만난 친구에게 묻는다. 그러나 싹이 틀 리가 없다. 이 황무지에선 죽음의 매장이 재생의 희망과 연관되지 못하고, 인간이 매년 되풀이하는 무의미한 죽음은 부활을 가져오지 못한다. 그러니 황무지의 인간에게 재생의 봄보다는 죽음의 겨울이 더욱 편안할 것은 당연하다. 그래서 4월은 잔인한 계절이 되고, 만물이 부활하고 재생하는 뜨거운 혁명의 봄은 황무지의 사람들에게 위험과 위기와 신경질적인 혼란의 계절이 된다. 황무지의 현대인들은 차라리 죽음의 겨울 같은 생중사의 안일한 평화주의를 더욱 사랑하니까.

이어서 제2부 「장기놀이」, 제3부 「불의 설교」, 제4부 「수사水死」, 제5부 「천둥이 말한 것」을 거쳐 이 위대한 시작품은 현대의 황폐함과 현대인의 타락과 정신적 불모를 아름답고 무서운 파노라마처럼 그려낸다. 그리고 이 문명의 말기, 황혼의 낙조에 물든 황무지의 인간들에게도 구원의 가망은 있음을 암시한다. 불모의 땅 위에 들려오는 신의 목소리—'다타(주라), 다야드밤(동정하라), 담야타(자제하라)'라는 게 그것이다. 비는 오지 않고, 여전히 황폐국은 황무지 그대로이지만 '주라, 동정하라, 자제하라'라는 진리에 따른다면 이 황무지에 재생의 길이 열릴지도 모른다는 것이다. '샨티, 샨티, 샨티'—『우파니샤드』의 평화를 기원하는 추도의 말을 마지막으로 이 시는 끝을 맺는다.

23

완전한 자유를 찾아서
_ 마크 트웨인의 『허클베리 핀의 모험』

'유토피아를 포함하지 않는 세계 지도는 볼 가치가 없다. 인간이 늘 상륙할 하나의 장소가 제외되었기 때문이다. 인간은 그 나라에 상륙하면 주위를 살피고 더 좋은 나라를 보고 출항한다. 진보란 유토피아의 실현이다'라는 오스카 와일드의 말은 인간의 심층 심리에 숨어 있는 깊은 유토피아적 욕망과 그곳을 향해 항상 떠나고 싶어하는 탈출 욕구를 이야기하고 있다. 그렇다. 사람은 늘 세계 지도 속에 포함되지 않은 안 보이는 나라를 꿈꾸고 그곳을 향해 도주하며 낭만적 탈주를 꿈꾸면서 자신이 서 있는 '지금-여기'를 부정하고자 한다. 그것이 유토피아 정신이며 새로운 나라에 새로운 인간으로 태어나고픈, 최초의 아담으로 회귀하고 싶은 신생 지향의 욕망이며 가짜가 남김없이 추방된 진짜 진실만의 나라에 닿고 싶은 표류하는 꿈의 욕망이다. 그래서 가브리엘 마르셀은 인간을 호모 비아토르(여행하는 인간)라고 부르는 것이리라.

그것을 서양 문학에서는 『일리아스』『오디세이아』『돈키호테』『로빈슨 크루소』『톰 소여의 모험』『허클베리 핀의 모험』 등에서 다루고 있으며, 한국 문학에서도 『홍길동전』『숙향전』『구운몽』『무진기행』 등에서 다루고 있다. 사실 어찌 보면 모든 문학은 이런 유토피아성 때문에 현실과 타협하지 못하고 표류성을 숙명으로 삼아 떠도는 인간 군상의 도망 심리와 현상을 제재로 삼고 있는지도 모른다.

스페인의 세르반테스가 가장 스페인적이면서도 세계적인 작가라면, 미국 문학에서의 마크 트웨인 역시 그런 국민 작가적 명성과 힘을 가지고 있다. 『미국 소설에 나타난 사랑과 죽음』이라는 유명한 저서를 쓴 문학비평가 레슬리 피들러는 '만일 우리집에 불이 나서 한 권의 책만을 갖고 나가야 한다면 나는 기꺼이 『허클베리 핀의 모험』을 가지고 나가겠다'고 말한 바 있다. 그만큼 『허클베리 핀의 모험』은 신세계를 개척하려는 미국 정신을 반영하고 있으며, 현실에 집착하지 않는 아메리칸 아담의 무서운 모험 정신과 낭만적 도주를 생생하게 보여주고 있다.

이 책을 관통하고 있는 기본 정신은 '아무 회의 없이 정착하여 사는 사람들'(기성의 제도 및 종교에 속하는 귀족주의자들, 위선적인 속물들)에 대한 희화화된 증오와 완전한 자유를 향해 나아가는 뗏목 정신이다. 이 뗏목이야말로 미시시피강으로 상징되는 거대한 세계를 헤쳐나가는 부랑의 무기이다. 이런 뗏목 하나, 자유를 향해 표류해갈 수 있는 이 순진하고 정직한 뗏목 하나가 있음으로써 허클베리 핀은 미시시피 강변의 사회를 심판할 수 있고 유토피아를 향해 거침없이 제멋대로의 용기를 낼 수 있는 것이다. 이 뗏목은 그의 때묻지 않은 숨결일 수도 있고, 미성년적 양심일 수도 있고, 연약한 희망의 백일몽일 수도, 무서운 사회 비판을 띤 반역 정신일 수도 있다. 여하튼 여기에서 중요한 것은 허클베리 핀이 흑인 노예 짐과 함께 문명세계에서 도망치고 있으며, 공포의 어머니 같은 늙은 미스 왓슨(짐의 주인)과 훌륭한 어머니의 상징인 점잖은 더글러스 과부댁, 숙모인 샐리 펠프스의 종교와 사회적 계율에서 탈출하여 '뗏목을 타고' 떠나디고 있다는 것이다. 뗏목을 타고 있을 때만 헉은 진정한 자유를 맛보고 낙원에의 가능성을 보며, 어느 강변의 도시도 위선으로 얼룩진 문명도 그에게 낙원의 꿈을 열어주지는 못한다. 그렇다면 뗏목만이 희망이며 자유의 모든 것이며 거대한 유토피아의 자그만 해방 영토가 아닐까?

줄거리의 큰 골격은 허클베리 핀의 북쪽에서 남쪽으로의 여행 이야기로 이루어져 있다. 헉은 전형적인 디킨스의 소설 주인공처럼 가난한 꼬마이다. 그는 미국 남부 사회의 최하위에서 두번째 계층인 무식한 백인 태생이며 학대하고 돈을 뜯으러 오는 주정뱅이 아버지가 있을 뿐 어머니는 없고 관습적인 의미의 배경이나 교양도 지니지 못했다. 열서너 살가량의 나이에 벌써 담배를 씹고 학교를 곧잘 빠지며 톰을 유혹해 이리저리 제도권의 미덕들을 무너뜨리게 하는 불량 소년 내지 부랑아이다. 그런 그를 교화하고자 마을 목사님의 주선으로 미주리주 세인트피터즈버그의 두 숙녀가 그를 입양하고, 그는 그의 은인인 흑인 짐과 함께 도망칠 계획을 세운다. 그리하여 10대의 소년과 중년의 노예인 짐은 위험한 미시시피강을 따라 뗏목을 타고 도망치면서 사회와 법과 관습에 도전한다. 헉은 주정뱅이 아버지와 친절한 입양모들의 손아귀로부터 도망치고 짐은 노예제도와 신분의 감옥에서 도망친다.

그들이 추구하는 것은 둘 다 자유의 신세계이며 길들여짐에 대한 강력한 거부이다. 그들은 남부를 향해 감으로써 자유를 얻으려는 시도를 하고 있으나 짐의 목적지인 일리노이주의 카이로를 안개와 어둠 속에서 놓쳐버리고 만다. 짐의 고향인 세인트피터즈버그에서 곧장 일리노이주를 향해 미시시피강을 가로지를 수도 있었지만 일리노이주에는 도주하는 노예를 주인에게 되돌려주는 법이 있어서 짐은 그곳으로 가지 않는다. 그들은 계속 공포와 기대 속에서 밤의 여행을 하며 약탈과 살인을 목격하고 노상의 싸움들에 휘말려들면서 가짜 부흥회 같은 종교적 사기극과 고아들의 상속 재산을 가로채는 모리배들과도 합류하게 된다. 그러다 어느 강 아래에서 표류하는 텅 빈 집을 발견하기도 하는데 그 안에는 등에 총을 맞은 시체가 있고 그가 헉의 아버지임이 밝혀지기도 한다.

결국 짐은 체포되나 주인에 의해 해방된다. '인간은 서로 몸서리칠 만큼 잔인할 수 있다'는 사실을 알게 된 헉은 세인트피터즈버그에 돌아와서도 여전히 교화의 수단인 관습적 도덕을 받아들이지 못하고, 스스로 도덕적 추방자임을 깨달아 문명의 그림자가 덜 드리워진 서부로의 또다른 여행을 몰래 계획한다. 헉에게 마지막 비극적인 인식은 사회란 노상 어떻게 해서든지 개인을 포획해 속박한다는 것, 즉 사회 구성원 전체가 억압적인 사회의 포로라는 사실이다. 그러나 뗏목은 육지의 곳곳에서 받는 속박으로부터 안식처가 되어준다. 이 장편소설의 이미지 구조는 '땅과 물(강)'의 대조로 이루어져 있다고 해도 과언이 아니다. 다른 곳은 사람을 옥죄고 질식시키지만 뗏목만큼은 그렇지가 않다. 허클베리 핀과 도망 노예 짐은 뗏목 위에서만큼은 자유롭고 평안한 안락감에 젖을 수 있다.

레슬리 피들러는 『허클베리 핀의 모험』에서 미국 문학의 주요 모티브인 '부친 거부의 모티브'를 지적하고, 버나드 드 보토는 '신의 풍요를 간직한 작품'이라고 평하며, 신화 비평가들은 '낙원 복귀의 가능성을 지닌 미국적인 국민 신화'로 읽기도 한다. 그래서 레슬리 피들러는 20세기 말 미국의 더러운 현실과 유색 인종에 대한 차별, 테러, 제국주의적 오만과 편견을 신랄히 비판하면서 '허클베리 핀이여 다시 뗏목으로 돌아와다오!'라고 고발문을 쓰기도 했다.

헉이 고향에 돌아와 기성의 세계에 진저리를 치면서 '제기랄, 또 해묵은 일이 반복되는군'이라고 내뱉은 말과 뗏목에 대한 참을 수 없는 열망이 내 중년의 가슴을 두드릴 때마다 아, 나도 어느 미시시피 강변을 따라 무시무시한 자유의 뗏목에 흔들리면서 삶의 새로움을 절실히 추구해보고 싶다는 환상을 불쑥불쑥 느낀다. 그런데 지금 나는 혹시 너무 길들여져버린 게 아닐까?

24

무엇에 대한 일그러진 웃음인가?

_솔 벨로의 『오기 마치의 모험』

솔 벨로는 허무주의와 산업문명의 비인간화 속에 잡동사니 나 사못 하나처럼 차갑고 소외된 삶을 살고 있는 현대의 일그러진 인물군을 탁월하게 그려낸 유태인 혈통의 미국 작가이다. 캐나 다 퀘백주에서 출생하였지만 미국 시카고대학에서 사회학과 인 류학을 공부한 후 뉴욕, 예일, 프린스턴 대학의 교수를 지냈고 시카고대학의 사회학과 교수로 오랫동안 재직하였다.

그의 전공이 말해주듯이 그는 『허공에 매달린 사나이』『오기 마치의 모험』『비의 왕 헨더슨』『피해자』『험볼트의 선물』『오 늘을 잡아라』 등에서 메마른 사회의 움직임과 그 안에서 메말 라가는 인간 영혼에 대한 꾸준한 사회학적 관심을 표출해왔다. 그러나 그는 리얼리즘 작가라는 명칭을 거부하면서 자신의 관심 사는 '어떻게 하면 이 메마른 고갈 시대의 사람들에게 영혼을 불 어넣어주는가 하는 문제'이며, 작품을 통해 '휴머니티와 영혼을 찾고 있다'고 말한다. 그에게 있어 인간의 가치란 성공이 아니라 인간의 존엄성에 의존한다. 말하자면 그는 차가운 지성의 독재자나 이데올로기에 빠진 기계적인 사회비평가가 되기보다는 허무와 죄악에 물든 이 혼돈의 세상에서 피와 생명이 흐르는 인간 실존을 부둥켜안고 진흙탕에서 뒹구는 실존적 투쟁을 추구하는 것이다. 벨로의 옛 친구 알프레드 카진이 그를 가리켜 '고대 그리스 스타일의 씨름꾼'이라고 부른 것도 아마 그런 까닭에서이리라.

그렇듯이 그는 세상에는 인간의 힘으로는 어찌할 수 없는 힘이 인간을 지배하며, 알 수 없는 거대한 운명에 의해 지배받는 제물이 바로 인간이라는 운명적 인간관을 가지는데, 그런 비극적인 운명 속에서의 침몰을 다루면서도 새로운 삶을 창조하려는 원초적 힘과 사랑·평화·관용·조화와 같은 고전적인 덕목에 대한 추구를 버리지 않는다. 그래서 그의 작품에는 희극적 어조와 자기 풍자의 대담한 웃음, 신랄한 유머와 기상천외한 요소가 풍성하게 담겨 있어 우리로 하여금 '삶'이라는 비극 안에서 인간성 회복으로서의 웃음을 알게 한다.

솔 벨로의 작품 배경은 주로 시카고와 뉴욕인데 『오기 마치의 모험』의 무대도 역시 시카고이다.

오기는 지극히 가난한 유태인 가정에서 고아 아닌 고아로 태어났다. 그의 어머니는 그가 태어나기도 전에 트럭 운전사인 아버지에게서 버림받았고, 그의 형 사이몬은 출세와 돈밖에 모르는 속물이다. 또 동생은 지적장애인이며 하숙인으로 들어온 라우쉬 할머니는 오히려 그의 전 가족을 지배하는 독재자이다. 형은 어느 날 허영심 많은 여인을 구하기 위해 어머니의 싸구려 아파트와 가구들을 모두 팔아버리고 어머니를 지하실 골방에다 옮겨놓는데, 오기는 자신의 소유물을 전부 팔아 어머니의 거처를 옮긴다. 라우쉬 할머니가 동생 조지를 수용소로 보내버리는 잔인한 일을 할 때도 그는 저항감을 느끼고 슬퍼한다.

'그후 우리의 가정생활은 위축되었다. 마치 집안을 결속시켜준 것이 조지를 돌보는 일이거나 했던 것처럼 지금은 모든 것이 다 흐트러져버렸다. 우리들은 서로 다른 방향을 보며 지냈고 할머니는 자신을 바보로 만들었다.'

사랑과 우애에 대한 갈망, 이해하려는 의지, 인간적인 진실을 원하는 마음—그것이 오기 마치의 인생 방향이다. 고등학교 때에도 오기는 이기심 많고 남의 험담을 잘하며 마키아벨리 같은 독재자였던 지체장애인 아인호른을 항상 이해하려 하고 각별한 관계를 맺는다. 그러나 아인호른이 지나친 욕심으로 화재 보험액이 걸려 있는 집에 불을 지르고 부정한 사업으로 돈을 모으는 한편 그에게 이상한 성행위를 강요하자 그는 아인호른을 떠난다. 이것은 오기의 절제에 대한 존중에서 온 행위이다.

탄광집 딸과 결혼한 돈에 눈먼 형을 돕기 위해 그는 그동안 호구지책으로 해오던 시카고대학 도서관에서 책 훔치는 일을 그만두고 형의 사업에 참여한다. 그는 형의 자포자기적인 돈에 대한 열정과 난폭한 퇴폐를 이해하면서, 형이 원하는 대로 돈 많은 루시에게 '남편 되는 연기'를 하고 사랑의 조화가 이루어지기를 기다린다. 그는 언제나 참고 이해하기를 기다리는 '조화를 찾는 사람'으로서의 자세를 지닌다. 친구의 애인 미미가 아기를 낙태시키려고 위험한 일을 했을 때도 헌신적으로 도와주고 인간애를 베푼다. 그는 형 사이몬처럼 비본질적인 가치를 과도하게 추구하지 않고 '보다 훌륭한 운명'을 위해 뜨거운 인간애를 베푼다.

그는 미미의 소개로 노동조합에서 일하게 되지만 노동운동도 사랑과 평화 그리고 조화보다는 폭력을 강요한다는 사실을 알고 멕시코로 간다. 그는 사랑하는 테아를 따라 멕시코까지 갔으나 독수리를 이용한 그녀의 뱀 사냥을 보고는 너무나 비인간적이고 잔혹한 행위에 대한 저항감을 느낀다.

오기에게 직업상담소를 열자고 제의한 클렘에게 오기는 '나는 결혼해서 단란한 가정을 꾸밀 거야. 물론 내 처가 동의해야겠지만 어머니를 요양소에서 모셔오고 조지를 수용소에서 데려와야지. 낙원을 세우겠다는 말은 아냐. 난 다시 그들과 살 수 있어. 매우 행복하겠지. 나는 어학으로 애들을 가르치고 어머니가 현관에 앉아 계시면 닭이나 고양이들이 발밑에 모여들겠지. 나무를 심을 수도 있고'라고 말한다. 그는 그후 멕시코에서 탈출을 도와준 스텔라를 시카고에서 다시 만나 결혼하지만 결혼 직후 전쟁이 일어나 나치와 싸우는 상선 함대에서 일하게 된다. 그러나 함대는 난파되고 그는 표류하다 돌아온다.

오기 마치의 마지막 모험은 사업가인 민터치만의 전보를 받고 가다가 차가 고장나서 하녀 재클린과 동행하는 길 위에서 벌어진다. 그는 고통받고 학대받으며 살아온 재클린이 어둠의 길을 지나 마을까지 갈 때 노래 부르는 모습을 보면서 '잔인하고 거친

추위가 길을 막을지라도 인간은 좌절하지 않고 길을 가는 존재'임을 느끼며 자신을 '콜럼버스'라 생각하면서 알지 못할 웃음을 짓는다.

'오늘같이 추운 날, 이것을 나는 위안으로 삼을 수 있었다. 들판을 걸어왔기에 아직도 추위는 가시지 않았다. 그러나 나는 재클린과 멕시코를 생각하고 웃을 수 있었다. 그것은 내 속에 있는 웃음의 동물이다. 무엇이 그렇게 우스운가? 거친 힘에 시달려온 재클린 같은 여자가 아직도 좌절하지 않고 인생을 살아가려는 일이 우스운가? 아니면 우리 인간과 인간의 희망을 꺾을 수 있다고 생각하는 영원을 포함한 자연에 대한 웃음일까? 그것은 아마 자연 혹은 인간의 희망에 대한 농담일 것이며 웃는다는 것은 양자 모두를 포함한 수수께끼일 것이다.'

오기 마치는 인간의 부조리와 절망을 외면하지 않으면서도 영웅주의나 극단적 탐욕주의에 빠지지 않는, 사랑과 휴머니티를 간직하고 싶어하는 그야말로 인간적인 인간이다. 희망에 대한 웃음과 인간을 좌절시키려는 보다 큰 힘에 대한 웃음—그것이 시카고의 한 평범한 인간 오기 마치의 저항이자 승리이다. 우리에게도 그런 웃음의 저항과 승리가 절대적으로 필요한 때가 아닐까?

25

지금 이 순간을 살지 않는다면

_ 솔 벨로의 『오늘을 잡아라』

우리는 아침마다 하나의 새로운 생명을 향하여 눈을 뜬다. 하나의 새로운 시간이라고 말해도 좋다. 그리하여 식전의 차 한잔을 끓이면서 아니면 신새벽의 차가운 공기를 들이마시면서 '하루'라는 신선한 미지를 꿈꾸기도 한다. 인간은 자기 자신의 운명을 개척해야 하는 존재라고, 개척할 수 있는 존재라고 야심적인 자기 최면을 걸어보기도 하고, 하루란 마치 운(韻)을 맞춘 한 편의 소네트와 같기에 그것 자체만으로도 충분히 '완벽한 영원'이될 수도 있다고 용기를 가져보기도 한다. 아침이면, 그렇다, 아직아무것으로도 더럽혀지지 않은 신새벽의 뜨락에 첫 발자국을내딛는 순간이면—우리는 문득 생명의 순수함 같은 것을 느끼고 전율하게 된다. 아, 생명의 순수함. 어떤 실수도 상처도 아직생겨나지 않아 모든 삶을 처음부터 다시 시작할 수 있을 것 같은 뜨거운 느낌.

그러나 만원 버스에 참을성 있게 실려서 출근을 하고 어제의 일이 밀려 있는 오늘의 책상, 어제의 일이 적혀 있는 오늘의 조간신문을 바라보면서 우리는 목구멍 가득히 밀려오는 절망의 해일을 감수해야만 한다. 오늘이란 어쩌면 그렇게도 어제와 닮았단 말인가? 오늘에 배어 있는 어제의 냄새, 어제의 얼룩, 어제의 메아리. 오늘의 도처에 어제는 살고 있고 오늘이란 결국 여러 가지 어제의 좁은 틈에서 우리를 응시하고 있다는 것을 발견하는 순간 우리는 드디어 순결하고 자유로운 하루란 어차피 환상이었음을 깨닫게 된다.

그리하여 우리는 어제 맡았던 배역을 오늘도 맡아야 하며 신에 의하여 지정된 인생 극장의 바로 그 자리에 오늘도 계속 앉아 있어야만 한다는 진저리나는 현실을 받아들이고 풀이 죽는다. 그러한 무력함, 도망칠 수 없는 좌절감 속에서 하루는 또한 신속히 저물고 시간은 소멸해간다. 저녁 무렵 사람들은 흔히 말하기도 한다. '괜찮아, 내일이 있으니까. 내일이면 무언가 좋은 일이 있을 거야. 새로운 일이 생길지도 몰라.' 내일, 내일, 내일. 언제나 정체를 알 수 없는 막연하고 불안한 사랑. 우리는 어제라는 후회와 오늘이라는 고통에서 도망치기 위하여 언제나 내일이라는 허구를 지니고 살아간다. 어쩌면 우린 영원히 내일이란 신기루를 향해 도망치고 있는 '오늘 기피자'인지도 모른다. 그리하여 오늘은 어제와 내일의 지배를 강력하게 받으면서 가난한 집안의 쌀자루처럼 텅 비고 시들어간다. 마치 녹슨 못처럼 어제와 내일 사이에 어정쩡하게 포로로 잡혀 있는 오늘. 그런 오늘만으로 이어져가는 삶이 있다면 거기에 무슨 자유며 희망이며 구원이 있을 것인가?

솔 벨로의 중편 『오늘을 잡아라』는 바로 그렇게 어정쩡하게 어물거리고 있는 토미 월헬름이란 남자에 관한 이야기이다. 그는 과거의 실패와 미래에 대한 불안 사이에서 마비 상태에 빠져 있다. 그 결과 그는 지금 현재 어찌할 바를 모르는 무력한 사람이 되어 하는 일마다 자신이 없고 실패할 뿐만 아니라 자신과 타인과의 관계에 있어서도 괴상한 성격을 보인다.

그는 주로 은퇴한 노인들이 많이 살고 있는 뉴욕의 글로리아나 호텔 23층에 살고 있는데 그와 사이가 좋지 않은 늙은 아버지는 이 호텔의 14층에 살고 있다. 뉴욕의 브로드웨이 70번가, 80번가, 90번가에는 아주 많은 노인이 살고 있고, 늙은 투숙객들은 하루가 가는 것을 기다리는 것 외에는 다른 할일이 없어 아침을 먹은 후 로비에 있는 안락의자와 소파에 앉아 잡담을 하거나 신문을 읽거나 하는 것으로 소일하고 있다. 이런 노쇠한 분위기 안에서 아직 젊고 금발에 몸집이 큰 40대 중반의 토미 월헬름은 소외감을 느낀다. 그러나 수개월 동안 아무 할일이 없어서 빈둥거리기만 했던 토미 월헬름은 이러한 생활을 더이상 계속할 수 없다는 사실을 깨닫고 불안에 빠진다. 그래서 그는 오늘을 두려워한다.

과거에 유능한 의사였던 아버지 애들러 박사는 아들의 잘못된 삶의 출발과 실패를 질책하면서 많은 재산이 있음에도 아들의 새 출발을 도와주려고 하지 않는다. '그는 많은 노력을 했으나 애쓰는 것과 열심히 일하는 것은 달랐다. 그렇지 않은가? 만약 그가 젊어서 잘못된 출발을 하게 된 탓이라면 다름아닌 이 얼굴 때문이리라. 1930년대 초엔 그가 가진 이 뛰어난 용모 때문에 그는 잠시 배우가 될 소질이 있다고도 생각했었다. 그래서 그는 대학을 중단하고 할리우드로 갔다. 그곳에서 7년 동안 영화배우가 되려 노력하였다. 하긴 훨씬 전에 그의 야심과 망상은 끝나버렸지만 자존심과 어쩌면 게으름 때문에 캘리포니아주에 머물러 있었다. 마침내 그는 다른 직업으로 전향하였지만 그 7년간의 고집과 패배자 생활은 그를 장사와 사업 같은 일에는 맞지 않는 사람으로 만들어버렸다. 그때는 벌써 다른 직업을 택하기에는 이미 늦어버렸다. 철이 늦게 들었다고 할까. 그러는 동안 기반마저 잃어 자신의 정력을 소모할 데가 없었고, 그는 이 정력 자체가 그에게 제일 큰 해를 주었다고 믿었다.'

토미 윌헬름은 이렇게 과거의 잘못된 선택으로 실패에 묶여서 현실을 상실해가고 있는 노쇠자, 혹은 무능력자와도 같은 마비에 빠져 있다. 그는 매일 밤 되풀이되는 도박에 대해서도 싫증을 느낀다. '도대체 따는 놈은 없고 모두 다 잃는 놈뿐이다. 그렇지 않은가?' 그는 돈을 잃는 데도 싫증이 났고 노름꾼들에게도 싫증을 느꼈다. 그는 아무튼 새로운 것을 원했으나 새로운 세계를 열 수 있는 열쇠는 그에게 주어지지 않았다. 그는 아버지에게 자신이 지금 어떤 대단한 곤경에 빠져 있는지 얼마나 도움을 필요로 하는지 호소했으나 아버지는 아들의 불운과 실패, 피로를 인정하지 않고 냉소한다.

'흥, 넌 내가 너의 십자가를 져주기를 바라고 있지. 그러나 난

십자가를 질 순 없다. 윌키, 난 네가 나에게 십자가를 지우기 전에 네놈이 죽는 것을 보고 말 테다.'

윌헬름은 아버지의 이런 몰이해와 냉소와 비난 속에서 더욱 움츠러드는 자신을 느낀다. 그는 기도한다.

'오 하느님이시여. 저를 이 고통에서부터 나오게 해주시옵소서. 제가 허비해버렸던 그 모든 시간을 저는 매우 안타깝게 생각합니다. 저로 하여금 이 사슬에서 벗어나 다른 사람으로 살게 해주시옵소서. 저는 큰 혼란 속에 빠져 있습니다. 긍휼을 베푸소서.'

윌헬름을 과거에서 도망치지 못하게 하는 또하나의 요소는 별거중인 그의 아내 마가렛과 두 아들이다. 토미는 마가렛과의 불행한 결혼생활을 끝내고 사랑하는 애인 올리브와 새 출발을 하려고 하나 그에게 자유를 주기 싫은 아내는 이혼에 결코 동의하지 않고 생활비와 각종 계산서를 해결해달라고 요구한다. 토미는 아내라는 과거에서 해방되지 않는 한 새로운 미래를 시작할 수 없음을 깨닫지만 아내는 토미를 물귀신처럼 놓아주지 않는다. 그는 전화로 아내에게 외친다.

'당신은 나를 죽이고 있다는 것을 알아야 할 것이오. 어떻게 사람이 그렇게 무자비할 수가 있소? 살인하지 말지어다. 이 말 기억하고 있소? 당신은 내가 숨을 쉴 수 있게 해주어야겠소. 숨이 막힐 듯한 기분이오.'

그는 자유를 원하지만 과거의 실패와 현재의 불운 때문에 결코 자유로울 수가 없다. 과거의 잘못된 선택은 그렇게 오늘을 엉망으로 만들고 있는 것이다.

토미와 주식 투자의 동업자이며 심리학 박사인 템킨은 토미에게 충고한다.

'고통과 결혼하려 들진 말게. 어떤 사람들은 그렇게 하고 있지. 고통과 결혼해서 마치 그것이 아내와 남편이라도 되는 듯이 고통과 함께 자고 먹고 있지. 그들은 무슨 즐거운 일과 어울리면 그것이 간음이라고 생각한단 말일세.'

템킨 박사는 토미의 괴로운 사정을 이해하고 위로해주는 척한다.

'지금 이 순간은 여기서 지금 당장에 일을 처리해야 한다는 것일세. 그런데 자네는 그걸 하기 싫어해. 언제나 자네는 그걸 하기 싫어하고 있는 거야. 지금 이 순간을 붙들게. 지금 이 순간을 놓치고 만다면 삶은 공허한 거야. 우리의 진정한 우주란 현재의 순간뿐이니까. 과거란 우리에게 아무 쓸모도 없는 거야. 미래란 불안으로 가득차 있을 뿐이고 현재만이 진실이지. 바로 이 지점 말일세. 오늘을 잡도록 하게.'

토미를 이해해주는 유일한 사람이자 동업자였던 템킨 박사는 토미의 마지막 남은 전 재산을 라아드 주식에 몽땅 투자하여 완전히 파산시켜놓고 몸을 감춰버린다. 토미는 템킨의 농간에 휘말려 그나마 있던 재산마저 잃고 완전히 빈털터리가 돼버린 것이다. 윌헬름은 길에서 템킨을 보았다고 생각하고 그를 추적하다가 사람들의 행렬에 떠밀려 장례식이 행해지고 있는 어느 성당 속으로 흘러들어간다. 그곳에서 그는 누군지도 모르는 생면부지의 시체 앞에서 눈물을 흘리며 실컷 운다.

'나는 어떡하지? 나는 모든 것을 빼앗기고 내쫓겼으니……아버지, 나는 당신에게 무엇을 달라고 할까요? 아이들은 어떻게 하지? 그리고 올리브는? 여보, 왜 그러는 거지? 왜 당신은 나를……?'

그는 넋을 놓은 채 통곡했다. 그러자 관을 장식한 꽃과 촛불이 눈물에 젖어 어두운 그의 눈에서 황홀하게 융화되었다.

무거운 바다 같은 음악이 그의 귀에 들려왔다. 군중의 한가운데서 위대하고 행복한 망각의 눈물이 그에게 쏟아지듯 밀려왔고 그 음악소리를 듣고 그는 찢어지는 흐느낌 속에 슬픔보다 더욱 깊이 침몰해 그의 마음의 궁극적인 갈구를 달성하려 소리내어 울었다.

솔 벨로는 '인간은 어쩔 수 없는 거대한 운명에 의해 지배받는 희생자'라는 말을 한 적이 있다. 그러나 비록 인간이 '아무것도 아닌' 것처럼 보여도 인간은 모든 것을 척도하는 사람이기 때문에 분명히 인간은 '무엇'이다. 인간이 무엇인가, 또 무엇이 될 것인가는 그러므로 개인의 선택의 문제다.

인간은 무한한 운명과 가능성을 가지고 있기 때문에 그가 선택한 것은 때때로 위대할 수 있다. 그러기에 우리는 카뮈가 말하는 부조리의 철학자 시시포스처럼 매 순간 새롭게 도전하지 않으면 안 된다. 과거는 불행했고 내일은 불안하다. 오늘만이 생생한 것. 그러니 오늘에 복종하지 말고 오늘을 잡아라.

26

인생은 꿈꾸기인가, 꿈 깨기인가

_ 김만중의 『구운몽』

서포 김만중이 지은 『구운몽』은 한국 고전소설에서 가장 재미가 풍부한 유명한 작품일 뿐 아니라 가장 철학성이 뛰어난 심오한 작품이라 할 수 있겠다. 『구운몽』의 소설적 구조는 모든 몽자류 소설이 그러하듯이 몽유록적 구조를 지니고 있다. 즉 소설 『구운몽』이 제기하고 있는 인생론적 물음이란 참답고 진정한 삶이라는 것은 꿈꾸기인가 혹은 그 꿈을 깨고 각몽하는 데 있는 것인가 하는 문제이다.

소설 『구운몽』은 당나라 시대를 배경으로 한다. 당나라 시대에 한 고승이 서역 천축국으로부터 중국으로 들어온다. 그는 형산의 경개와 더 나아가 연화봉의 아름다움을 사랑하여 그곳에 암자를 지어 살면서 대승법을 강론하고 중생을 교화하고 귀신을 휘어잡으니 이에 서역 종교가 크게 일어나 '산부처가 세상에 나셨다' 하고 사람마다 모두 크게 공경하여 믿었다. 그 화상은 손에 오로지 금강경 하나만을 지녔는데 육관대사라 불렸으며 오륙

백 명의 제자 가운데 계항을 닦아 신통력을 얻은 자는 서른 명에 이르렀다. 그에게는 한 어린 중이 있었는데 이름이 성진이었다. 그는 얼굴이 영롱한 얼음이나 눈과 같고 정신이 가을 물과 같아서 약관의 나이에 삼장경문을 익혀 통달하지 않음이 없고 총명하고 지혜롭기가 여러 중들 가운데서 유독 뛰어나 대사가 더욱 사랑하고 중히 여겨 장차 그에게 의발을 전하고자 하였다, 라는 배경을 가지고 시작된다. 성진은 이렇듯이 육관대사의 뛰어난 제자요, 장차 그의 뒤를 이을 총명한 사문이었다.

어느 날 대사가 제자들을 모아놓고 '내가 늙고 병이 들어 산문을 나서지 못한 지 10년이 되었는데 너희 가운데 누가 나를 위해 수부에 들어가 용왕께 인사를 올리고 예를 갖추겠느냐'고 묻자 성진이 자진하여 동정호의 용왕께 심부름 가기를 청한다. 성진은 용왕의 궁궐에 갔다가 수정궁에서 용왕이 친히 권하는 술을 석 잔이나 마시고 불가에서 금하는 계율을 깨뜨리고 만다.

술에 취한 성진은 용궁을 나와 찬바람을 타고 연화봉을 향해 오다가 산 밑 다리에 이르러 혼몽 속에 사방에서 진동하는 꽃향기를 느끼고, 아름다운 팔선녀를 만나 마음이 흔들린다. 팔선녀는 남악 위 부인의 시녀들로서 육관대사께 위 부인의 안부를 전하고 돌아가다가 다리 위에서 성진을 만나 춘흥에 못 이겨 승려를 희롱하게 된 것이다. 팔선녀가 성진에게 '육관대사께 도를 배웠다면 반드시 신통한 술수가 있을 터인데 아녀자와 더불어 길을 다투느냐?' 하고 농하자 성진은 복숭아 꽃가지 하나를 선녀들 앞에 던지니 네 쌍의 짙푸른 꽃봉우리가 곧 명주明珠가 되어

상서로운 채색이 온누리에 가득찼다. 팔선녀가 성진을 향해 돌아 보면서 구슬 한 개씩을 집어 웃으며 공중 속으로 날아가자 성진 은 슬픈 심정으로 연화봉으로 돌아간다.

이날 밤 성진은 정신과 혼백이 황홀하고 근심스러워 마음이 불편하였다. '사내가 세상에 나매 어려서는 공자와 맹자의 글을 읽고 자라서는 요순과 같은 임금을 만나 나아가 삼군의 우두머 리가 되고 몸에는 금포를 두르고 눈으로는 아름다운 여인을 보 고 귀로는 어질어질할 정도로 신통한 묘음을 들으며 당대에 영화 로움과 찬란함이 극에 이르러 공명을 후세에 드리우는 것이 대 장부의 일이어늘. 우리 불가의 도는 불과 한 바리의 밥과 한 병 의 물, 수삼 권의 경문, 백팔 개의 염주뿐이라. 내가 곧바로 통달 하여 연화대에 앉을지라도 삼혼구백이 한번 불꽃 속에 흩어지면 그 누가 천지간에 성진이 살았음을 알리요?'라고 크게 탄식한다. 불법을 닦으며 청정하게 살아가는 자신의 길에 회의를 느끼고 마음이 흔들린 것이다.

현세의 부귀영화를 그리워하고 팔선녀로 깨어난 육체적 욕망 에 성진은 번뇌를 알게 된다. 이에 육관대사는 '너는 용궁에 가 서 술을 마시고 또 돌아오는 길에 여자들을 꽃가지를 꺾어주며 희롱하였고 돌아와서는 미색으로 마음이 어지럽고 세상 변화를 흠모하고 불가의 적멸을 싫어하게 되니 이는 삼행공부가 일시에 무너짐이로다. 네 죄가 진실로 크니 이 땅에 두는 것이 불가하도 다!'라고 크게 꾸짖으며 연화봉에서의 추방을 명한다. 이에 성진 은 낙원에서 쫓겨난 아담과 이브처럼 자신의 에덴인 연화봉에서 추방되어 이승으로 내려오게 된다.

이승으로 내려온 성진은 인간으로 환생하여 양처사 집안의 외아들로 태어나게 된다. 그리하여 양소유로 태어난 성진은 어릴 때부터 신동의 자질을 보이고, 세속의 여느 선비들과는 견줄 바 없이 탁월하였다. 이에 나이 열넷, 열다섯에 이르러 과거에 응시하기 위하여 늙은 모친에게 하직하고 집을 떠난다. 바로 이 길 떠남이 양소유의 세속적 부귀영화의 편력의 시작이며, 양소유는 전생에 복숭아 꽃가지를 꺾어 구슬을 만들어주었던 인연으로(그 남녀 희롱죄로 팔선녀 역시 지상으로 쫓겨나 인간으로 환생하였다) 여덟 명의 미인들을 만나 차례차례 인연을 맺어가게 된다.

진채봉은 시가에 뛰어난 미인으로 양소유가 과거 길에 올라 처음 만나 인연을 약속한 여인이요, 계섬월은 비록 기생이나 시를 보는 눈이 오묘하고 귀신과 같이 신통한 바 있어 낙양의 여러 선비들이 구름떼같이 모여들어 그녀를 흠모하나 그녀는 오직 양소유를 흠모할 뿐이다. 또한 거문고에 능한, 정사도의 외동딸 정경패와 정경패의 시녀인 아름다운 춘운 역시 양소유를 흠모하여 함께 인연을 맺으니 양소유는 가히 인간복락의 극치인 부귀영화에 휩싸이는 셈이다.

과거에 급제하여 양한림이 된 양소유는 연나라를 굴복시켜 황제의 사신이 되어 이름을 떨치게 되고 또한 그 전장에서 무예에 뛰어난 절색의 적경홍을 만나며, 양상서가 되어 임금의 총애를 한몸에 받아 국가 중신이 된 시절엔 난양공주와 결혼하고, 훗날 토원국을 정벌하여 뛰어난 무인으로서 나라에 큰 공을 세우는 도원수 시절엔 심효연과 백능파를 만난다. 심효연과 백능파는 칼의 무용과 물을 다스리는 신통술을 지닌 여인들로서 양소유의 승리를 도와주는 조력자들이기도 하다. 이렇듯 세상의 부귀공명을 두루 섭렵하고 아름다운 여덟 미인을 본처와 첩으로 조화롭게 거느린 양소유는 사대부로서 지상 최고의 유토피아를 땅 위에 세운 최고의 복락자가 된다. 양소유의 궁전인 취미궁은 마치 진시황의 아방궁과 한무제의 무릉도원과 당현종이 양귀비와 살던 화천궁과 같았다고 묘사된다.

위로는 임금의 신망이 자자하고 아래로는 인망이 자자하여 복록의 완전함이 만고에 듣지 못할 정도인 양소유는 그러나 노년에 이르러 문득 옥통소를 불며 인간 허무를 자각한다. '우리가 한번 돌아간 후면 이 높은 누각은 저절로 무너지고 깊은 연못도 저절로 메워지며 노래와 춤추던 집도 변하여 메마른 풀과 연기만 남아, 나무하는 아이들이 슬픈 노래를 주고받으면서, 이곳은 양 승상이 여덟 낭자들과 노닐던 곳인데 대승상의 부귀풍류와 여덟 낭자들의 절색의 미모도 이리 적막하도다, 라고 하리니 인생이 이에까지 이른즉 어찌 한순간에 지나지 않다고 할 수 있겠소?'라고 말하며 자신은 집을 버리고 도를 구하여 출가할 뜻을 비친다. 이에 여덟 명의 부인 역시 구도의 뜻을 비치니 한 승려가 양승상의 취미궁으로 들어오매 소유가 가르침을 청하니, '승상은 아직도 혼몽을 깨우치지 못하고 있다'고 나무란다.

양 승상이 '스님께서는 가히 소유를 깨우쳐주실 수 있으신지요?' 묻자 스님이 지팡이를 높이 쳐들고 난간을 치니 모든 궁전의 집이 순식간에 없어지고 성진이 자신의 몸을 돌아보자 머리는 삭발하였고 손에는 백팔 개의 염주가 쥐어져 있었다. 양소유의 환락에 가득찬 부귀영화의 삶이 한낱 하룻밤의 꿈이었던 것이다. 이에 성진은 '사부님께서 내 한순간의 생각이 그릇됨을 아시고 인간 세상에 대한 꿈을 꾸게 하여 나로 하여금 부귀영화와 남녀사랑이 모두 허망한 것임을 알게 하셨도다' 하고 크게 깨닫는다. 육관대사는 '성진과 소유에 있어서 어떤 것이 꿈이며 어떤 것이 꿈이 아닌가?'라고 묻고 성진과 팔선녀는 더욱 불문에 의지하여 적멸의 도를 크게 얻었다.

『구운몽』의 꿈은 불교적인 인생 일체의 무상감을 나타내주는 허무로서의 꿈이다. 진정한 삶이란 그 꿈에서 깨어나는 삶이며, 그 허망한 꿈을 단절시키는 것이며, 세속만을 추구하는 자아를 벗어버리고 참자아를 되찾는 것이다. 인생이 이렇듯이 뜬구름의 꿈과 같다면, 세상 최고의 부귀영화를 누린 양소유의 삶조차 그렇듯 허망한 하룻밤의 꿈일 뿐이라면, 작은 이익을 탐하여 지지고 볶고 쥐꼬리만한 명리에 울고 웃는 우리의 유치한 삶이란 얼마나 가소로운 개꿈이라고 불러야 하나. 개꿈에서 개꿈으로 부지런히 달려가며, 그러나 한 번쯤은 이것이 개꿈이라는 것을, 저녁 퇴근 무렵 버스 정류장 같은 데서 그대도 한 번쯤은 깨우쳐 보았으리라.

돌아가 불현듯이 거울 속을 들여다보면 '꿈을 깨라, 이제 그만 개꿈을 깨라' 어디선지 들려오는 하늘의 소리 같은 것들이 겨울 바람 갈피 속에 묻어 있기도 하였으니.

27

앨라배마에서 생긴 일
_ 하퍼 리의 『앵무새 죽이기』

미국 작가 하퍼 리의 『앵무새 죽이기』는 『아이들이 심판한 나라』라는 제목으로 우리나라에 번역 소개되었으며 그레고리 펙 주연의 〈앨라배마에서 생긴 일〉이라는 영화로 우리나라 관객에게 선보이기도 했던 유명한 작품이다. 하퍼 리는 1926년 앨라배마에서 태어나 그곳 주립대학을 졸업한 후 고향에서 작가가 된 조용한 남부 사람이지만 1960년 『앵무새 죽이기』로 그해 퓰리처상을 수상하고 이 책이 95주간 이상 베스트셀러 리스트에 올라 세계적인 명성을 얻게 되었다.

『앵무새 죽이기』는 미국의 남부 앨라배마주에 있는 메이컴이라는 전형적인 남부 마을에서 일어난 흑인에 대한 한 무고誣告 사건을 구심점으로 하여 전개되고 있다. 이 소설의 주제는 한 마을(이 세상 어디에나 있을 것 같은 그런 보편적 일반성을 지닌 마을이다) 안에 깃들여져 있는 '편견'이라는 이름의 폭력과 '말없는 다수'라는 위선적 정체에 대한 어린아이다운 순진한 폭로이다. 그런 편견, 그런 기회주의적 이중성을 가진 '말없는 다수'라는 것은 이 세상 어디에나 잠복해 움직이고 있는 음흉한 벽이며, 보다 좋은 세상, 보다 행복한 사회를 만들기 위해서는 반드시 깨뜨려야 할 부당한 벽이다. 세상에는 진실을 왜곡하는 그런 편견의 벽이 너무 많고 대부분의 사람들은 그런 편견이 조종하는 이데올로기에 수족을 맡기고 순순히 순응하며 살아가기도 한다. 그런 지배적 이데올로기를 반영하는 대표적 담론으로 어떤 인종은 다른 인종보다 열등하다는 식의 인종차별주의적 담론, 혹은 성차별적 담론도 있을 수 있고 지방과 수도권을 차별하거나 타지역 사람에 대한 편견을 내세우는 지역주의적 담론도 있을 수 있다. 그런 편견의 담론 뒤에는 반드시 보이지 않는 다수라는 것의 부당한 압력이 존재하고 있는데 참다운 지성과 참다운 공부란 바로 그런 담론의 뒤에 도사리고 있는 음험한 지배 이데올로기를 꿰뚫어보고 그것과 싸워 진실의 참모습과 적나라하게 만나는 데 있다. 그러나 현실 속에서 그런 지배적 편견, 편견의 담론들과 싸우는 사람들은 지식인 계층이 아니다. 그들 스스로가 그런 지배적 편견 속에서 이득을 취하는 입장인 경우가 많으니까.

그리하여 『앵무새 죽이기』의 작중화자는 엄마 없이 아버지 손에서 자라난 여섯 살짜리 여자아이 스카웃(진 루이즈 핀치)이다. 그녀는 메이콤의 변호사이자 의식 있는 지성인이며 주의회 의원이기도 한 애티커스의 딸인데 오빠 젬이 남성우월주의적 편견에 다소 사로잡혀 있는 것과는 달리 아무 지배 이데올로기에도 묶여 있지 않아 어른들의 세상에 존재하는 부당한 편견이나 우스꽝스럽고 무의미한 위선의 이중성을 훨씬 더 자유롭게 비판할 수 있다. 스카웃은 남부 중산층 계급 여성들의 가문 숭배와 허영에 가득찬 거들먹거림, 흑인들의 정성스러운 노동으로 한식구처럼 먹고 살면서도 '흑인은 음탕하고 백인 여인을 능욕할 수 있는 파렴치한 인종'이라고 믿어버리는 철저한 백인중심주의적 사고, 정신병 때문에 집에만 틀어박혀 사는 소심한 이웃 남자 브래들리를 끔찍하게 과대 포장하여 괴물 취급하는 마을 전체의 무지한 편견과 맞서 그 허구적 정체를 하나하나 벗겨 보인다.

아버지 애티커스가 가난하고 게으르고 파렴치한 부랑 계급인 백인 이웰가의 딸 메이엘라를 강간했다고 기소당한 흑인 노동자 톰 로빈슨의 변호를 맡게 되자 스카웃은 검둥이를 변호하는 사람의 자식이라고 학교와 마을 전체의 놀림과 조롱을 받게 된다. '핀치 일가는 작부 노릇뿐 아니라 법원에서 검둥이 변호도 하지! 정말이지 핀치가 사람이 자기가 자라온 바탕을 거역하면 이 세상이 어떻게 될까? 너희 아버지는 자기가 변호하는 검둥이나 시정잡배보다 나을 게 없어!' 하는 나이든 듀보스 여사와 싸우고 난 스카웃에게 아버지는 '너나 젬에게는 억울한 일일 게다. 그러나 가끔 우리는 그런 경우에도 최선을 다해야 할 때가 있고 운명이 결정되었을 때 어떻게 행동하느냐가—아니, 이것만 말해두마. 너나 젬이 어른이 되었을 때 이 일을 생각해보면 내가 너희들이 부끄러워할 만한 일은 하지 않았다는 것을 알고 어느 정도 공감할 수 있을지도 모르겠구나. 톰 로빈슨의 사건은 인간 양심의 근본에 관한 것이고, 스카웃, 내가 이 사람을 돕지 않는다면 나는 교회에 갈 수도 없고 하느님을 믿을 수도 없다. 나는 다른 사람들과 살기 전에 먼저 나 자신과 함께 살아야 하니까. 다수결 원칙을 따르지 않는 유일한 것은 사람의 양심이야'라고 자상하게 설명해준다. 그는 정말 민주적인 아버지인 것이다.

마을 최고의 명사수이면서도 아이들의 총 쏘는 놀이를 싫어하고 새잡이를 못 가게 하는 애티커스는 '진정한 용기란 총을 손에 쥔 사람을 말하는 게 아니야. 그것은 시작하기 전에 진 것을 알면서도 시작하고, 무슨 일이 있더라도 도망치지 않고 끝장을 보는 것을 말하는 거야. 이기는 일이 별로 없지만 이길 때도 있는 거야'라고 말한다. 그는 톰 로빈슨의 변호를 맡으면서 백인 사회 전체, 마을 전체와 싸우는 처지가 되지만 성실과 용기로 맞서면서 사실은 백인 여자 메이엘라가 흑인 톰을 유혹했으나 톰에게서 거절당한 것을 감추기 위해 그녀의 아버지 술주정뱅이 이웰이 톰을 강간범으로 몰아 기소했음을 밝혀낸다. 진실이 법정에서 다 밝혀졌음에도 불구하고 백인만으로 구성된 배심원들은 백인의 치부를 드러내기보다는 흑인을 제거하는 것이 낫다는 '자기들의 이익 논리'에 따라 톰 로빈슨에게 유죄 판결을 내린다. 상급 법원에 항소할 수 있다는 애티커스의 격려에도 불구하고 백인들의 철통 같은 이기심과 편견에 절망을 느낀 로빈슨은 호송중에 도망치다가 사살당하고 만다.

아버지 애티커스의 마지막 변론은 편견과 거짓으로 가득찬 우리의 마음에 진실의 창구멍을 펑펑 뚫어준다. '원고 측 증인들은 모든 흑인은 거짓말을 하고 모든 흑인은 근본적으로 부도덕하고 모든 흑인 남자는 우리 여성을 옆에 두면 믿을 수 없다는 가정, 그 사악한 가정을 배심원 여러분도 갖고 있으리라고 믿고 거짓 증언을 했습니다. 그러나 여러분, 그것은 거짓말입니다. 어떤 흑인은 거짓말을 하고 어떤 흑인은 부도덕하지만 이것은 인간 전반에 적용되는 진실이지 어떤 특수한 인종에만 적용되는 것은 아닙니다. 그리고 이 나라에는 모든 사람이 평등하게 창조된 하나의 길이 있습니다. 무일푼인 사람도 록펠러와 동등하고 우둔한 사람도 아인슈타인과 동등하게 하는, 인간이 세운 한 기관이 있습니다. 그 기관이 여러분의 법원입니다. 하느님의 이름으로 여러분의 의무를 다하십시오.'

그러나 애티커스는 지고 톰 로빈슨은 죽는다. 아버지는 꼬마들에게 말해준다.

'흑인의 무지를 이용해먹는 저속한 백인처럼 내가 역겨움을 느끼는 건 없다. 백인이 흑인에게 그런 짓을 할 때는 그가 누구든, 부자든 좋은 가문의 태생이든 쓰레기일 뿐이다. 이 모든 것이 쌓이고 쌓여서 언젠가는 그 값을 치러야 하겠지. 그것이 너희들의 시대가 아니길 빈다.'

스카웃의 남자친구 딜은 이혼한 부모, 자꾸 바뀌는 양아버지들과의 동거 등으로 너무 일찍 환멸을 알아버린 소년인데 '나는 커서 어릿광대나 돼볼까. 어른들이 하는 일이란 웃지 않고 배겨날 일이 하나도 없으니 곡마단에 들어가서 배꼽이 빠지도록 웃어나줄까. 무대 한가운데 버티고 서서 관객들을 웃어준단 말이지'라고 어른들 세상을 심판한다. 아이들이야말로 '믿는 대로 행동하는' 정직한 존재들이므로 진실을 왜곡하는 어른들 세상을 마음껏 판결할 수 있는 것이다. '깨어 있는 지성'이라고 말할 때 지성이란 '어린아이의 마음처럼 정직하게 깨어 있으라'는 그런 의미가 아닐 것인가?

28

토끼는 어디로 달리는가?
_ 존 업다이크의 『달려라, 토끼』

『달려라, 토끼』는 미국 최고의 현대 소설가 중 한 사람인 존 업 다이크의 출세작이다. 그는 주로 실존주의적 경향의 작품을 많이 썼는데, 그런 업다이크에게 있어서 우주는 물질적으로 아무런 의미가 없다. 그는 신이 존재한다는 사실에도 회의를 느끼며 '존재' 그 자체 이외의 어떤 다른 의미도 인생에서 찾으려고 하지 않는다.

이런 그의 문학을 어떤 사람은 '순응의 세대에 있어서의 미국 문화' 중 하나로 부르기도 한다. '순응의 세대'란 전쟁이나 군대, 남북 문제 같은 것에 집착하지 않고 현대 미국의 모습을 어떤 일상성 속에서 상징적으로 파악하려 한다는 것이 그 특색이다. 대중사회를 살아가는 생활인의 기본적인 심성은 순응에 있고 거기서 생겨나는 문화는 곧 '순응의 문화'라는 사고방식이 전후 미국 사회에 급속도로 퍼져갔던 것이다.

그런 의미에서 존 업다이크 역시 '순응의 세대'에 속하는 작가라고 볼 수 있다. 그의 등장인물은 언제나 평범한 생활인이다. 말하자면 전쟁의 화약 냄새가 없는 현대 미국의 20세기 후반을 살아가고 있는 평범한 사람들인 것이다. 그러나 그런 순응의 생활양식을 산다고 하여 일상의 덫 속에 완전히 '길들여져' 살아가는 것은 아니다. 외적인 생활양식에서 단지 순응인으로 분류될 수 있을 뿐, 사실 그들은 인생이 무엇인지 나는 누구인지를 끝없이 찾고 있는 내면적 반항인에 가깝다.

『달려라, 토끼』라는 제목이 암시하듯이 현대인은 사자나 호랑이, 혹은 일각수나 기린 같은 투쟁적이거나 비현실적 비극성을 지닌 동물로 그려지지 않고 '토끼'라는 가장 가정적인 동물로 상징된다. 물론 산토끼도 있겠지만 토끼라는 말은 인간과 가장 가까운 집짐승으로 먼저 다가온다. 토끼는 아무리 달린다 해도 인간의 집 가까이를 빙빙 맴돌 뿐 맹수들이 우글거리는 숲의 암흑 속으로 돌진할 야수성을 지니지 못한다. 그저 순응적인 집짐승으로 머무르거나 더 나아간다고 해도 울 밖의 벌판을 조금 달리다가 돌아올 뿐이다.

존 업다이크의 『달려라, 토끼』는 그런 순응주의적이고 가정적인 동물로서의 현대인의 공허와 그 공허의 공포에서 달아나려는 한 '도망주의자 토끼'의 우스꽝스러운 무용담을 그리고 있다. 토끼는 아무리 길들여졌다 해도 완전한 순응주의자가 될 수 없으며 또한 아무리 도망주의자 토끼라 해도 완전히 집을 도망치지는 못한다. 존 업다이크는 이러한 숙명의 아이러니를 풍부하고 재미있는 에로틱한 어휘들로 재치 있게 그리고 있다.

『달려라, 토끼』의 주인공 해리 앵스트롬은 고등학교 출신의 세일즈맨으로서 취사용 도구를 선전하러 다니는 외판 일을 하고 있다. 고등학교 때 꽤 우수한 농구선수로 활약했던 그는 그 시절 래빗(토끼)이라는 별명으로도 불렸다. '토끼'는 펜실베이니아주에서 다섯번째로 큰 도시인 브루어의 마운트저지에 살고 있으며, 귀갓길에 놀고 있는 아이들의 공을 빼앗아 같이 농구 게임을 벌일 정도로 천진난만한 구석도 있다. 마운트저지 역시 안정된 분위기의 조용한 도시요, 그의 생활은 아내인 제니스와 두 살짜리 아들 넬슨과 직장에 국한되어 있다. 그는 따분함과 권태를 느끼고 어디 멕시코만 같은 곳에서의 낭만적인 밤을 동경하며 날로 위축되고 썩어가는 자신을 느낀다. 그는 소시민으로서 신경질이 나지만 그러나 간신히 이를 악물고 '신경질적 순응'을 계속한다.

그의 아내 제니스는 임신중인데 알코올과 텔레비전 시청에 중독된 여자다. 집은 너저분하고 벽에서 썩어가는 냄새가 나며 항상 텔레비전이 켜져 있다. 전형적인 소시민의 풍경이다. 토끼는 아내와 함께 마우스키티어스라는 쇼 프로그램을 본다. 쇼에 등장하는 지미라는 인물이 기타를 치며 노래하다가 미소를 거두고 연주를 그치더니 말한다.

'옛 그리스의 늙은 현인은 너 자신을 알라고 말했습니다. 여러분, 이게 무슨 뜻일까요? 너는 바로 너 자신이어야 한다는 뜻입니다. 엉뚱하게 샐리나 조니가 되지 말 것이며 바로 너 자신이 되어야 한다, 이런 말입니다. 하나님은 나무가 폭포로 되는 것을 원치 않으며 꽃이 돌멩이로 되는 걸 원치 않습니다. 하나님은 우리들 한 사람 한 사람에게 유별한 재능을 하나씩 주셨습니다. 노력하면 이런 재능은 더욱 빛납니다. 여러분, 우리는 노력해야 합니다. 그렇게 할 때 우리는 비로소 행복해집니다.'

토끼는 지미의 눈인사가 매력적으로 보여 외판 사업을 위해 유심히 보아둔다. 그리고 아내 제니스가 아들을 시댁에, 차를 친정 앞에 놓아둔 것을 알고 아들을 데리러 갔다가 차를 몰고 돌아오려고 집을 나선다. 그러고서 그는 마치 도둑처럼 장모의 집 앞으로 가 차를 몰고 가출을 해버린다. '그는 무엇이건 생각하고 싶지 않으며 모래를 침구 삼아 푹 잠들었다가 깨어나고 싶을 뿐이다. 늘 그저 그런 대로 살아간대서야 아무래도 어리석은 짓이요 너무 지겹기만 하고 또 머리가 돌아버릴지도 모른다.' 이렇게 해리의 가출은 충동적이고 단순하며 목적이 없다. 단지 도망치고자 하는 욕구의 체육 같은 것이다. 마운트저지에서 별로 멀지 않은 곳에서 우연히 고등학교 농구부 시절의 옛 코치인 토세로 선생님을 만난 해리는 루스라는 매춘부였던 여자를 소개받고 그날로 동거에 들어간다. 그녀와의 섹스가 다채롭고 이색적인 자극을 주었을 뿐인데 토끼는 그녀를 사랑한다고 생각해버린다.

'뭐니 뭐니 해도 나는 당신을 사랑하고 있습니다.'

해리는 그녀에게 말한다. 그는 그렇게 토끼처럼 감각적이고, 쾌락에 쉽게 빠지며, 고통이 소멸하는 순간을 육체에서 찾는다. 그는 루스와 살기 위해 집으로 돌아가 세탁된 옷을 가지고 나오다가 교구 목사인 에클스를 만난다. 당신의 계획은 무엇이냐는 목사의 질문에 토끼는 '사실은 어떤 계획도 없습니다. 악보도 없이 무턱대고 연주하는 셈이지요'라고 태평스레 말한다. 파멸 상태의 가정과 토끼의 악보 없는 연주인 도망을 목사는 비난하지는 않으나 '신을 믿으신다면 당신의 부인에게 고통을 주기를 신이 원하고 있다고 생각하느냐'고 묻는다. 그러자 토끼는 '신은 폭포수가 나무로 되기를 원하신다고 목사님께선 생각하십니까?'라고 텔레비전에서 들은 질문을 던진다. 그러고는 자신은 아내의 알코올중독이 지겹고 취사도구 선전 일이 지겹다고 말한다. 토끼는 다시 매춘부 루스에게 가서 두 달을 살다가 아내 제니스가 해산을 하려 한다는 목사의 전화를 받고 병원으로 달려간다. 아내는 난산 끝에 딸을 낳았고 해리는 그 신비한 천사에게 말 못할 사랑을 느끼며 장모의 이름에 6월이라는 뜻의 준June을 넣어 레베카 준 앵스트롬이란 이름을 아내와 타협하여 지어준다. 그는 아내에게 말한다. '내 정신이었던 것 같지가 않아. 왜 집을 나갔는지 이유를 모르겠어. 당신을 사랑해.'

그런데 제니스가 퇴원하고 갓난아기와 함께 집으로 돌아온 날 밤 해리는 지겨운 갓난아기 울음소리와 아내의 구태의연한 불평불만에 신경질이 나서 또다시 가출해버리고 만다. 제니스는 술에 취한 채 아기를 목욕시키다 아기를 목욕탕 속에 빠뜨려 익사시켜버린다. 목사에게서 그 소식을 들은 토끼는 다시 집으로 돌아온다. '선과 악은 하늘에서 떨어진 게 아니야. 우리가 만드는 거야. 불행을 피하려다가. 불행은 반발이 낳지. 우리 자신이 그런 게 아냐'라는 토세로 선생의 충고를 듣고, 해리를 이해하려는 장인으로부터 '인생은 계속되지 않으면 안 돼. 우리가 출발한 지점에서 계속 전진하지 않으면 안 되는 거야'라며 아내와 다시 살기를 권유받는다. 목사는 '결혼은 하나의 성사요 마침내 이 같은 끔찍한 비극에 의해서 당신과 제니스는 성스러운 형태로 결합되었습니다'라고 말한다. 그러나 그는 거듭되는 아멘 소리와 '자비를 베푸시고 은총을 내려주소서'라는 기도 소리가 울려퍼지는 아기의 장례식장에서 또 한번 도망을 친다. 자꾸 달리다가 그는 방향감각을 잃는다. 그래도 그는 달린다. 그러곤 루스의 집으로 간다.

그러나 루스에게서 임신했다는 말을 들은 해리는 기뻐하는 척하면서 '아이를 낳아. 그냥 낳아야 해'라고 말하지만 '왜 그렇죠?'라는 질문엔 '모르겠어. 하나도 모르겠어'라고 답한다. 해리는 가게에 가서 먹을 것을 사오겠다고 하며 '곧 돌아올게'라는 말을 남기고 충계를 내려간다. '두 손이 저절로 올라가고 양쪽 귀로는 바람이 느껴진다. 그의 발뒤꿈치는 처음에는 보도 위를 무겁게 부딪쳤지만 곧 어떤 즐거운 공포에 쫓기듯이 빨라지고 가벼워지고, 조용해진다. 달린다. 아, 달린다. 달린다.'

그는 한번 더 어두운 밤길로 도망친 것이다. 토끼는 어디로 달리고 있는가? 권태롭고, 무섭게 단조로운 일상의 질서 속에서 질식 상태에 빠져가며 신경질적으로 순응하는 삶을 힘겹게 살아내고 있는 군중 사회의 현대인들에게 해리, 혹은 '토끼'의 도망은 때로는 신선하고 또 한편으로는 위험한 공포로 선망되기도 한다. 그러나 그는 결국 자기가 없으면 부모가 없는 것이나 마찬가지인 처지가 될 자신의 어린 아들 넬슨에게 달려가는 것이니, 토끼가 아무리 젊고 유망한 농구 선수처럼 삶이란 경기장을 숨차게 달려 다니고 있다 하더라도 바로 그것은 '반항과 순응 사이'의 진자 운동에 지나지 않는다. 즉 토끼의 도망은 반항과 순응 사이의 슬픈 고독인 것이다.

해리가 성서 구절처럼 인용해대고 있는 지미의 텔레비전 대사 '하느님은 폭포가 나무가 되길 원치 않으신다'처럼 그는 '하느님께선 토끼가 야수가 되길 원치 않으신다'고 자신을 위로하면서 '가정이라는 구멍' 속으로 돌아가는 것이다.

결국 해리의 도망도 결국 토끼의 궤도처럼 집 주위를 빙빙 맴도는 그런 소시민적 몸부림에 지나지 않고, 자기 구원은커녕 오히려 그 변태적 생활로 갓 태어난 딸을 죽게 하고 기르지도 못할 아이를 또다시 임신시키는 파멸적인 비극일 뿐이다. 그렇다면 토끼는 토끼장에 얌전히 앉아 채소나 우물거리고 있는 것이 죄를 범하지 않고 자신의 플레이를 성실하게 완수하는 것이 되리라.

어항 속의 붕어를 들여다보라. 우리도 신경질적으로 순응되어가며 그 대가로 안정과 소시민적 행복을 왜소하게나마 할당받고 있는 것은 아닌지……?

29

어디로 갈까

_ 아베 고보의 『불타버린 지도』

비교적 성실하고 이 사회의 비중 있는 중산층이라고 말할 수 있는 한 회사의 중견 간부인 중년의 친구 하나가 이런 말을 한 적이 있다. 아침 아홉시 출근―저녁 여섯시 퇴근. 이런 쳇바퀴에, 넥타이에 목이 묶이듯 묶여 계속 살다보니 어느 날 문득 배가 고픈 게 아니라 자유가 너무 고프다는 것을 느끼게 된다고. 퇴근 여섯시의 발걸음이 '어디로 갈까, 집이 아닌 다른 곳으로 사라지고 싶다'라는 욕망으로 마구 떨리며 귀갓길을 거부하고 배회하게 된다고. '이것이 반사회적, 반가정적 질병일까?' 그는 나에게 묻고 있었다. 도심에 거품처럼 부글부글 끓고 있는 인파 속으로 몸을 던져 나我라는 미명美名을 벗어버리고 익명의 파도 속으로 몸을 감추고 싶다고. 나 아닌 다른 사람이 되고 싶다고. 나·를·실·종·시·켜·버·리·고·싶·어!

아베 고보의 『불타버린 지도』는 바로 그런 현대인의 자기 도망의 심리를 섬세하고 예리하게 들추어내고 있다. 아베 고보는

『모래의 여자』『기아동맹飢餓同盟』 등의 작품으로 이미 세계적 명성을 얻은 작가인데, 그는 주로 현대인들이 빠져 있는 일상적 실존적 벽과 그 탈출에 대한 초현실주의적 이야기를 몽환적으로 그려내는 데 탁월하다.

그는 1924년 동경에서 태어났으나 어린 시절 만주를 떠돌며 자랐기 때문에 '일상생활로부터의 도망과 탈출을 꿈꾸는 로맨티시즘을 가지고 있다'라는 평을 들을 만큼 강한 떠돌이 의식을 가지고 있다. 그 스스로 '나는 본질적으로 고향을 갖지 않은 인간이라 할 수 있다…… 정착에 가치를 부여하는 모든 것이 나의 마음을 상하게 한다'라고 고백하고 있을 정도다.

『불타버린 지도』는 바로 그런 자유의식을 지닌 인간이 모든 것이 기계화되고 산업화되어 있는 초거대 현대 도시 속에서 어떻게 변할 수 있느냐 하는 문제를 극단적으로 포착하고 있다. 이 작품은 아무런 이유 없이, 어느 날 갑자기 실종되어버린 한 남자의 이야기이면서 그 실종의 흔적을 쫓는 한 탐정의 이야기이다.

T흥신소에 소속된 탐정은 어느 날 한 의뢰인에게서 실종인의 행방을 조사해달라는 의뢰 사항을 받게 된다. '성명, 네무로 히로시. 성별, 남자. 나이, 서른넷. 직업, 대연상사 판매촉진과장. 실종인은 본 의뢰인의 남편으로 6개월 전에 실종되어 연락이 끊겼습니다. 조사에 관한 일체를 신임하며 필요한 자료의 제공을 아끼지 않겠습니다'라는 조사의뢰서를 받고 조사에 착수한 탐정은 실종인의 아내를 만나고자 하얀 언덕 위 4층 아파트를 찾아간다.

모든 것이 규격화되어 있고 '출입금지' '주차금지'라는 팻말이 여기저기 서 있는 아파트의 풍경은 '너무도 초점이 아득한 이 풍경 속에서는 사람 쪽이 도리어 가공된 영상 같다. 하긴, 들어와 살면서 익숙해진다면 입장이 거꾸로 역전되어버릴 테지만. 풍경은 아득하게, 거의 존재하지 않을 정도로 더욱더 투명해지고 음화지로부터 구워낸 화상畵像처럼, 제 모습만이 둥실하게 떠오른다. 스스로 자기를 분별해낼 수 있으면 그것만으로 족하다. 아주 똑같은 인생의 정리 선반대가 몇백 세대 들어서 있건 어차피 자기 가족들의 초상화를 둘러싼, 유리로 된 액자틀에 지나지 않을 테니까'라는 비현실감을 던져준다.

실종인 집의 실내는 '레몬색 커튼, 레몬색이 알맞은 여자'가 있고 어쩐지 확실한 것이 아무것도 없는 듯한 애매모호함이 있다. 여자의 얼굴도 금방 잊히는 표정 없는(표정이 읽히는 것을 피하는 듯한) 얼굴이다. 그는 아파트 창문에서 아래를 내려다보며 이런 생각을 한다.

'이렇게, 위에서 내려다보면, 인간이, 걷는 동물이라는 사실이 이 이상 잘 파악될 수가 없다. 걷는다기보다는, 인력과 싸우면서, 내장을 담은 무거운 살주머니를 열심히 운반하고 있는 느낌. 누구나 돌아온다. 떠났던 곳으로 돌아온다. 돌아오기 위해 떠난다…… 그런데, 이따금씩은, 떠난 채, 돌아오지 않을 사람도 있어……'

그는 '떠난 채 돌아오지 않는' 한 남자의 애매모호한 실종의 실마리를 잡으려고 노력한다. 실종인의 아내 역시 아무런 단서도 주지 못할 정도로 불확실하고 애매모호하다. 이 도시의 사람들은 누구나 애매모호함 속에 해체되어버린 것 같다. 어중간한 시간의 골짜기. 그는 '동백'이라는 다방 전화번호가 적힌 성냥갑 하나만을 증거물로 실종인의 아내에게서 받았을 뿐이다.

아내의 동생인 남자(실제 사건 의뢰인이 그다)가 수사를 도와주기는커녕 방해만 하자 탐정은 혹시 동생이라는 남자가 그녀의 정부이며 둘이서 음모하여 그를 죽여놓고 실종 수사를 부탁한 것이 아닌가 하는 의심을 갖는다. 그러나 그 동생마저 금지된 노점 술집과 검은 거래를 하고 있다는 것이 밝혀진 순간 폭행으로 죽게 된다.

사건은 더욱 애매모호한 안개 속으로 빠진다. 탐정은 실종인의 흐린 삶 속을 헤매고 다닌다. 다시로는 실종인이 실종되기 직전 서류 받을 것이 있어서 만나기로 한 마지막 사람이었으나 결국 만나지 못한 회사 부하였는데, 그를 통해 네무로 과장이 누드 사진을 몰래 찍고 있었다는 사실을 알게 되어 실종의 실마리가 잡힐 듯했으나 '나는 지쳤어, 떠나고 싶어. 나는 네무로 과장을 이해할 수 있어'라는 고백만을 듣게 된다. 그리고 그에게서 네무로 과장을 거리에서 보았다는 충격 선언을 듣는다.

왜 그를 잡지 않고 지나쳐버렸느냐는 물음에 다시로는 '우리는 제멋대로, 인간에겐 각기 있을 자리가 정해져 있어서 도망친 인간을, 꼭 모가지에다 사슬을 채워서라도 돌아오게 해야 한다고 생각하지만 본인의 의지를 이기면서까지 간섭할 권리가 누구에게 있는가?'라고 대답한다. 그러고는 '아무튼 천 명 중 한 명꼴로 실종자가 있다는 것 아닙니까? 갓난아기나 환자같이 자기 의

지대로 움직이지 못할 사람까지 포함시켜 천 명에 한 명꼴이지요. 현실적으로 아직 도망치지 않았더라도 도망가고 싶다고 생각하는 사람까지 합친다면 아마 굉장한 숫자가 되지 않을까요? 도망치는 인간보다도 도망치지 않은 인간 쪽이 오히려 특별한 존재로 생각될 정도로……' 하고 덧붙인다. 다시로는 자신이 네무로 과장을 보았으나 잡지 않은 이유를 횡설수설 늘어놓고 그날 밤 자살해서 결국 도망친 인간이 되고 만다.

탐정은 이 도시에 도망친 인간이 많고 '동백'이라는 다방을 거점으로 해서 시간제 택시 운전사를 하고 사는 숨은 실종자가 많다는 사실을 알게 된다. 그렇다면 그런 실종에 대한 수사는 얼마나 부질없는 노릇인가? 탐정 역시 점점 자신이 실종되는 것을 느끼다가 끝내 기억상실이 되어 소설은 막을 내린다.

결국 현대인의 마음속에는 '달력에 나와 있지 않은 어느 날, 지도에 나와 있지 않은 어딘가에서, 문득 눈을 뜬 듯한 느낌, 이 충족을 원하는 탈주 욕망'이 아무도 못 말릴 정도로 강하게 있다는 사실을 이 작품은 보여준다.

30

월부로 살다 소모품으로 죽다
_ 아서 밀러의 『세일즈맨의 죽음』

얼마 전 어느 극장에서 공연된 아서 밀러의 연극 〈세일즈맨의 죽음〉을 보았다. 마침 연극이 끝난 시간이 퇴근 무렵인지라 광화문 네거리엔 여기저기 빌딩들에서 빠져나온 창백한 나무 잎사귀 같은 직장인들이 붐비고 있었다. 나 역시 한때는 얽매인 직장을 가진 봉급생활자였기에 무엇보다도 퇴근 시간 무렵의 그 맥빠진 허무, 밑도 끝도 없는 고독을 잘 알고 있었다.

나는 도시의 모퉁이 모퉁이마다에서 외롭게 스며나오는 작은 어스름의 모습들을 물끄러미 바라보고 있었다. 그러다 문득 방금 본 연극 중의 한 대사가 음악의 한 소절처럼 떠올랐다.

윌리 대체 창문은 왜 열어놓지 않소?
린다 다 열려 있어요.
윌리 꼭 울안에 갇힌 것만 같구려. 벽돌담, 유리창. 유리창, 벽돌담.

오늘날 도시를 살아가고 있는 사람들에게 이런 한계의식이나 질식감은 보편적 내면 상황인지도 모른다. 언제나 한 가지 일을 마치면 또다른 일로 직행해야 하고 그 일을 완수하면 또다른 임무가 버티고 있다. 숨쉴 틈도 없이 절벽 같은 일과 일 사이를 돌진하는 것. 한 치의 틈도 없이! 그것이 소위 현대사회가 말하는 '유능하다'는 것이다. 유능한 사람이 되려 너도 나도 뛰고 있고, 아니 아니, 현대사회라는 거대한 기계 조직 속의 유능한 부속품이 되기 위해 너도 나도 기진맥진 숨도 쉬지 않고 달리고 있다. 유능한 기계 부품, 다 쓰고 나면 한 치의 미련도 없이 버려지고 말 기계 부속품이 되기 위하여. 이런 세계 속에선 너도 나도 모두 대체 가능한 존재들일 뿐이다. 언제라도 대체 가능한 존재들, 뒤바꿔쳐도 아무런 변화를 던질 수 없는 일개의 소모품들. 이런 물질문명의 사회 속에서 '대체 불가능한 것은 오직 어머니뿐'이라는 농담도 생길 법한 일이다.

〈세일즈맨의 죽음〉이란 연극은 바로 이런 세계 속의 인간의 잔혹한 운명을 그리고 있다. 아서 밀러는 이 극을 쓰고 나서 '나는 비극을 쓰려고 한 것이 아니라 내가 본 대로의 진실을 보여주고자 했다'고 한다. 그만큼 이 연극 속의 상황은 현대사회에 만연한 병리 증상을 그리고 있다고나 할까.

이 작품의 주인공 윌리 로먼은 미국의 어느 회사를 다니는 외판원이다. 그는 한평생 견본이 가득 든 여행 가방을 두 손에 들고 이 도시 저 도시로 사업을 개척하기 위해 떠돌아다녔다. 그는 세일즈맨이란 직업을 사랑했으며 자신의 직업에 굉장한 긍지와 남성적인 자부심을 느꼈다.

'미국은 아름다운 도시와 강직한 사람들로 가득차 있단다. 그리고 아버지를 모르는 사람이 없어. 뉴잉글랜드 어디서나 다 알지. 참 좋은 사람들이다. 사람은 말이다. 학교 성적만 가지고는 알 수 없단다. 사회에 나와서 두각을 나타내고 자신의 힘을 창조하는 사람이야말로 앞서는 사람이란다. 인기만 있으면 문제없다. 날 보렴. 용도계원을 만나기 위해서 줄을 설 필요도 없어. 윌리 로먼이 왔다! 이 말만 하면 돼. 그러면 사람들이 다투어 상품을 사간단 말이다.'

자식들에게 이런 자랑까지 늘어놓는 그는 사실 환갑이 넘은 아직까지도 매주 출장을 다니는 세일즈맨이며 정기적인 월급도 받지 못하고 실적에 따라 겨우 수당이나 받는 처지이다. 젊은 시절, 정글 속에 들어가 다이아몬드 광산을 발견하여 큰 부자가 된 그의 형 벤이 찾아와 불안정한 세일즈맨 직업을 청산하고 자기와 함께 사업을 하자고 했을 때도 윌리는 세일즈맨이란 훌륭한 직업이며 자신은 그 직업을 가지고 멋진 꿈을 이룰 수 있다고 호언장담하며 형의 제안을 거절한다.

그의 아내 린다는 장성한 두 아들이 더이상 아버지를 존경하지 않으며 아버지의 내면적 붕괴를 모른 척한다고 슬프게 불평한다.

'윌리 로먼은 돈도 많이 벌지 못했고 이름이 신문에 나본 적도 없지. 아버진 유달리 위대한 분은 아니지만 그도 한 인간이고 힘든 일을 겪고 있잖니. 그렇다면 그에 마땅한 관심을 가져주어야

해. 그래 아버지가 늙은 개처럼 무덤 속에 묻혀야 옳단 말이냐? 아버지는 지치실 대로 지치셨어. 잘난 사람이나 못난 사람이나 지치는 건 마찬가지란 말이다. 이번 3월까지 36년 동안, 아버지는 한 회사 상품을 선전해주었건만 이젠 나이 먹었다고 월급조차 안 주다니! 그런 아버지인데 혼잣말 좀 하신다고 해서 돌았다는 거냐?'

그러나 그들의 두 아들 비프와 해피는 아버지의 진정한 고뇌와 슬픔을 이해할 수 없고 자신들의 향락과 방랑의 꿈을 추구하기에 바쁘다. 큰아들 비프는 고정적인 직업 없이 시골 농장과 목장으로 떠돌아다니는 생활을 하고 있고 동생 해피는 도시 생활에 만족하며 자신의 아파트와 자가용, 직업까지 가지고 있는 도시형 향락주의자다. 그러나 행복한가, 묻는 형의 질문에 고독하다고, 수많은 표적을 볼링 하듯 쓰러뜨리지만 그럴수록 마음은 더욱 허전해진다고 고백한다.

윌리 로먼은 더이상 자신이 외판사원으로 출장 다닐 수 없는 상태라는 것을 깨닫고, 친구였던 창업주의 아들 하워드에게 지방 출장원 생활을 그만두고 뉴욕 본사에서 일하도록 해달라고 애원한다. 그러나 젊은 하워드는 '능력은 능력대로 가야죠'라고 냉정하게 말하며 윌리의 간청을 거절한다. 그러나 윌리는 사력을 다하여 소리친다. '이봐, 하워드, 난 34년 동안이나 이 회사 일을 해왔네. 그랬건만 이제 와서 보험료조차 치를 수가 없네그려. 오렌지 알맹이만 먹고 껍질은 버린단 말인가? 그러나 사람은 그런 과일과는 다르다네. 뉴잉글랜드의 판매망을 개척한 사람은 누군

가?'

그러나 결국 그는 '푹 쉬셔야겠군요'라는 말을 마지막으로 듣고, 해고당하고 만다.

그는 그날밤 가게에 가서 꽃씨를 잔뜩 사서 집으로 돌아온다. 그러곤 저녁의 푸른빛 속에서 홍당무와 사탕무, 상추 들을 손바닥만한 마당에 심으면서 죽은 형님 벤의 환영과 이야기를 나눈다.

'형님, 제 장례식은 굉장할 겁니다. 자식놈들도 깜짝 놀랄 테지요. 장례식 때야말로 그놈들이 제 눈으로 보고서 알겠죠. 애비가 어떤 인물이었는지요. 메인, 메사추세츠, 버몬트, 뉴햄프셔에서 구름 같은 인파가 모여들 테니까요.'

그는 자식들에게 생명보험금을 남겨주는 일만이 자신이 할 수 있는 마지막 일임을 깨닫고 자동차 사고를 내 자살하고 만다.

그러나 그의 장례식은 그의 가족들과 옆집 사람만이 참석해 쓸쓸히 치렀다. 그의 불쌍한 아내 린다는 장례식에서 울면서 묻는다.

'참 알 수 없는 일이에요. 그이가 알고 있던 그 많은 사람은 다 어디 있지요? 그는 왜 하필 이런 때에 죽어버린 건가요? 35년 만에 빚을 다 갚고 겨우 홀가분해졌는데 말예요.'

린다는 마지막으로 묘지에서 남편의 무덤을 향해 통곡한다. '오늘 우리집의 마지막 월부금을 물었어요. 오늘, 바로 오늘 말이에요. 여보…… 그런데 이제 집에는 아무도 없구려. 이젠 빚도 없고 우린 깨끗이 해방되었는데.'

불쌍한 세일즈맨 윌리 로먼을 향한 이 마지막 진혼사는 어쩌면 현대를 살고 있는 우리 모두를 위한 진혼사일는지도 모른다. 집은 물론 냉장고와 자동차와 세탁기까지 월부로 사고, 나이가 듦에 따라 꿈은 멀어지고, 흡사 월부 값을 물기 위해 살아가는 것 같은 월부 인생. 이윽고 사들인 집값의 월부금을 다 갚았을 때는 이미 죽을 나이가 되어 집은 텅 비고 만다. 윌리 로먼—그는 결국 이 거대한 산업사회의 헌 기계 부품으로 철저하게 소모되다 갔으며 자신이 품고 있던 꿈을 이루지도 못한 채 고작 월부금이나 물다 갔던 것이다. 그의 아들 비프는 '아버진 그릇된 꿈을 꾸고 있었죠. 그는 자신이 누군지 모르고 살았어요'라고 쓰디쓴 비판의 말을 뱉는다. 그 말은 우리 모두에게 되돌아오는 우리 시대의 인간 진단의 말이다. 윌리의 환영이 붐비며 맴도는 오후 여섯시의 광화문 네거리에서 나도 윌리처럼 갑자기 열린 창문을 더 열고 싶고 푸른 것들의 씨앗을 사고 싶은 생명스러운 충동을 느꼈다.

31

기다림이 있을 때
아직 인간은 아름답다
_ 사뮈엘 베케트의 『고도를 기다리며』

우리는 올해도 많은 것을 기다려왔다. 사랑을, 자유를, 혹은 희망 같은 것을. 어떤 사람은 기다리던 것을 만나 웃으며 돌아가기도 했고 어떤 사람은 기다리던 것을 만나지 못해 쓸쓸히 가로등 아래 담뱃재 같은 허망을 버리고 돌아서 가기도 했다. 어찌 보면 희망이란 허망 같은 것이기도 했고, 그러나 희망이 허망일지라도 우리에게 허락된 단 한 가지의 희망은 기다림 속에만 있다는 사실을 우리는 알아야만 했다. 잿빛의 무가 밤 속으로 흩어지고 먼지가 모여 바위가 되고 이슬이 모여 서리가 될 때까지 차라리 기다림은 구도였다. 그것마저 없다면, 그것마저 버린다면, 우리는 무엇으로 인간답게 우리를 지키며, 무엇으로 이곳을 삶이라 부를 수 있으랴.

어떤 사람은 기다림을 버릴 수 없어 쓸쓸한 낙엽을 밟고 집으로 돌아가 밤새워 램프를 닦기도 했으리라. 램프를 닦는 사람아, 그대는 무엇을 기다리는가. 헌 램프를 닦아 반짝반짝 유리 초롱

이 빛을 발하면 기적처럼 램프 속의 거인이 잠에서 깨어 '주인님, 무엇을 도와드릴까요' 말하겠는가. 램프 밑에서 시를 쓰는 저 사람은 이 미로의 시간 위에다 '내일 지구의 종말이 온다 하여도' 한 그루의 사과나무를 심고 있는가.

우리는 매일매일 기다리고 있다. 시장에서, 다방에서, 거리에서, 퇴근 후의 포장마차에서 우리는 순간순간 항상 기다림의 실꾸리에 붙잡혀 매여 있다. 우리는 하나같이 기다림에 매인 사람들. 가만히 들여다보라. 우리는 모두 '기다림 중독자들'이 아닌가. 기다리고 기다리고 또 기다린다. 그 기다림이 헛된 것임을 알지라도 그러나 헛됨에 이르도록 기다린 그 기다림이 없었더라면 생명의 음악이란 어디에 있단 말인가. 기다림이 '무에 이르는 질병'이라 하더라도 그 기다림이 없었다면 누가 도대체 미래를 선택할 수 있단 말인가. 우리는 기다림을 선택할 때 삶을 선택하는 것이고 미래를 선택하는 것이다. 그렇다. '지연된 꿈dream deferred'—이는 분노에 찬 흑인 저항 시인 랭스턴 휴즈의 시 제목이기도 하다. 지연된 꿈—그렇게 인간은 다시 한번 기다림의 주사위를 잡는다. 시간은 흐르고 그렇게 인생 또한 흐른다. 아무것도 잘못된 것은 없다. 단지 기다림이 항상 미래를 속인다는 것밖에는. 그 기다림이 항상 우리를 속일지라도 우리는 그 기다림 덕분에 평생을 '지연된 꿈' 속에 살 수 있는 것이다. 기다림은 변장한 신의 은총이며 인간의 진정제이다.

사뮈엘 베케트의 노벨상 수상작 『고도를 기다리며』는 바로 그런 인간의 기다림에 관한 우울한 비가이다. 블라디미르와 에스트라공—그들은 어제도 오늘도 내일도 한결같은 무대 위에서 지루하게 기다리고 있다. 그들은 고도를 기다리고 있다. 고도가 누구인지 그들은 알지 못하지만 그러나 그들이 알고 있는 것은 단지 '기다려야만 한다'는 그 지상명제뿐이다.

에스트라공   아름다운 곳이로군. (다시 돌아서서 난간 있는 데까지 와서 관객을 본다.) 아름다운 경치거든. 떠나자구.

블라디미르   그럴 수 없어.

에스트라공   왜?

블라디미르   고도를 기다리니까.

에스트라공   참 그렇군. 확실히 여긴가?

블라디미르   무엇이?

에스트라공   기다려야 될 곳이.

블라디미르   그가 말하길 나무 앞이라고 했거든.

그들은 어제도 기다리고 오늘도 기다리고 내일도 기다린다. 그들은 기다리면서 무를 먹을까, 당근을 먹을까, 이런 하찮은 대화를 나누고 무대 위를 종종걸음으로 왔다갔다하고 구두끈을 잡아당겼다 풀었다 하면서 사소한 잡담을 나눈다.

블라디미르   그가 꼭 온다고는 안 했거든.

에스트라공   그가 오지 않는다면?

블라디미르   내일 다시 오지.

에스트라공　그리고 모레도 다시 오고.

블라디미르　그럴는지도 모르지.

에스트라공　그래서 매일같이 계속해서 말이군. 올 때까지란
　　　　　　말이지.

그들은 그렇게 오지 않는 고도에 대한 기다림이라는 지긋지긋
한 현실 속에서 어제도 오늘도 내일도 기다리고 있다. 때로는 기
억상실증에 걸려 어제 한 일을 잊어버리기도 하고 지금 자신들이
하고 있는 일을 잊어버리기도 한다. 그들은 지상에 단 한 그루 있
는 나무 밑에서 '목매다는 게 어떨지?' '그건 우리 둘을 함께 묶
어두는 방편이겠군' '즉시 목매달자' '나뭇가지가 부러지면 어쩌
지? 나뭇가지를 못 믿겠구만' '가벼운 고고. 나뭇가지는 꺾어지
지 않고 고고 죽다. 디디는 무거워 나뭇가지 꺾어지고…… 디디
만 홀로.' '그 생각을 못했구먼' 등의 하찮은 말놀음을 하며 시간
을 보낸다. 자살 미수조차도 말놀음이고 단지 시간을 때우기 위
한 유희일 따름인데 한결같이 진부한 주제는 언제나 '고도'다.

블라디미르　그가 우리에게 무엇이라 말할지 두고 보세.

에스트라공　누구 말이오?

블라디미르　고도 말이지.

에스트라공　그런데 그에게 요구했던 게 무엇이오?

블라디미르　무어 똑 떨어지게 얘기한 건 없구.

에스트라공　일종의 기도문이었군. 막연한 애원.

그렇게 고도의 모습은 오지 않는 신의 모습을 띠고, 정신박약 비슷한 에스트라공과 보다 진지하고 사색적이면서도 단순함의 차원을 크게 벗어나지 못하는 블라디미르는 고도에 대한 기다림에 묶여 있는 종신 유형수의 모습을 띤다.

에스트라공   우리의 역할은 무엇이지?

블라디미르   역할? 애원하는 역이겠지.

에스트라공   우린 매인 게 아니지?

블라디미르   누구에게 말인지, 누구에 의해서?

에스트라공   당신이 말하는 그 작자에게.

블라디미르   고도에게? 고도에게 매였다는 말이지? 별생각
              다 하는구만. 그럴 리가 있나!

에스트라공   그의 이름이 고도라구.

이렇게 대화는 딴청부리기와 시간 메꾸기식의 하찮은 말대답으로 권태의 적층을 쌓는 듯 빙글빙글 돈다. 그러나 그 말 속엔 멍청이들이 지니는 처절한 에스프리와 희망이 없는 인류의 철학이 담겨 있다.

에스트라공   아무리 발악을 해야 소용이 없어.

블라디미르   생긴 대로 사는 거야.

에스트라공   몸을 아무리 비틀어봐도 안 되고.

블라디미르   본질이란 변치 않는 거니까.

그때 누군가 온다. 포조와 럭키. 포조는 럭키의 목에 포승을 감아 묶고는 그를 앞세우고 들어온다. 포조는 럭키의 포승줄을 쥐고 채찍을 들었으며 럭키는 무거운 트렁크와 접는 의자, 음식 담는 바구니 그리고 팔에 외투를 하나 걸쳤다. 포조가 럭키에게 '더 빨랑 가라! 뒤로 돌앗!' 하면서 포승줄을 잡아당기고 채찍을 휘두르자 럭키는 짐을 진 채 넘어진다. 블라디미르와 에스트라공은 '바로 그가 아닌지?' '누구 말인데?' '그것도 몰라 물어?' '고도 말인가?' 하고 여전히 딴청부리기를 하며 포악한 주인과 하인 같은 사람을 구경한다. 럭키는 개처럼 두들겨 맞고 발길로 차이면서도 포조의 시중을 공손히 든다. 럭키의 모가지에서 살점이 떨어지고, 블라디미르는 '끈이 비벼대서 그렇지. 매듭이 있어서 그래. 아마 천치일 거야'라고, 에스트라공은 '그것도 팔자소관. 어쩔 도리 없지'라고 럭키의 비참한 처지에 연민과 동일의식을 느낀다. 에스트라공은 고기를 뜯어 먹은 포조가 뼈다귀를 럭키에게 던져주자 럭키에게서 뼈다귀를 얻어 갉아먹는다. 블라디미르는 '이건 수치야. (그러고는 포조에게 대든다.) 사람을 이렇게 다루다니! 사람은 다 마찬가지인데…… 이건 수치야!'라고 인간조건의 오욕과 수치를 느낀다. 포조와 럭키는 두들겨 패고 얻어맞는 잔인한 장면을 계속하다가 퇴장한다. 에스트라공은 신음한다. '아무 일도 안 일어나고 아무도 안 나타나고 참 지긋지긋하군.'

그때 소년 하나가 등장하여 '고도 씨는 오늘 저녁 못 오시지만 내일은 틀림없이 오시겠다고 선생님들께 말씀드리라고 했습

니다'라고 전한다. 그 소년은 고도 씨의 심부름을 하며 염소를
지킨다고 한다.

'고도 씨에게는 뭐라고 전할까요?'라는 소년의 말에 블라디미
르는 '그분에게 네가 우릴 봤다고 해라'라고 말한다.

> 블라디미르   그애 말이 내일은 고도가 틀림없이 올 거라고.
> 어떻게 생각하나?
> 에스트라공   그럼 기다리기만 하면 된다 이 말씀이지.

그러나 내일이 되어도 고도는 오지 않는다. 실명하여 맹인이
된 포조와 럭키가 다시 등장하나 그들은 어제 만난 블라디미르
와 에스트라공 두 사람들을 전혀 기억하지 못하고 또 한바탕 때
리고 두들겨 맞는 소란을 연출하고 퇴장한다.

> 에스트라공   포조가 그가 아니라는 건 확실해?
> 블라디미르   누가 아니라는 걸?
> 에스트라공   고도가 아니라는 걸.
> 블라디미르   아니야! 아니야! 아니라니까!

다시 소년이 오고, 그 역시 두 사람을 기억하지 못한 채 여전
히 '고도 씨는 오늘도 못 오시지만 내일은 틀림없이 오시겠다고'
말을 전한다.

에스트라공	난 이런 생활 계속 못하겠어. 서로 헤어지는 게 어때? 좀 낫지 않을까?
블라디미르	내일 목매달기로 하지. 고도가 오지 않는다면 말이야.
에스트라공	오면 어떡하고.
블라디미르	우린 구원받는 거지.
블라디미르	자, 떠날까?
에스트라공	떠나지.

그러나 그들은 움직이지 않고 서 있다. 막이 내린다.

기다림 속에 박제된 이 두 사람의 무의미하고 어처구니없는 백치적 강박 행위가 바로 우리 모습이 아니라면 무엇일까? 고도는 누구인가. 신인가, 메시아인가, 아니면 베케트의 지적대로 '아무도 아니고 아무것도 아닌 무' 그 자체인가? 그런 물음엔 해답이 없다. 다만 확실한 것은 우리도 역시 고도를 기다리기 때문에 내일을 포기하지 않을 수 있다는 그것뿐이다.

32

과연 인간이란 도대체 무엇인가
_ 외젠 이오네스코의 『무소』

'과연 인간이란 도대체 무엇인가?'라는 물음이, 1991년 5월 대한민국 서울에서는 풀리지도 않고 피할 수도 없는 시대적 시험 문제처럼 우리의 가슴에 벅차게 육박해온다. 평화로운 봄날 백주의 대로 위에서 공권력의 쇠파이프에 맞아 죽은 대학생이 있는 세상. 또한 그것에 항거하여 자기 몸에 스스로 불을 지르고 투신자살하는 대학생들이 있는 세상. 이런 악몽의 풍경이 무한투쟁처럼 되풀이되는 시대의 귀퉁이에서 '과연 인간이란 도대체 무엇인가?'라는 무서운 화두를 떨쳐버릴 수 없는 우리는 대체 인간의 자화상을 어디에서 찾을 수 있나?

프랑스의 젊은 철학자 앙리 레비는 전체주의적 폭력으로 가득찬 현대인의 급박한 마음을 '인간의 얼굴을 한 야만'이라 불렀고, 현대 철학자 들뢰즈는 현대생활을 파시스트적 속도로 가속화시키고 있는 욕망이 인간을 죽이고 신도 죽여버린 무서운 장본인이라고 지적하기도 한다. 인간이 죽고 신이 죽고 단지 이름

붙일 수 없는 뜨거운 에너지만이 도처에서 충돌하고 있는 이 포연 자욱한 평화 구역(?) 안에서 산다는 것, 그 위험한 돌진을 응시하며 무사히 살아남는다는 것도 무척 외로운 일임에 틀림없으리라.

이오네스코의 『무소』는 바로 그런 야만의 맹목적 힘들이 무섭도록 충돌하고 있는 현대생활에 대한 냉혹한 초상화이다. 사람들이 정신 차릴 수 없도록 하는 대형 매스컴과 전체주의적이고 획일적인 욕망이 지배하고 있는 문명사회 안에서 인간은 인간이라기보다는 벌레 같은 '어떤 동물'로 변신하고 있다는 변신의 명제는 프란츠 카프카의 것이지만 이오네스코의 『무소』역시 현대인의 변신 테마를 다루고 있다.

주인공인 베랑제는 친구인 장과 함께 카페의 테라스에서 조용히 토론하고 있다가 어마어마하게 크고 힘센 무소 한 마리가 거칠게 입김을 내뿜으며 돌진하는 모습을 본다. 베랑제는 술 때문에 피곤하고 멍청한 기분이었는데 무소에 대해 이러쿵저러쿵 말하다가 장과 다투게 된다. 그따위 동물 때문에 다투지 말자는 말에도 불구하고 사람마다 무소를 두고 뿔이 하나라느니 둘이라느니 코에 뿔이 두 개 달린 아시아산 무소라느니 아프리카산 무소라느니 하고 자기주장을 굽히지 않는다.

'자넨 잘난 체하는 친구로군. 장, 유식한 체하는 친구, 잘 알지도 못하면서 유식한 체하는 친구일 뿐이야. 왜 그런지 잘 들어보게. 우선 코뿔이 하나인 것은 아시아 무소야. 아프리카 무소가 뿔이 두 개고!'라고 베랑제가 주장하자 화가 난 장은 '자네하곤 내기하지 않겠네. 뿔 두 개가 달린 건 바로 자네야, 이 아시아 종자야!'라고 모욕을 퍼붓는다. 그들은 대도시의 거리에 나타난 무소의 정체가 무엇인지에 대한 본질적인 의문은 접어두고 서로 인신공격을 하며 성급한 자기주장만을 내세울 뿐이다. 그러다가 화가 머리끝까지 뻗친 베랑제는 '내겐 뿔이 없어. 그런 건 결코 달지 않을 거야. 그리고 나는 아시아 사람은 결코 아니야. 그리고 아시아 사람들이나 다른 사람들이나 다 같은 인간이야'라고 반박한다. 그러자 장은 '그들은 황색이야!'라고 흥분해서 소리지르며 가버린다.

'아시아 사람은 황색이니까 우리와 다르다'는 획일주의적 논리는 거리를 휩쓸고 다니는 무소의 공포적 존재에서 얼마나 비껴간 이야기인가. 그러면서도 그런 전체주의적 편견의 폭력성과 거리를 쑥밭으로 짓밟고 다니는 공포의 무소는 얼마나 유사한가? 둘 다 오직 자신의 충동에만 눈이 먼 존재이고 말릴 수 없는 에너지의 질주이다. 장이나 바랑제 역시 착한 사람이지만 참을성이 없고, 주말이면 술 마시지 않고 문학잡지도 읽고 연극도 보고 시립박물관에도 가려고 하지만 그저 습관적으로 만취해버리는 비문화·비정신적 생활에 빠진 전형적인 소시민일 따름이다. 그러면서도 그들은 조그만 반대에도 무섭도록 화를 내는 것이다.

사람들이 외뿔 무소인지, 두 뿔 무소인지를 가지고 다투는 동안 고양이가 짓밟혀 죽고 회사 계단이 부서진다. 베랑제의 회사 동료인 뵈프가 무소가 되어 나타나고, 시내의 무소들은 서른두 마리, 열일곱 마리 등 소문 속의 숫자가 되어 질주하고 다닌다.

드디어 베랑제는 외뿔 무소도 있고 두 뿔 무소도 있음을 발견하고 '우린 둘 다 옳았어. 외뿔이나 두 뿔이 어디서 왔건 중요한 건 그것이 아니고 무소의 존재 바로 그것이라네'라고 말하려고 장을 찾아갔을 때 장은 아파서 누워 있었다. 뵈프가 무소가 된 것을 이야기하자 장은 '그래서? 뭐 그렇게 나쁘지 않잖아! 결국 무소도 우리와 같은 피조물이야. 우리와 마찬가지로 삶을 살 권리가 있어. 자넨 우리 인간의 정신 상태가 더 바람직하다고 생각하나?'라고 묻는다. 베랑제가 '그래도 역시 우리는 우리만의 규범을 가지고 있지. 나는 그것이 동물의 규범과 일치한다고 생각하진 않아. 우리는 동물들에게는 없는 철학, 대체할 수 없는 어떤 가치체계를 갖고 있네'라고 인간을 인간답게 만드는 인간적 규범을 주장하자 장은 '휴머니즘은 구식이야. 자넨 우스운 감상파 늙은이로군' 하고 호되게 쏘아붙이며 이성을 잃은 듯 흥분하더니 이불을 내던지고 잠옷을 찢고 완전한 나체로 침대에서 벌떡 일어서서 머리를 숙이고 베랑제에게 똑바로 덤벼든다. '자네 무소 아닌가!' 하고 베랑제가 놀라자 '너를 짓밟아버리겠다! 너를 짓밟아버리겠어!'라고 장은 뿔로 벽을 들이받으며 성난 소리로 울부짖는다.

거리에는 무소들이 씩씩거리며 울부짖으면서 벤치를 산산이 부숴놓고, 사방에는 돌연변이의 난폭상이 넘쳐흘렀다. 베랑제의 회사 소장도 무소가 되었고 그 사실에 몹시 분개했던 법률학도인 보타르도 '때가 오면 그 흐름을 따라야 하는 법이지!'라는 인간으로서의 마지막 말을 남기고 무소가 되어버렸다.

데지는 '내가 조금만 덜 거칠게 대했어도 아마 일이 그렇게 되지는 않았을 것'이라고 후회하고, 베랑제도 '장에게 조금만 더 부드럽게 이해심을 가지고 대해주지 못한 것이 후회스럽다'고 한탄한다. 그러나 시민의 4분의 1이 무소가 되고 거리를 전속력으로 무리지어 휩쓸고 다니는 상황에서 '어떻게 사람이 무소가 될 수 있단 말인가! 대체 생각도 할 수 없는 일이 아닌가!'라고 베랑제가 외쳐보았자 허사였다.

사람의 수보다 무소의 숫자가 더 많아지고, 베랑제가 데지에게 '우리가 함께 있는 한 아무것도 두렵지 않소. 정말 당신을 행복하게 해주고 싶소. 나와 함께 있을 수 있어요?'라고 사랑을 고백할 때 전화벨이 울리고 수화기 속에선 무소의 거친 울음소리가 들려온다. 무소의 전화 때문에 그들의 포옹은 깨진다. 라디오 방송국도 무소에게 점령되어 무소의 울음소리가 들리고 '당신과 함께 견디겠어요'라고 말하던 데지는 '결국 구원받아야 할 쪽은 우리겠지요. 비정상은 아마도 우리일 거예요. 옳은 것은 세상이지 우리가 아녜요'라고 말하고 떠나버린다.

'데지와 아이를 낳고 우리 애들이 또 아이를 낳아 인류를 갱생시키려던' 베랑제의 꿈은 깨져버린 것이다. '그들을 설득하는 것밖에 다른 길이 없다'고 생각하던 베랑제는 자신이 인간의 언어를 잊어버리고 무소의 울음을 닮아가는 것을 느낀다. '만약 데지가 말했듯이 그들이 옳다면? 나는 늦은 것이다'라고 생각했을 때 베랑제는 무소의 울음소리가 거칠기는 하지만 어떤 매력이 있음을 느낀다. '무슨 일이 터질 때마다 그에 맹종하지 않고 자신의 독창성을 갖는 것이 좋다는 것은 분명하다. 그러나 사태가 돌아가는 형편도 고려해야 한다'라고 생각하며 매일 아침 무소가 되었기를 바라면서 자신의 피부를 만져보지만 '아직도' 인간인 자신이 비참하고 불행하고 괴물같이 느껴질 뿐이다. '아아, 나는 결코 무소가 될 수 없겠구나. 나는 이제 변할 수가 없다. 이제 감히 내 자신을 바라볼 수가 없다. 부끄러웠다. 그렇지만할 수가 없다. 그렇다, 할 수가 없다'라는 슬픈 구절로 이오네스코의 이 소설은 끝난다.

조국 루마니아의 파시즘이 강력해질 즈음 그는 프랑스로 건너가 파리에 정착하는데, 그때의 시대적 불안을 쓴 『무소』는 사람들이 하나하나 강력한 욕망의 동물로 변신하는 것 같은 이 땅, 우리 시대의 병리진단서 같기도 하다.

33

나는 '보이는 인간'이 되고 싶다
_ 랠프 엘리슨의 『보이지 않는 인간』

'나는 보이지 않는 인간이다. 하지만 나는 에드거 앨런 포를 괴롭히던 유령도 아니며, 할리우드 영화에 나오는 심령체도 아니다. 나는 실체를 지닌 살과 뼈가 있고, 섬유질과 액체로 된 인간이다. 정신까지 소유하고 있다고도 말할 수 있다. 나는 단지 사람들이 보아주지 않기 때문에 보이지 않는 것이다. 나는 마치 곡마단의 촌극에서 몸뚱이 없는 머리통처럼, 울퉁불퉁하고 일그러져 보이는 거울들에 둘러싸여 있는 듯하다. 사람들은 내게 다가올 때 나를 둘러싸고 있는 것이나 그들 자신, 혹은 상상 속에서 꾸며진 것만을 본다. 정말 그들은 나를 제외한 것만을 본다.'

이것은 미국의 흑인 작가 랠프 엘리슨의 방대한 장편 『보이지 않는 인간』의 첫 부분이다. 우리는 흔히 현대 문명을 비평하는 의미에서 '소외' 혹은 '자기소외'라는 사회학적 의미의 용어를 사용하는데 그것은 우리들 한 사람 한 사람이 마음속에 품고 있는 뿌리가 없는 듯한—의지할 데 없는 듯한—감각이나 무목적성, 실체 상실의 감각과 짙게 연관되어 있다. 즉 그것은 나 자신이라는 개인과 사회와의 관계가 상실되었다는 감각이고, 또 자기 자신의 일에도 적극적으로 참가할 수 없게끔 격리되어 있다는 감각이며, 자신의 실체성이나 꿈 또는 비전을 획득할 희망이 완전히 상실되었다는 비극적 감각이다. 즉 그것은 '사회로부터의 소외' '노동으로부터의 소외' '자기로부터의 소외'라고 분류될 수 있다. 랠프 엘리슨의 주인공 '보이지 않는 인간'은 살과 뼈와 섬유질과 액체와 자기 정신까지 소유한 분명 '보이는 인간Visible man'이면서도 사회로부터, 노동으로부터, 그리고 자기 자신의 실체성Self-Identity으로부터 소외되어 있다. 그는 자신이 완전히 그리고 제도적으로 소외되어 있다는 것을 깨달은 순간부터 얼음장보다 더 차갑고 무서운 단절(불가시성의 편견)의 벽을 깨고, '보이지 않는 인간'에서 '보이는 인간'으로 탈바꿈하려 피나는 투쟁과 항거의 길을 간다. 바로 이러한 '보이지 않는 인간'에서 '보이는 인간'으로 가기 위한 처절한 노력의 비극적 서사시가 랠프 엘리슨의 유일한 작품인 『보이지 않는 인간』인 것이다.

그런데 이 소설의 주인공이 '보이지 않게' 소외된 이유는 단지 '사람들이 보아주지 않기 때문에 보이지 않는 것'이며 '그들이 나를 제외한 것만을 보고 자신들의 상상 속에서 꾸며낸 것만을 보기 때문'이다. 그가 보이지 않는 사람이 된 것은 바로 타인들의 왜곡과 편견 때문이다. 이런 왜곡과 편견은 주인공이 흑인이라는 데에서 기인하고 있다.

'백인에게 흑인은 인간이 아니라 '검은색'으로 일관되는 하나의 사물이다. 그것은 편리한 기물이기도 성능 좋은 로봇이나 인간의 말을 잘 알아듣는 셰퍼드이기도 하다. 최고의 대접을 하여 인간으로 보아주더라도 그것은 성도 이름도 각각의 개성도 살필 필요가 없는 똑같은 '하나'에 불과하다. 칠흑같이 검고 어둠의 핏줄을 타고난 양, 암흑과 구분이 안 되는 검은 그림자들의 덩어리.'

그리하여 주인공은 작품 전체를 통하여 이름 없는 사람으로 등장하게 된다. 이름도 없이 단지 검은색으로 일관되는 사물과 같은 비실체의 인격체가 바로 그인 것이다. 그러나 그는 자신의 '이름 없는 숙명' '안 보이는 숙명'을 끝끝내 거부하려고 한다. 그는 말한다. '당신은 당신이 실재 세계 속에 존재하고 있다는 사실과 모든 소리, 모든 고뇌의 일부라는 사실을 확신하려는 요구로 괴로워하며 두 주먹을 마구 휘두르며 저주하고 그들로 하여금 당신을 인식하게 만드리라고 맹세한다. 하지만 불행히도 좀처럼 성공하지 못한다…… 그러나 나는 내가 보이지 않는 인간이라는 사실을 발견한 후에야 비로소 살아났다…… 나는 깨달았다. 비록 보이지 않는 희생물이라 할지라도 모든 이의 운명에 책임이 있다. 보이지 않는 인간은 자신이 보이지 않기에, 그러면서도 너무도 분명히 살아 있기에 소리를 지른다. 나는 나의 고립이라는 음악을 연주해야만 한다.'

고등학교 시절 그는 흑인에게 허용된 범위 안에서 자기 종족의 명예를 위해 열심히 일하고자 하는 위대한 꿈을 지니고 있었다. 그는 뛰어난 웅변술을 가진 덕택에 유망한 학생으로 인정받고 장학금을 받아 흑인 대학에 가서 지도자가 되는 공부를 하겠다고 결심한다. 그러나 학교를 방문한 재단 이사인 백인 노튼 씨를 자동차에 태워 구경시키라는 학장의 명령을 받고 차를 몰고 전원을 가다가, 딸과 근친상간의 관계를 맺고 있는 소작인 트루블러드와 노튼 씨를 대면시켰다는 애매한 이유로 흑인 학장 블레드소로부터 퇴학을 당한다. 박애주의자로 정평이 나 있는 노튼 씨에게 자기 잘못이 아니었다는 것을 학장에게 변명해달라고 구걸하지만 노튼 씨는 차갑게 거절한다. 그는 학장인 블레드소의 추천장을 받아 뉴욕에서 취직을 한 후 돈을 벌어 대학에 진학할 계획을 세우고 뉴욕으로 가지만, 블레드소의 추천장이란 것이 사실은 자기를 해치려는 음모임을 알게 된다. 흑인 교육의 지도자요 흑인 계몽의 지성적 횃불을 높이 쳐든 블레드소 학장이 후원자인 백인들에게 '당신의 미천한 하인'이라고 서명한 편지를 보고 '모두가 음모를 꾸미고 있는 것 같다. 하필이면 왜 내가 그 음모 속에 포함된 걸까? 아무튼 나는 누구란 말이냐?'라고 묻게 된다. 그러고서 세상이란 자신이 이해할 수 없는 부조리와 음모와 이중성의 허구로 꽉 차 있으며 복수를 하겠다고 결심한다. 리버티 페인트 회사에 취직한 그는 친노조와 반노조 사이의 엉뚱한 싸움에 끼어들어 자신도 모르는 사이에 희생물이 되며 공장 병원의 수술실에서 의사들이 전기 충격 요법으로 뇌엽을 절제하고 거세시키려고 하는 음모를 엿듣게 된다. 그의 반항적인 정신을 둔화시켜 순응적인 인간으로 만들려는 지배 계급

백인들의 음모였다. 그곳에서 그는 '흰 것은 언제나 옳다. 그러므로 당신이 백인이라면 당신은 옳은 것이다'라는 현실을 마주하게 된다.

그후 그는 '동지회'라는 흑인들의 권익과 도시 빈민 계층의 비참한 상태를 개선하기 위해 싸우는 조직에 가담하게 된다. 동지회는 그에게 돈과 아파트와 새로운 신분증명서(여기에서도 그의 이름은 나타나지 않는다. 옛 이름도 새로운 이름도)를 제공하면서 그를 대중연설가로, 선동가로 이용한다. 흑인과 백인이 합쳐진 숭고한 이상의 동지회는 결국 그의 탁월한 웅변술과 지도자적 자질을 이용한 후 그가 할렘의 영웅적인 인물로 떠오르자 그를 제거하려고 한다. '그들은 자신들의 목적을 위해 당신을 이용하는 겁니다. 면전에서는 당신을 동지라고 부르지만 돌아서기가 무섭게 검둥이 새끼라고 욕하는 거지요.' 주인공은 동지회야말로 흑백이 조화를 이루는 참다운 조직이며 공동의 성취를 위한 최선의 장소라고 굳게 신뢰하지만, 결국 그 숭고한 이상이 허구였으며 흑인들의 위치란 노예 시절의 족쇄를 달고 다니던 시대와 흡사함을 깨닫는다.

어느 날 그가 동지회의 임무를 위해 커다란 모자와 검은 안경을 끼고 거리로 나갔을 때 사람들은 그를 라인하트 목사, 사기꾼 라인하트, 폭력배, 도박사, 연인으로 부른다. 천의 얼굴을 가진 라인하트로 오인받는 것을 보고 그는 자조한다.

'무슨 상관인가? 나는 어차피 보이지 않는 사람인데.'

그는 동지회가 꾸민 이상한 음모에 빠져 약탈자가 된 군중들

에게 쫓겨 거리의 맨홀 속으로 들어가 겨우 목숨을 건진다. 관
속처럼 캄캄한 지하에서 출구를 찾지 못한 그는 항상 소중하게
지니고 다니던 서류 가방 속의 고등학교 졸업장, 흑인 인형, 동
지회 회원증서 같은 것을 모조리 불태우면서 공동체의 이상 역
시 세상의 이중성과 폭력성을 교묘히 은폐한 허구에 불과하다
는 사실을 깨닫는다. 그러자 그제야 보이지 않던 것들이 보이기
시작한다. 그는 '나는 당신들의 환상과 허위에 진저리가 났어. 달
리기는 끝났어. 환상에서 해방되는 아픔은 고통스럽고 허망하
지만 이젠 해방이야'라고 말하며 맨홀 밑의 동굴 속에 전깃줄을
이어 수많은 불을 켜놓고 '나는 이제 지하를 근거지로 삼기로
했다. 참다운 시작은 종말에 있다'라고 선언한다.

　보이지 않는 사람이 보이는 사람이 되려고 노력하는 과정이란
결국 환멸과 좌절의 길일 수밖에 없지만 그러한 저항과 투쟁의
질곡을 통해서만 사람은 참다운 자아의 힘과 순결한 자유를 만
나게 된다. 나는 묻고 싶다. 우리 또한 보이지 않는 사람, 결국 거
대한 익명의 인간이 아닌가. 그런 소외의 불가시성 속에서 '보이
는 인간'이 되기 위해 그대는 얼마나 항거하고 고뇌하고 고발하
고 사랑했는가. 보이지 않는 인간으로 주저앉아 잘못된 세상의
부조리와 악과 부패에 순응하고 있지 않았는가. 엘리슨은 '보이
지 않는 인간'이란 미국 사회 속의 소수자인 흑인이면서 동시에
바로 우리 자신이라고 말하고자 한다. 그리하여 '내가 낮은 목소
리로 여러분을 대변해주는 것을 누가 알고 있겠는가?'라는 말로
이 책을 끝맺는다. 랠프 엘리슨은 그의 유일한 작품인 『보이지

않는 인간』을 통해 너무나도 잘 '보이는 인간'이 되었지만 우리는 무엇을 통해 자신의 아이덴티티를 찾고 '보이는 인간'이 될 수 있을까?

34

희망의 시계는 지금 몇 시인가

_ 비르질 게오르규의 『25시』

1990년대가 되자 89년까지 각양각색의 매스컴에서 그토록 떠들어대던 '과거 청산' 운운할 때의 과거라는 말은 일시에(녹음 테이프가 지워지듯이) 소멸되어버리고 그 대신 미래라는 말이 갑자기 각광받는 시대어가 된 듯한 느낌을 받는다. 과거란 말이 갑자기 무대에서 사라지고 미래라는 말이 새로운 주인공으로 등장하는 과정은 기계 장치의 냉정한 회전과도 같이 객석에서 무대를 지켜보는 관객들의 대중 정서와 전혀 부합하지 않아서 차디찬 소외 감정마저 불러일으킨다.

과거는 청산되었고 미래는 몇몇의 '신사고'를 가진 정치 지도자들에 의해 공표되었다. 미래가 신선하고 원대하게 공표되고 보장된 이 시점에서 왜 우리의 '현재'는 이토록 불안스럽고 혼란스럽고 두렵기만 한가? 왜 누군가가 신새벽의 미래를 확실하게 발표하고 있는데도 그것에서 희망을 공급받기는커녕 대부분의 사람들은 도덕 질서가 붕괴해버린 아노미(무질서 감정)에서 벗어나

지 못하는가? 1990년대의 스타트 라인—갑자기 과거는 사라지
고 미래가 우주의 별똥별처럼 날아들어온 그 자리—에서 우리
의 개인적 시계, 개인적 도덕과 감정과 희망의 시계는 몇 시를
가리키고 있는가? 공표된 사회적 시계와 개인이 품고 있는 내면
의 시계가 가리키는 시간이 서로 다르다면 그 사회 안에 살고 있
는 사람들이 공통적으로 지니게 될 정서적·일상적 괴리감은 또
어찌되는가? 그 갈등과 고뇌와 소외와 분노와 혼란의 모습은 어
떠할까? 과연 우리의 '지금-여기'는 도대체 몇 시인가?

　내가 1947년 발표된 게오르규의 『25시』를 다시 읽어보게 된
것은 이런 물음 때문이었음을 고백하고 싶다. '1990년도 초의
우리에게 확실한 것은 아무것도 없다. 다만 두 가지, 나는 시대
의 신사고를 이해할 수 없는 구사고의 소유자로 뒤처져버렸다는
사실과, 1990년대 벽두에 일어난 연쇄 방화 사건의 범인이 적어
도 나는 아니라는 사실만을 빼놓고는'이라는 누군가의 서글픈
말을 상기하면서.

　게오르규의 『25시』는 1947년 프랑스 문단에 소개되어 2차
대전 무렵의 현대 문명의 종말론과 인류 위기의 파멸의식을 예리
하게 지적한 명작으로 널리 알려지게 되었다. 『25시』에는 루마
니아 태생의 평범한 농군이면서도 이유 없는 징집과 노역, 고문
과 수용소 생활을 보내는 요한 모리츠의 수난 이야기와 아울러
당대의 젊은 지성이자 소설가인 드라이얀 코루가의 수난 이야기
가 나란히 두 개의 축을 이루며 진행된다. 드라이얀의 아버지 알
렉산드르 코루가는 독실한 프로테스탄트의 목사인데 신념과 현

실 사이의 찢어짐 사이에서도 종교적 인간 회복의 성역을 포기하지 않으려는 신神에의 의지를 지닌 인물이다. 드라이얀은 자신의 친구인 검사에게 말한다.

'25시라는 제목의 소설을 쓰려고 해. 이것은 모든 구제의 시도가 무효가 된 시간이야. 메시아가 온다고 해도 아무 소용이 없는 시간이지. 이건 최후의 시간이 아니고 최후의 시간에서도 한 시간 후이니까. 이것은 서구 사회의 정확한 시간, 다시 말하면 현재의 시간이며 정확한 시간을 뜻하지.'

그 말을 듣고 드라이얀의 아버지인 코루가 목사는 검사에게 말한다.

'나는 시인들의 말을 믿는 버릇이 있다오. 그리고 내 눈에는 아들은 위대한 시인이라오. 만약 드라이얀의 예언이 들어맞아 인간이 노예로 취급되는 사회가 온다 해도 교회는 사회를 구할 수는 없지만 그 사회를 구성하는 개인의 구원을 보증할 수는 있소.'

이렇듯 『25시』 안에는 현대인의 위기와 그 위기를 진단하는 지성인들의 모습과 그 파멸을 구원하려는 숭고한 목적을 가진 성직자의 이상주의적 꿈의 이야기가 역사에 희롱당하는 농부 요한 모리츠의 이야기와 함께 슬픈 교향악을 이루며 퍼지고 있다. 드라이얀에 의하면 옛날에는 잠수함의 산소를 측정하기 위해 흰 토끼를 배 안에 싣고 다녔다고 한다. 공기가 탁해지면 토끼가 죽는데 그러고 나서 일곱 시간 후면 사람도 위험하게 된다. 시인은 잠수함 속의 흰토끼처럼 산소의 결핍을 다른 선원들보다 일곱 시간이나 먼저 알아챈다. 그래서 『25시』 속의 드라이얀은 자주

'난 요즘 웬일인지 잠수함을 탔을 때처럼 숨이 가빠서 미칠 것 같다'라고 되풀이해 말하고 있다. 결국 드라이얀은 지성과 미모를 갖춘 부인 엘레오노라 베스트가 유태인이라는 이유로 나치에게 박해당하다 러시아인과 파시스트들을 피하여 국경을 넘어 독일 영토인 연합국의 점령 구역으로 도망치지만, 미국인 군정관에 의해 감옥 안에 억류되어 세월을 보내게 된다.

'미국 사람들은 우리에게 무슨 감정이 있을까요?'라는 엘레오노라의 말에 드라이얀은 '그들은 우리가 존재한다는 걸 결코 의식하지 못할 거요. 진보의 최후 단계로 들어선 서양 문명은 개인 같은 건 염두에 없기 마련이오. 아주 간단히 말하면 당신이나 나나 우리들은 존재해 있지 않는 거요. 우리는 단지 하나의 카테고리의 무한히 작은 분자로밖에 존재해 있지 않다는 거지. 서양은 인간을 기계의 눈으로 들여다보니까 말야'라고 말한다.

그러한 절망적인 예지와 깨달은 자의 슬픔을 안고 드라이얀은 감옥 안에서 끝내 죽고 만다. 안경알로 동맥을 끊는 자살을 몇 번 시도했으나 수용소 안에서 아버지의 죽음을 본 후 더이상 역사와 문명의 파멸을 견딜 수가 없어 수용소 철조망으로 걸어나가 스스로 총을 맞고 죽는다. 수용소에 함께 있던 요한 모리츠에게 그는 안경을 남기며 '나는 이 안경으로 파멸을 본 거야. 나는 이 안경으로 인간과 법칙과 신앙과 희망을 안고 죽어 넘어지는 대륙을 보았네. 그 대륙은 수용소와 야만적인 규율을 지키는 사회의 기술법칙 속에 갇힌 채 죽는 줄도 모르게 죽어넘어갔네. 나의 친구 모리츠, 나는 전 생애를 관람객으로서 살아왔어. 그러나 관람객으로서만, 전 생애를 증인으로서만 산다는 건 의미가 없지. 서구 기술 사회는 인간에게 관람객의 지위밖에는 주지 않았네. 그들은 나에게 관객의 역할만 하게 했고, 수용소와 정신병원, 군인들과 감옥, 한없이 긴 철조망만 보도록 했지. 아직 죽지 않았다는 것이 우리들의 유일한 희망이지. 그러나, 희망을 생명과 바꿀 수는 없네. 희망은 묘지의 틈바귀에서도 자라나는 잡초 같은 것이야' 라고 말한다.

이유 없이 체포되어 13년 동안이나 수백 군데의 수용소를 떠돌아다니던 루마니아의 농군인 요한 모리츠는 어느 날 수용소로 찾아온 아내 스잔나와 아이들을 만나게 되는데, '이 아이도 역시 소련 사람을 싫어하지요, 그렇지요?'라는 미국인 루이스 중위의 간단한 질문에 '네, 그렇습니다. 이 아이도 소련 사람이 싫대요'라는 스잔나의 대답으로 드디어 석방을 얻게 된다.

그런데 사실 그 꼬마아이는 스잔나가 러시아 군인에게 겁탈당해 낳은 아이인 것이다. '웃어봐요!' 하는 미국인 루이스 중위의 명령과 터지는 플래시 빛 속에서 웃으라는 명령에도 불구하고 도무지 웃어지지가 않는 요한 모리츠의 슬프고도 묘한 어정쩡한 표정. 요한 모리츠와 스잔나의 강인한 생명이 역사의 희롱 속에서도 살아남았다는 장난 같은 기적을 남기고 이 소설은 끝난다.

영문도 모른 채 13년 동안이나 수용소를 돌아다닌 요한 모리츠의 차마 웃을 수 없었던 마지막 미소는 과연 누구의 것인가?

『25시에서 영원으로』라는 에세이에서 게오르규는 역사와 기계 문명의 살인적 억압 속에서도 살아가야 할 인간 영혼의 선에 대한 믿음과 희망을 피력한다.

'힌두어로 존재는 선과 동의어이고 악은 존재하지 않는 것, 즉 무와 같다. 그러니까 존재한다는 것은 곧 선을 의미한다.'

35

참을 수 없는 것은
무거움인가, 가벼움인가?
_ 밀란 쿤데라의 『참을 수 없는 존재의 가벼움』

이태리의 유명한 기호학자 움베르토 에코의 『장미의 이름』이라는 소설을 보면 끝 구절이 아주 의미심장하다. '장미의 이름으로 태초의 장미가 존재하나 우리는 빈껍데기 이름만 취한다.' 그것은 신의 로고스와 상관없는 말들이 둥둥 떠다니는 우리 시대의 허깨비성, 진리와 맺어지지 못한 뿌리 상실의 꼭두각시놀음 같은 현대인들의 무의미성을 지적하는 말이다.

우리에게 영화 〈프라하의 봄〉으로 더 잘 알려진 쿤데라의 『참을 수 없는 존재의 가벼움』은 앞에서 말한 움베르토 에코의 철학과 비슷한 주제를 갖는다. 그러나 '태초의 장미'가 지닌 신의 로고스의 무거움을 진리라고 생각하고 '빈껍데기 이름'의 가벼움을 부정적으로 보는 에코의 시각과는 다르게 쿤데라는 인간의 가벼움, 우연의 요소에 의해 지배되는 인간 삶의 부조리를 어쩔 수 없는 긍정으로 따스하게 그리고 있다. 왜냐하면 현대 세계에서 인간은 타인에 대해 책임을 지지 않고 자유롭게 살고 싶어하

는데, 자유롭게 되기 위해서는 무거운 뿌리를 삶 속에 갖지 말아
야 하며 생활의 온갖 책임과 무거움을 피해야 하고 그리하여 모
든 필연의 법칙들을 스스로 떠나야 하기 때문이다.

　이 작품의 주인공인 외과의사 토마스는 축제 분위기 속에서
이혼하고(결혼생활의 무거움이 자신과 어울리지 않는다고 생각하기
때문에) 우연한 정사를 즐기며 무수한 여자들과의 가벼운 향락
을 찾아 떠돌아다닌다. 그러나 그가 외설스럽다거나 추악한 탕
아로 느껴지지 않는 이유는 삶에 대한 그의 형이상학적인 통찰
과 연민과 냉소, 아이러니에 가득찬 따뜻한 자유주의자의 감성
때문일 것이다.

　'영원한 재귀는 아주 신비스러운 사상이다. 니체는 이 사상으
로 많은 철학자들을 어리둥절하게 만들었다. 모든 것이 그 언젠
가는 이미 앞서 체험했던 그대로 반복된다는 것이다. 이 반복 또
한 무한히 반복된다! 이 어처구니없는 신화가 우리에게 말해주
는 것은 무엇인가? 영원한 재귀의 신화는 그것의 부정적 이면에
서 우리에게 말해주는 바가 있다. 영원히 사라져가는 다시는 돌
아오지 않을 삶은 하나의 그림자에 불과하다는 것, 그것은 아무
런 무게도 없는 하찮은 것이며, 처음부터 죽은 것과 다름없다는
것을. 삶이 아무리 잔인했든 찬란했든 그것은 마찬가지다.'이렇
게 존재의 참을 수 없는 가벼움은 니체의 영원회귀의 사상에서
역설적으로 태어나고 있다.

　'만약 우리 삶의 순간순간이 모두 수없이 반복된다면 우리는
예수 그리스도가 십자가에 못박혔듯이 영원에 못박힌 꼴이 된

다. 너무도 무서운 생각이다. 영원한 재귀의 세계에서는 모든 동작에 견디어낼 수 없는 무거운 책임의 짐이 지워져 있다. 이러한 근거에서 니체는 영원한 재귀의 생각을 가장 무거운 무게라고 불렀다. 만약 영원한 재귀가 가장 무거운 무게라면 우리들의 삶은 이 배경 앞에서 아주 가벼운 것으로 찬란하게 나타날 수 있다. 무게가 무거우면 무거울수록 우리의 삶은 땅에 더욱 가깝고 더욱 실제적이고 참된 것이 된다. 동시에 무게가 전혀 없을 때 인간은 공기보다 더 가볍게 떠올라 땅으로부터 세속으로부터 멀리 떠나게 된다. 그래서 인간은 절반만 실제적이고 그의 동작은 자유로운 동시에 무의미한 것이 된다. 자 그러니 어떤 것을 선택할 것인가? 무거운 것? 아니면 가벼운 것?' 이것이 이 작품에 나타난 인물들의 싸움이며 갈등이며 질문이며 선택이다. 토마스는 우연히 여인 테레사를 만나 프라하에서 같이 살게 되지만 '프라하의 봄' 이후 체코에 소련의 붉은 군대가 밀려오고 공산당의 점령이 시작되자 스위스로 망명한다. 그는 에로틱한 우정 관계를 여러 여자와 계속 맺으면서 화가인 사비나와는 프라하에서부터 독특하고 자유로운 성관계를 갖는다. 의사 수입으로 취리히에서 만족스럽게 살던 토마스와 테레사. 그러나 이민 생활에 적응하지 못하던 테레사는 토마스와 사비나가 스위스에서도 서로 만난다는 사실을 알고 스스로 '짐이 되고 싶지 않다'는 쪽지를 남긴 채 프라하로 돌아간다. 테레사에게서 구속을 느끼던 토마스는 그녀가 떠난 후 쇳덩이를 매단 사슬에서 풀린 듯 존재의 달콤한 가벼움을 즐기지만, 이별 편지를 쓸 때의 테레사의 슬픔을 생각하고(그것을 토마스는 동정병이라 부른다. 동정이란 함께 참고 견딤이란 어원을 갖고 있기 때문에 무거운 것이다. 동정보다 더 무거운 것은 없다) 프라하로 돌아갈 것을 결심한다. '러시아군 탱크의 수백 톤짜리 쇳덩이들을 모두 합쳐도 동정의 무게에 비하면 아무것도 아니다'라며 토마스는 베토벤을 생각한다.

'베토벤에게는 무거움이 명백히 긍정적이었다. 힘겹게 내린 결심은 운명의 소리 '그렇게 할 수밖에!'와 연관되어 있다. 무거움, 필연성, 가치는 서로 긴밀하게 연관된 세 개념이다. 필연적인 것만이 무겁고 무게가 있는 것만이 가치가 있다. 베토벤의 주인공은 형이상학적 중량을 들어올리는 역도 선수이다.'

토마스는 베토벤의 음악 속에 있는 무거움의 가치를 좇아 프라하로 돌아간다. 소련군의 점령과 공산당의 압제 아래 의사직을 빼앗기는 등 모든 신분상의 불이익을 당하며 살던 토마스와 테레사는 비밀경찰의 감시에서 벗어나 작은 시골 마을에서 농사 짓고 살던 중 교통사고로 죽는다. '토마스, 당신의 삶에서 모든 불행은 나로부터 와요. 당신은 의사가 천직이었는데 나 때문에 당신은 밑바닥으로 떨어졌어요'라는 테레사의 말에 '테레사, 누구에게도 천직은 없어요. 자유롭고 천직을 갖지 않는다는 것은 사람의 마음을 굉장히 가볍게 해주오'라며 토마스는 행복하게 죽는다. 결국 토마스는 그 무수한 에로적 편견 속에서도 테레사만을 사랑했고, 그 사랑의 무거움 때문에 프라하로 돌아오는 무거운 선택을 했으며, 무거움을 가벼움으로 해방시켜 '슬픔은 형식이고 행복은 내용'인 행복한 슬픔의 공간 속에서 죽는다.

화가 사비나, 학자인 프란츠, 모두 자신의 뿌리를 스스로 저버리고 해방의 가벼움을 찾기 위해 배반의 삶을 엮어가는 인물들이다. 사비나에게 있어서 배반은 속박에서 벗어난 자유, 존재의 가벼움을 되찾는 자기 해방적 기능을 갖는다. 그래서 사비나는 아버지와 고향과 조국 공산주의의 꿈을 배반하고 연인들도 배반하고 미국에서 화가로서의 성공을 거두며 살아간다. 그녀는 유언장에 자신의 시체를 화장하고 그 재를 바람에 흩날려달라고 쓰는데 토마스와 테레사가 무거움의 표지 밑에서 죽은 것과 반대로 대기보다 더 가볍게, 가벼움의 표지 밑에서 죽고 싶었던 것이다.

역사, 체제, 권력 앞에 서 있는 개체로서의 인간의 나약함과 가벼운 저속성, 포르노적 육체의 방황 등을 몽타주 기법으로 스케치하는 이 작품은 현대인들의 어쩔 수 없는 특이한 사랑의 비극을 그리고 있다.

토마스는 동정병 때문에 무거움을 선택했고 그래서 프라하로 돌아갔으며, 사비나는 배반의 행로를 걸으며 미국으로 향하는 가벼움의 선택을 한다. 베토벤처럼 무거울 것인가, 아니면 아버지의 멜론빛 모자를 쓰고 다니는 화가 사비나처럼 세속의 존재에서 멀리 떨어져 가벼워질 것인가? 『참을 수 없는 존재의 가벼움』에서는 토마스와 테레사의 무거운 사랑도 사비나의 가벼운 선택도 무척 따스하고 아름답게 그려지고 있는데, 이러한 스케치풍의 가벼움이 작품 전체에 흐르는 무거운 역사와 운명의 둔중함을 잊게 해준다. 과연 존재의 가벼움이란 참을 수 없는 것인가? 아니면 참을 수 있는 긍정적인 것인가?

나는 이렇게 보고 싶다. 배반의 힘을 가진 자유로운 정신의 사비나에게는 존재의 가벼움이란 참을 수 있을 뿐 아니라 오히려 자기 해방의 창조적 힘이지만 동정병에 걸린 토마스와 완강한 애정을 가진 테레사에겐 '참을 수 없는' 존재의 가벼움이라고. 그러나 무거운 것을 선택하는 사람이든 가벼운 것을 선택하는 사람이든 역사나 세계 앞에 무슨 표지를 남기는 무거운 존재는 못 된다는 것을 이 작품은 미소와 냉소를 함께 지닌 스케치 풍으로 조용히 소묘하고 있다.

4부

『오셀로』에서부터
『양철북』까지

36

내 마음속에 있는 오셀로

_ 윌리엄 셰익스피어의 『오셀로』

셰익스피어의 비극 『오셀로』는 그의 4대 비극(『햄릿』『리어왕』
『멕베스』『오셀로』) 중에서도 가장 처절하고 무서운 인간 격정의
드라마로 널리 읽히고 있는 작품이다. 셰익스피어의 모든 작품
이 전 인류적인 사랑을 받으면서 오늘날까지도 세계의 어느 곳
에선가 하루도 빼놓지 않고 공연되고 있다고 하지만 특히 『오셀
로』는 인간 욕망의 악마적 힘을 그린 작품으로 현대인의 욕망
의 파시즘을 얘기할 때 가장 많이 인용되는 작품이다. '오셀로는
무엇이냐. 그는 밤이다. 거대한 운명적 인간이다'라고 빅토르 위
고가 말했듯이 그는 검은 피부의 미신과 마찬가지로 악마의 속
삭임에 혼을 팔고 만 캄캄한 밤의 운명을 가고 만다. 조그만 유
혹에도 견디지 못하고 금방 악마와 타협을 하고 황금악마, 권력
악마, 출세악마에 쉽게 굴복해버리는 충동적 삶을 사는 현대인
들에게 오셀로 장군의 운명은 커다란 벼락같은 깨달음을 내려줄
것이다. 고결한 한 인간이 유혹에 빠져 어떻게 짐승의 상태로 전

락하는가 하는.

오셀로는 무어인으로서 피부빛이 검은 사람이다. 그런 오셀로
가 백인 미녀이며 원로원 의원의 외동딸인 데스데모나와 사랑에
빠져 몰래 결혼을 하자 악마 같은 간계를 가진 오셀로 장군의
기수 이아고는 데스데모나를 전부터 연모하여 청혼을 했던 로드
리고를 꾀어 데스데모나의 아버지 브러벤쇼의 집 앞에서 소동을
부리게 한다.

'일어나세요! 여보세요. 도둑이 들었어요. 브러벤쇼! 도둑이
야! 집안 단속을 하시오! 따님 조심이요! 돈궤 조심이요! 도둑이
야!'

화가 나서 나온 브러벤쇼에게 '지금 이 순간 댁의 따님과 무어
인은 몸은 하난데 잔등이 두 개인 짐승을 만들고 있다는 사실을
알리려고 왔을 뿐입니다. 그사이에 바바리산 말이 따님을 덮치고
있죠. 조금 있으면 손자 말이 힝힝거리고 경주마 증손 말이 뜀박
질하며 조랑말 친척이 우글우글할 겁니다'라고 원색적인 표현으
로 브러벤쇼의 인종적 자부심을 찌른다. 브러벤쇼는 그 검은 무
어인에게 딸의 마음을 홀리는 마법의 힘이 있는 게 아닌지 두려
워하며 베니스의 공작에게 무어인의 처벌을 호소하였다.

한편 원로원에서는 터키 함대의 침입을 막기 위해 오셀로 장
군을 사이프러스섬에 총독으로 파견하는 문제를 협의중이었는
데 브러벤쇼의 간청으로 오셀로에 대한 청문회가 열리게 되었다.
이에 오셀로는 '어떤 마약, 어떤 요술, 어떤 주문, 어떤 희한한 마
술, 이런 수단을 썼다고 제가 고발을 당하고 있습니다만 그런 건

아닙니다. 그녀를 불러 아버지 앞에서 저에 대해 말하게 하십시오. 그녀의 답변에서 만약 저에 관한 오점이 발견되면 제 신임과 직책을 박탈하고 사형 선고를 내려도 좋습니다'라고 말한다. 여기에 불려온 데스데모나는 '아버님. 저에게는 두 가지 의무가 있습니다. 저를 낳아주신 은혜, 길러주신 은혜는 아버지께 다해야 하겠습니다. 아버지는 그 두 은혜를 저에게 베풀어주신 분이고 제 모든 의무의 주인이라서 누구보다도 가장 존중합니다. 하지만 지금은 여기에 저의 남편이 계세요. 어머니께서는 외할아버지를 제쳐놓고 아버지를 소중히 여기셨지요. 이와 마찬가지로 저는 남편으로서 무어인을 정성껏 섬기려 하옵니다'라고 당당하게 자신의 사랑을 표명한다. 그러고는 자신도 함께 사이프러스로 남편을 따라가고 싶다고 애원한다.

오셀로 역시 '이처럼 간청하옵는 것은 제 자신의 욕망을 채우기 위함도 아니고 욕정에 눈이 먼 탓도 아닙니다. 오로지 그녀의 소망을 유쾌하게 풀어주고 싶어서입니다'라고 말하자 공작은 그것은 알아서 하라고 승낙한다. 죽음의 길이 열리는 것임을 모른 채.

사이프러스섬에 먼저 상륙한 부관 캐시오와 데스데모나가 다정하게 이야기하는 모습을 본 이아고는 '저속하고 버릇없는 떠버리'라고 자신을 면박 준 데스데모나에게 앙심을 품고 캐시오와 데스데모나가 내연 관계인 것처럼 꾸며 복수할 결심을 한다. 저속하고 버릇없는 떠버리라니! 그의 원한은 '작은 거미줄로 캐시오라는 큼직한 파리를 잡아 낚아봐야지'라는 결심으로 굳어진다.

그리하여 성실한 캐시오를 '음탕한 녀석, 예의니 친절이니 하지

만 제 욕정을 채우기 위해선 양심 같은 건 헌신짝처럼 버리는 놈'
이라는 말로 모함하고 계략을 꾸며 야간 경비중에 술이 취해 난
동을 피우게 하여 부관직을 사퇴당하게 한다. 캐시오와 오셀로는
모두 자신도 모르는 사이에 이아고의 꼭두각시처럼 움직이게 된
것이다. 그러고는 캐시오에게 데스데모나에게 접근하여 부관직을
복직해보도록 해보라고 충고하고, 또 한편으로는 캐시오가 데스
데모나에게 자신의 결백을 탄원하는 그 간청 장면을 오셀로에게
보여주어 오셀로의 가슴에 의혹의 불길을 당긴다.

데스데모나가 남편에게 '저에게 은덕과 힘이 있다고 당신이 인
정해주신다면 캐시오를 용서해주세요. 부탁이에요. 캐시오를 복
직시켜주세요'라고 말하자 너무도 진지하게 애걸하는 아내의 모
습에서 오셀로는 아내의 부정을 믿기 시작한다. 이미 질투의 화
살이 시위를 떠나기 시작한 것이다.

이아고는 오셀로의 결혼 기념 선물인 데스데모나의 손수건을
아내 에밀리아를 통해 손에 넣은 후, 그것으로 캐시오가 수염을
닦고 있더라고 오셀로에게 말하는가 하면, 캐시오와 같이 잠을
자는데 '사랑하는 데스데모나, 조심합시다. 우리의 사랑을 숨깁
시다' '어여쁜 당신'이라는 잠꼬대를 했다는 둥 오셀로의 마음을
동요시켜 '그년을 갈기갈기 찢어놓고 말 테다'라는 말이 오셀로
의 입에서 나오도록 만든다. 또한 오셀로는 '더러운 매춘부! 뒈
져야 해! 지옥에 떨어져라! 자, 여기서 헤어지자. 너는 캐시오가
죽었다는 소식을 사흘 안에 가지고 오거라. 나는 그 아름다운
악마를 해치울 궁리를 해야겠다'라고 말하곤 데스데모나의 침

실에 가서 손수건을 내놓으라고 추궁한다. 아무것도 모르는 데스데모나가 잃어버렸다고 하자 오셀로는 화를 내며 퇴장한다. 그 손수건은 이집트 마술사 여인이 어머니한테 준 것인데 이 손수건을 가지고 있는 동안은 사랑을 받고 남편의 애정을 독차지할 수 있지만 그것을 잃게 되면 헤어날 수 없는 재앙에 빠지게 된다고 한다.

이아고는 성 앞으로 오셀로를 찾아가서 '여자의 정조라는 것은 눈에 보이지 않아서 정조 관념이 없으면서도 꼭 있는 척하는 여자들이 득시글거리는 세상'이라는 둥 온갖 말을 지껄여 오셀로를 질투의 광기에 빠지게 하고, 오셀로는 이아고의 유인에 빠져 '아, 손수건, 그 말이 내 머리에서 떠나지 않고 있어. 꼭 까마귀가 열병을 앓고 있는 집 지붕 위에서 불길한 소리로 울고 있는 것처럼!' '함께 잤어? 올라탔어? 올라탄다는 말은 속인다는 말로도 풀이되는구나. 손수건…… 고백…… 손수건! 먼저 고백을 시킨 다음 그 죄로 목을 조르는 게 보통이지만 이번에는 목을 조른 다음 고백토록 하겠다!'라고 울부짖는다. 이아고는 '돌고 돌아라 내 약기운이여, 온몸에 돌고 퍼져라! 이렇게 해서 착한 바보들이 걸려드는구나!' 하고 히히거린다.

오셀로가 침대에서 자고 있는 데스데모나에게 '모두가 너의 죄 때문이다. 그러나 너의 눈보다 희고 대리석보다 깨끗한 피부에 흠집을 낼 수 없다. 그러나 너는 죽어야 한다. 살려두면 더 많은 남자들을 배신할 것이 아닌가?'라고 외치자 데스데모나가 놀라 '죄가 있다면 당신을 사랑한 죄뿐'이라고 했지만, 그는 결국 데스데모나에게 부정한 간통녀라고 외치며 목을 조른다.

캐시오의 암살에 실패한 로드리고의 편지를 통해 이아고의 죄악이 낱낱이 폭로되지만 데스데모나는 이미 살해된 뒤였고, 오셀로는 '당신을 죽이기 전에 나는 입을 맞추었소. 지금 내게 남은 길은 이것뿐이오. 입을 맞추며 죽겠소'라고 말하며 자살한다. 캐시오는 총독이 되어 사이프러스섬에 남고 이아고는 캐시오에 의해 흉악범 재판을 받는다.

이아고와 같은 간계꾼에 의해 오셀로의 선은 산벼랑 아래로 무너지는 것처럼 급속한 몰락을 맞는다. 지성과 선의 허약함, 악마적 어둠이 어떻게 지혜의 촛불을 쉽게 눌러 꺼버리는지를 보여주는 무서운 작품이다. 나의 마음속에도 그런 캄캄한 인류의 밤이 있지 않을까? 내 마음속에 있는 오셀로를 응시해야 할 차례이다.

37

신과 악마 사이의 비극적 영웅
_ 요한 볼프강 폰 괴테의 『파우스트』

『파우스트』는 독일의 대문호 괴테가 20대부터 80대에 이르기까지 평생의 열정과 사색을 바쳐 저술했던 위대한 걸작이면서 죽기 1년 전(1831년) 여든둘이 되어서야 붓을 놓았던 필생의 대작이었다.

『파우스트』의 소재는 괴테에게서 처음 시작된 것은 아니다. 일찍이 르네상스와 종교개혁 시기에 해당하는 16세기 후반에 독일의 파우스트 박사라고 하는 인물에 관한 전설이 생겨나 항간에 널리 유포되어 있었다. 소년 시절부터 이미 인형극이나 민중본을 통해 파우스트 전설에 익숙해 있던 괴테는 그 소재의 씨앗을 마음속에 키워오다가 친구 헤르더와 쉴러의 격려를 받아 『파우스트 비극』 제1부를 쉰여섯이 되었을 때 완성했으며, 제2부는 몇 차례의 중단을 거친 후 『괴테와의 대화』의 저자로 널리 알려진 에커만의 격려에 힘입어 죽기 1년 전 여든둘에 완성했으나 작가의 유언장에 명기된 대로 굳게 봉인되어 있다가 그의 사후에야 비로소 세상에 발표되었던 것이다. 이렇듯 『파우스트』는 저작에 60여 년이라는 긴 세월이 걸렸을 뿐 아니라 시인의 인간적 성장과 걸음을 함께해왔다는 의미에서 괴테 필생의 대작이라고 불러도 좋을 것이다. 『파우스트』는 그대로 괴테의 생애가 투영된 결정체이며, 신과 악마 사이에서 평생을 비극적으로 고뇌하고 투쟁해온 거인 괴테의 위대한 순례서이며, 동시에 '괴테 시대'라고 부르는 독일문학사상에서도 가장 다채롭고 변화 많은 한 시대의 발전적 기념비라고도 할 수 있을 것이다.

먼저 민중에 널리 전해오던 파우스트 전설은 대략 다음과 같다.

농부의 아들로 태어난 파우스트는 대학에서 신학을 공부하여 신학 박사가 되었으나 오만하고 지식욕에 불탄 나머지 신학에만 만족할 수 없어 마술 연구에 몰두하고, 다시 의학을 배워 의학 박사가 되고, 또 천문과 수리 등의 학문에까지 손을 대어 우주 궁극의 이치를 모두 알려고 애쓴다. 이 끝없는 지식욕에 사로잡힌 그는 마법으로 악마를 불러내어 24년간 악마의 도움으로 지상의 모든 지식과 쾌락을 얻는 대신 그리스도교의 적으로 행동하고, 약속 기간이 되면 혼과 육체를 악마의 손에 맡기겠다는 계약을 맺는다. 이리하여 파우스트는 메피스토펠레스를 거느리고 우주의 신비에 뛰어들어 별세계며 지옥을 탐방하는 외에 지상 각처에 출몰하여 마법으로 선량한 사람들을 속인다. 그의 모험은 시간의 한계를 뛰어넘어 명부冥府에서 고대 그리스의 전설 속 미녀 헬레네를 불러내어 그녀와 결혼하고 아들 하나를 낳기에 이른다. 파우스트는 그리스도교의 신앙으로 되돌아가기를 열심히 권하는 친구의 충고를 냉정히 물리치고 더욱 대담한 독신瀆神 행위를 계속하며 24년의 세월을 보낸다. 끝내 그의 탄식과 후회에도 불구하고 그의 생명은 굉음과 더불어 순식간에 끊어지고, 그의 혼은 지옥에 떨어져 영겁의 벌을 받는다.

이런 전설을 배경으로 하여 괴테의 극시 『파우스트』는 거대한 막을 연다. '천상의 서곡'은 형이상학적인 차원에서 줄거리의 발단을 설정하는 장면으로, 파우스트를 악의 길로 끌어들여 그의 영혼을 손아귀에 넣으려고 노력하는 악마 메피스토펠레스와 '착한 인간은 암흑의 충동에 쫓기더라도 결코 올바른 길을 잊지 않는다'고 주장하는 주主와의 사이에 파우스트의 영혼을 걸고 내기가 성립되는데 메피스토펠레스는 주의 허락을 받고 파우스트 유혹에 착수한다.

제1부의 막이 오르면 천상에서 일어난 주와 악마와의 계약을 알지 못하는 파우스트는 '높고 둥근 천장을 이룬 협소한 고딕식 방'의 책상 앞에 초조하게 앉아 그 유명한 독백을 하고 있다. '아, 나는 이제 철학도 법학도 의학도 신학까지도 열중하여 연구를 마쳤다. 그 결과가 이렇게 바보 꼴이로구나. 석사니 박사니 하면서 그럭저럭 10년이나…… 그런데 이제 우리는 아무것도 알 수 없음을 깨달았다. 슬프구나, 나는 아직도 감옥에 있단 말인가. 저주받고 숨막히는 이 담벼락의 굴…… 그 대신 나는 모든 기쁨을 빼앗겼다.'

이렇게 우울한 탄식을 늘어놓은 파우스트는 책을 펴고 대우주의 부적을 바라보면서 '청춘의 신성한 생명의 행복이 새로운 불이 되어 신경과 혈관 속을 흐르는 것'을 느낀다. 그는 '이 부적을 쓴 이는 신이었던가, 아니면 내가 신일까'라고 말하면서 신성을 닮은 자신이 신의 모상模像임을 느끼고 천상의 빛을 마음속으로 즐긴다. 그때 조수 바그너가 들어와 그의 진리의 거울을 깨는 우둔한 질문을 던지자 그는 '한심한 인간의 운명'과, 시름과 고통의 소용돌이 속에서 행복이 부서지는 인간의 굴레를 인식하고 인간은 결국 '신을 닮은 게 아니라 쓰레기 속을 파헤치고 있는 벌레를 닮았다'는 것을 느껴 죽음의 독배를 마시려고 한다. 바로 그때 부활제 총소리가 울리며 그의 어린 시절의 회상을 불러일으키고, 그의 목숨은 다시 이승의 생활로 되돌아온다.

이튿날 부활제 축제 구경을 하고 있던 파우스트는 석양을 바라보며 자신의 두 가지 영혼에 대해 바그너에게 고백한다. '하나는 격렬한 애욕을 가지고 얽혀 붙는 도구로 현세에 매달려 있다. 또하나는 억지로 티끌을 피하여 높은 영들의 세계로 오르려 한다'고. 이때 이 기회를 기다렸다는 듯 삽살개로 둔갑한 메피스토펠레스가 다가와 그들 사이에 계약이 성립된다. 파우스트는 악마와 계약을 맺으면서 '저세상에 간 이후의 일은 아무래도 좋다'고 말한다. '사색의 실은 끊어지고 모든 지식에 대해 나는 구역질을 느끼고 있다. 관능의 심연 속에서 타는 듯한 정열을 진정케 해다오'라고 말하며 그는 한 방울의 피로 메피스토에게 서명을 해준다. 마녀의 부엌에서 다시 젊어지는 약을 마신 파우스트는 거리에서 처녀 마가레테를 만나자마자 그 청초한 아름다움에 반하여 사랑의 포로가 된다. 메피스토의 악마적 의도는 파우스트가 관능적 사랑에 깊이 빠져 파멸하는 것인데 파우스트는 메피스토의 의도대로 움직여 마가레테를 유혹하고 임신하게 하며, 그에 격분한 그녀의 어머니와 오빠까지도 죽게 만든다.

이윽고 메피스토를 따라 브로켄산의 마녀제에 참석한 파우스트는 한창 소란 속에서 사형당하는 마가레테의 환상을 본다. 버림받은 채 혼자 남아 미쳐버린 마가레테는 낳은 아이를 물속에 던져 죽여버리고 영아 살해죄로 감방에 갇혀 사형 날짜를 기다리고 있다. 급히 인간계로 내려온 파우스트는 메피스토에게 분노를 터뜨리고, 미쳐버린 연인을 구하기 위해 탈옥을 권하지만, 마가레테는 그것을 거부하고 '하늘에 계신 아버지시여! 저를 구하소서! 천사여, 신성한 무리여, 나를 지켜주소서!'라고 말하며 신의 재판에 몸을 내맡긴다. 메피스토는 마가레테의 죽음에 대해 '그애는 심판받았소!'라고 말하지만 이때 천상으로부터의 목소리가 '구원되었도다!'라고 외친다. 그리고 '하인리히! 하인리히!'라고 파우스트를 부르는 목소리가 들려온다.

제1부가 주인공의 가슴속에 사는 두 가지 영혼의 상극, 사랑의 기쁨과 죄라고 하는 개인적인 체험을 테마로 하고 있으나 제2부에서는 주인공이 개인적인 아닌 외부의 드넓은 세계와의 접촉을 통해 성장하는 과정을 그리고 있다. 극의 전반은 헬레나로 상징되는 고전적인 미인을 추구하는 파우스트의 방황과 추구가 주요 테마를 이루고 있다. 그러나 사랑하는 아들 에우포리온의 추락사에 의해 순수의 아름다움 그 자체인 헬레나를 수중에 간

직해두고자 하는 시도는 좌절되고, 다시금 그리스 시대를 떠나 자신의 시대로 돌아온 파우스트는 궁핍과 곤궁으로 급박해진 나라를 구하기 위하여 간척자의 모습으로 변모한다. 사색의 허무와 청춘의 관능으로 철저하게 메피스토의 유혹에 빠져 타락했던 1부의 파우스트는 이제 인류의 미래를 위해 과감히 싸우는 행동의 인간으로 변모한 것이다.

이제 파우스트는 백발의 노인이다. 그는 숭고한 노력의 사업을 눈앞에 두고 메피스토펠레스의 파괴 작업으로 차례차례 붕괴되어간다. 악마의 도움으로 이루어진 건설이기 때문에 그 파괴는 당연한 것이다. 양심의 가책으로 괴로워하는 파우스트에게 '근심'이 와서 그를 실명케 한다. 그러나 그의 용기는 조금도 줄어들지 않고 '나는 자유로운 땅 위에 자유로운 백성과 더불어 서고 싶다'고 말하고 숨이 끊어진다.

그러나 이기는 것은 악마 메피스토펠레스가 아니라 천상의 신이다. 천상에서 천사들의 무리가 내려와 파우스트의 혼을 천상으로 데려간다. 그들은 "영의 세계의 고귀한 사람이 악의 손에서 구원받았습니다. 누구든 줄곧 노력하며 애쓰는 자를 우리는 구할 수 있습니다'라고 노래했다. 성모를 숭배하는 천상의 박사들은 '그 누가 자기 힘으로 정욕의 사슬을 끊을 수 있겠습니까? 기울어진, 미끄러운 마루에선 얼마나 쉽사리 발이 미끄러집니까?'라고 영광의 성모에게 파우스트의 죄에 대한 자비와 용서를 구한다. 그리고 천상에서 참회하고 있는 여인 마가레테가 '보세요! 저분은 고귀한 영의 무리들에 둘러싸여 낡은 껍질인 지상의 인연을 벗어던졌습니다. 저분에게 가르쳐드리는 일을 하게 해주세요'라고 성모 마리아에게 간청을 드린다. 드디어 파우스트는 구원을 받고 '무상한 것은 모두 한낱 비유에 지나지 않는다. 지상에서 미치지 않았던 것이 천상에서 이루어지니 말할 수 없는 것이 여기서 완수되었네. 영원한 여성들이 우리를 이끌어올린다'라는 신비의 합창으로 이 극은 대단원의 막을 내린다.

'영원히 여성적인 것'이란 신의 사랑을 구현하고 있는 이상적인 여성이다. 일체의 낮은 욕망에서 맑혀진 사랑, 모든 것을 용서하는 사랑, 죄인을 끌어올리는 자애의 사랑이다. 괴테는 그 영원한 상징으로서 마리아를, 그 지상적 상징으로서 마가레테를 그렸다. 괴테의 파우스트는 전설 속의 파우스트 박사와는 달리 죽은 후 메피스토의 손에 떨어지지 않고 영원한 여성들의 기도에 힘입어 천상으로 올라 구원을 받는다. 바로 거기에 괴테의 인본주의적 철학, 긍정적인 영웅성이 들어 있다.

괴테는 에커만과의 대화에서 파우스트의 구원에 대해 이렇게 말한다.

'파우스트 자신 속에는 죽음에 이르기까지 더불어 높아지고 더욱더 순수해지는 활동과 하늘 위에서 그를 구원하러 오는 영원한 사랑의 손길이 있습니다. 이것은 우리의 종교적 관념과 완전히 조화를 이룹니다. 우리는 제 힘만으로써 의롭게 되는 게 아니라 하나님의 은총이 더해짐으로써 이루어지는 것입니다.'

우리가 삶을 살아가면서 메피스토펠레스와 만나는 순간은 얼마나 많은가. 모든 것을 부정하는 파괴의 악마 메피스토펠레스는 우리의 좌절과 미혹, 근심을 통해 우리와 계약을 맺으려고 유혹해오곤 한다. 그러나 모든 것을 다 부정했을 때 우리의 영혼은 구원받을 수 없다. 미혹과 슬픔 속에서도 '끊임없이 노력하며 애쓰는 자'를 하늘은 구원한다.

산다는 것은 싸운다는 것
_ 로망 롤랑의 『장 크리스토프』

고독 속에 마음이 지쳐 있을 때, 생의 더할 수 없는 고뇌 속에서 한 조각의 용기조차 구할 수 없을 때, 심연의 밑바닥에 엎드려 마지막으로 한 사람의 이름을 부르고 싶을 때 나는 『장 크리스토프』를 만난다. 생의 성스러운 힘을 찾아야 할 때, 지상에선 꿈에도 그런 것을 구할 수 없을 때, 돈이나 권력의 힘이 아닌 참다운 영혼의 위대한 창조력이 필요할 때 나는 『장 크리스토프』를 얼마나 갈구하는 마음으로 읽었던가.

"패배는 선택받은 사람들을 다시 단련하고 강한 정신과 약한 정신을 구별한다. 그것은 순수하고 강한 자를 가려내어 더욱 순수하게 하고, 더욱 강하게 한다…… 각 개인은 자기 자신을 위해서 싸우고 있다. 강한 사람들은 자기를 구출하는 일밖에 생각하지 않는다. '오오, 사람들아, 자기 자신을 구출하라!'라는 강력한 격언은 '오오, 사람들아, 피차간에 서로 구출하라!'라는 뜻임을 그들은 생각하지 않는다.'

이런 구절들은 심약한 절망에 빠져 있는 젊은 혼들을 뒤흔들어 용기를 주고 생명수 같은 미지의 힘으로 갈구하는 영혼을 충만케 해준다. '오오, 다행스러운 패배! 재난에 축복이 있을지어다! 우리는 재난을 부인하지 않는다. 우리는 거기에서 태어난 자식들이다.' 이러한 이상주의의 목소리는 삶의 어떤 질곡에서도 선과 희망에 대한 용기를 포기하지 않는 견고한 정신의 숭고한 생명주의의 선언이 아니겠는가.

『장 크리스토프』는 로망 롤랑이 15년 만에 완성하여 노벨문학상을 수상한 장편대하소설이다. 20세기의 유럽의 커다란 지성이자 커다란 마음이었던 로망 롤랑은 『장 크리스토프』를 하나의 음악시라고 불렀으니 이 소설의 주인공이 바로 그렇듯 아주 베토벤적인 인물이다. 장 크리스토프는 베토벤처럼 독일에서 태어난 음악가인데 롤랑은 『베토벤의 생애』라는 전기를 쓸 정도로 베토벤을 무척 좋아했다.

'사상 또는 힘으로 승리한 자들에게 나는 영웅이라는 명칭을 거부한다. 심정에 의해서 위대해진 자만을 나는 영웅이라고 부른다.'

그러나 장 크리스토프와 베토벤의 유사성은 유년 시절의 몇 가지 모티브를 제외하고는 외적으로 뚜렷이 드러나지 않는다. 단지 위대한 정신의 자유와 힘에 대한 열정, 말할 수 없이 숭고한 해방 의지의 자기 창조력에서 우리는 장 크리스토프와 베토벤의 내면적 유사성을 발견한다. 로망 롤랑 자신이 이렇게 이야기하고 있다.

'장 크리스토프는 베토벤 자신이 아니라 한 사람의 새로운 베토벤이며 역사상의 베토벤과는 다른 세계 속에—우리들의 세계 속에—던져져 있으므로 장 크리스토프는 오늘날의 우리 중 한 사람이다.'

'다른 세계'란 보불전쟁 뒤의 시기부터 약 10년에 걸쳐 20세기 초 유럽의 독일과 프랑스를 중심으로 태어난 민중 사상과 새로운 창조적 시대정신을 의미한다. 프랑스의 시인이자 장 크리스토프의 친구인 올리비에는 바로 그런 프랑스적인 것의 총화와 같은 존재로 강한 생명력과 창조력을 지녔다. 그는 생명을 정신으로 승화시키는 독일 문화를 대표하는 장 크리스토프와는 여러 면에서 대조되지만 오히려 그 대립적 요소로 그들의 우정은 조화의 교향악이라 부를 만한 것을 이루고 있다.

장 크리스토프는 올리비에를 연약하고 소심하고 행동력이 부족한 사람으로 보고 '자네는 미워할 줄 모르는가?'라고 묻는다. 올리비에는 웃으면서 '나는 못해. 나는 미움을 미워해. 난 폭력을 휘두르는 군대엔 속해 있지 않아. 난 정신적 군대에 속해 있어'라고 미소를 띠며 말한다.

장 크리스토프 크라프트의 크라프트는 독일어로 힘을 뜻하고, 크리스토프는 그리스어로 '크리스트'를 입은 자를 뜻하니 그의 이름 자체가 정열적이고 숭고한 힘, 불굴의 창조력, 영원한 의지의 상징이 된다. 바람이 되기도 하고 분류奔流와 같은 힘이 되기도 하며 흰 구름의 초월력을 갖기도 한다.

한편 프랑스어로 올리브 나무를 뜻하는 '올리비에'는 이지理智

의 상징이자 지성의 상징이다. 이 명석한 지성은 혼탁한 것, 과장된 것을 본능적으로 싫어하고 감성적이고 생명적으로 아름다움을 추구한다. 이런 지성의 평정, 정신의 부드러운 초탈과 사물을 멀리서 바라보고 그것을 이해하며 지배하는 눈이야말로 힘과 용기의 인간인 장 크리스토프에겐 귀중한 보충이며 자신의 인간적 완성을 위해 없어서는 안 될 영원한 요소다. 그들의 우정은 그렇게 순수한 조화를 위해 존재하며 인류의 순수한 이상주의인 총체적 완성을 위해 더불어 나아간다. 그리하여 그들은 생계가 막연한 가난 속에서도 인류의 숭고한 이상인 용기와 창조성을 버리지 않게 서로 도와준다.

여주인공 그라치아는 이탈리아말로 은총, 의미, 사랑을 뜻한다. 그 의미는 고요하고 조화로운 정신적 고움이다. 형식적·구성적 고움이 아닌 내면적·조화적 고움이며 모든 것을 받아들이고 포용하며 존재 전부를 사랑하여 그 총체적 조화를 몸안에 형성시키는 상태이다. 그것은 아름다운 영혼이 지닌 최선의 형태이다.

이렇게 『장 크리스토프』 안에는 여러 서사시적인 인물들이 가득차 있고 그들의 삶과 영혼의 목소리가 어울려 만들어내는 진리와 고뇌의 화음은 불멸하는 감동을 준다. '산다는 것은 싸운다는 뜻이다'라는 말이 영웅의 법칙이라면 이 책 속에는 이런 영웅적 영혼들의 고풍과 고뇌와 사랑이 대하大河처럼 용솟음치며 흐른다.

독일의 시인 슈테판 츠바이크의 말이 생각난다.

'우리는 『장 크리스토프』를 마이스테라는 의미로서의 교양

소설이라 불러도 좋다. 이런 교양 소설 속에는 인간이 미지의 인생을 어떻게 배우는가, 또 그 배움에서 어떻게 스스로를 지배하는 힘을 익히는가, 어떻게 고뇌와 좌절 속의 부자유스러운 인간이 해방의 힘을 갖게 되는가 하는 것을 배운다. 이 소설은 그런 영웅적 고뇌의 서사시이며 단순한 열정의 인간이 의식을 갖는 인간으로 바뀌는 거대한 영혼의 악보를 보여준다.'

나의 껍질을 벗고 싶을 때, 고뇌에서의 창조적 해방을 갖고 싶을 때 나는 『장 크리스토프』를 만난다.

39

욕망의 높이를 그린 불길한 초상
_ 스탕달의 『적과 흑』

'줄리앙 소렐 콤플렉스'라는 말이 있다. 줄리앙 소렐은 누구나 알고 있다시피 프랑스의 작가 스탕달의 『적과 흑』의 주인공인데, 신분 상승 욕구와 지칠 줄 모르는 자기 행복에 대한 추구로 스탕달 이후의 현대 소설 속에 많이 등장하는 성격 유형이 되었다. 줄리앙 소렐 콤플렉스 소유자의 특징은 강한 출세지향적 성격이다. 인간의 욕망은 다양하지만 줄리앙적 욕망은 무엇보다도 자신의 미천한 신분을 타파하고 보다 높은 신분을 얻기 위하여 수단과 방법을 가리지 않고 세상과 싸운다는 것이다.

욕망은 개인의 신분을 고착화시킨 사회의 제도적 부조리와 모순과 싸우는 사회 개혁적 이상으로 승화될 때도 있긴 하지만, 개인의 출세 영달만을 탐욕하는 비속성으로 더 자주 나타난다. 줄리앙 속에 있는 욕망은 처음엔 비속하다기보다는 총명한 고결성과 사회 개조를 위한 꿈에서 시작되는데 그것은 그가 보나파르트주의자로서 몰락해버린 나폴레옹을 존경하고 보나파르트적인 열정에 심취하고 있다는 데서 나타난다. 신학생인 그의 침대 밑에는 나폴레옹 보나파르트의 『세인트헬레나 회상록』이 감추어져 있다. 제재소집 아들로서는 날씬하고 육체노동에 어울리지 않는 그의 가냘픈 미모는 줄리앙의 아버지인 소렐 영감의 울화를 항상 치밀게 했고, 줄리앙의 책 읽는 버릇은 소렐 영감을 더더욱 넌더리나게 했다. 형들처럼 노동을 하지 않고 나무 밑에 앉아 『세인트헬레나 회상록』을 읽고 있는 줄리앙의 마음속에는 집에서 달아나고 싶은 꿈과 미래의 운명을 개척하고 싶은 불같은 열정이 있었다. 그 당시에는 평민의 아들도 장군이 될 수 있어 줄리앙과 같은 중산 계층의 사람들은 누구나 군대에 들어가려고 하였으나, 성직자들이 정치까지도 좌지우지하던 시대이기도 해서 줄리앙은 신학자가 되려는 욕망을 품게 되었다.

총명한 줄리앙을 사랑하는 주교는 그를 레날 시장 집의 가정교사로 추천해주고, 그는 연봉 4백 프랑을 받기로 하고 그 집에 들어가게 된다. 그는 늙은 군의의 전쟁 얘기 속에 자주 되풀이되어 나오는 '무기를 들라!'라는 말이 영웅적으로 들려 그 말을 참 좋아했는데 허리를 꼿꼿이 펴고 레날 씨 집으로 가면서 '무기를 들라!'라는 말을 마음속으로 되뇌이지만 어마어마한 저택의 위용에 기가 죽고 만다. 아이들은 라틴어 선생인 그를 숭배했고 흠잡을 데 없이 우아한 아름다움을 가진 레날 부인은 열아홉 살의 줄리앙을 사랑하게 된다. 시장은 '선생, 아이들이나 하인들의 존경을 받으려면 좀더 엄숙한 태도를 갖도록 해주시오'라고 줄리앙의 시골뜨기다운 태도를 나무라지만 줄리앙 같은 수재를 경쟁자인 발노 씨 집에 빼앗길까봐 너그럽게 대하기도 한다.

줄리앙이란 이름에서 '깨끗하고 지적인 기쁨'을 연상하는 레날 부인은 자기 집 하녀 엘리자가 줄리앙을 연모하는 사실을 안 뒤부터 더욱더 줄리앙을 사랑하게 된다. 이것은 인간의 욕망 속에 타자의 욕망을 모방하려는 심리 구조가 있음을 보여준다. 레날 시장이 경쟁의식을 느끼는 발르노가 줄리앙을 가정교사로 욕망하고 있기 때문에 더 줄리앙을 탐냈던 것이나 마찬가지다.

이런 욕망의 심리 구조는 오늘날 우리의 욕망이 고도의 산업 사회의 광고에 의해서 도발되는 현상과 같다. 상품은 사용가치에 의해서 욕망되는 게 아니다. 나보다 더 아름다운 사람, 더 권력 있는 사람이 욕망하는 것을 욕망하여 스스로를 그 사람과 동일시하는 착각과 욕망의 심리 구조를 광고는 이용하는 것이다. 그것을 욕망의 삼각형이라고 부른다.

하녀 엘리자의 욕망에 더 자극되어 레날 부인은 줄리앙을 소유하려고 마음먹게 되고 두 사람의 애정 행각은 풍문으로 펴져 동네에 자자하게 되어 줄리앙은 레날 시장의 추격을 피해 그 집을 나온다.

브장송의 신학교로 들어간 줄리앙은 신학생들의 미움을 받지만 주교의 인정과 사랑을 받고 파리에 있는 라 몰 후작의 비서로 들어간다. 그 집에서 영리하고 아름다운 후작의 딸 마틸드와 사랑에 빠지게 되는데, 후작은 그의 재능은 인정하지만 딸과의 결합은 반대한다. 고집이 세고 오만한 마틸드는 그에게 순정은 허락하지만 절교를 선언하는데, 줄리앙은 마틸드를 확실히 소유하기 위해 페르바크 원수 부인의 환심을 사고 그 장면을 마틸드에게 보여줌으로써 마틸드의 마음을 불같이 사로잡아버린다.

이 역시 욕망 삼각형의 구조를 보여준다. 마틸드가 줄리앙을 더 강하게 욕망하게 된 것은 페르바크 부인의 감시를 받고 이에 강한 경쟁의식을 느끼게 되기 때문이다. 인간은 타자의 욕망에 지배를 받음으로써 자신도 그것을 욕망하게 돼버린다는 욕망의 삼각형이 여기에서도 나타난다.

결국 마틸드가 임신하게 되어 후작은 반대하던 의견을 바꿔 결혼을 승낙하기로 하고 레날 시장의 집에 줄리앙의 품행을 묻는 편지를 보낸다. 그러나 줄리앙을 아무에게도 빼앗기기 싫은 레날 부인은 줄리앙의 과거를 폭로하는 답장을 보낸다. 이 사실을 안 줄리앙은 격분하여 고향인 베리에르로 돌아가 교회에서 기도하고 있는 레날 부인에게 권총을 쏘아 상처를 입힌다. 줄리앙은 잡혀서 투옥되고, 면회를 온 레날 부인은 자신은 여전히 줄리앙을 압도적으로 사랑하고 있으며 라 몰 후작에 보내는 편지에다 그의 과거를 쓴 것은 신부님의 뜻에 따른 것이었다고 고백한다. 레날 부인의 사랑에 줄리앙은 감동하고, 마틸드는 줄리앙의 감형을 위해 노력하지만 줄리앙은 오히려 그것을 거부한다. 사형 언도를 받은 줄리앙은 독백한다.

'진리가 대체 어디 있단 말인가? 아! 만약 진정한 종교가 존재한다면…… 체 무슨 바보 같은 생각인지! 그러나 진정한 사제가 한 명이라도 있다면, 모든 착한 사람들이 이 대상에서 단결할 거점을 얻을 수도 있지 않을까. 그럼 우리는 고립되지 않고 그 착한 사제는 우리에게 신을 이야기할 수 있을 터인데…… 그러나 어떤 신을……? 성서의 신은 아니다. 천만에! 그 음울하고 횡포하며 복수에 굶주린 잔인한 신이 아니고 착하고 무량무궁한 정의의 신 볼테르의 신이다……'

결국 줄리앙은 사형을 받아 죽고 레날 부인도 줄리앙이 죽은 지 사흘 후에 죽고 만다. 줄리앙의 회한에 찬 마지막 말이 가슴속에 남는다.

'난 아마 죽은 후에도 감각만은 남아 있을지 모른다. 그렇다면 난 저 베리에리시를 내려다보는 높은 산마루에 있는 동굴 속에 쉬고 싶어. '쉰다'라는 말이 꼭 지금 내 심경을 표현하는구나. 그 동굴 속에서 마을을 내려다보고 있으면 가슴속에 희망의 불길이 솟아올랐거든. 그때는 그 야심이 나를 사로잡은 정열이었으니까. ……그 동굴이 나는 그리워. 그 위치가 사색하는 자의 마음을 끌게 되어 있다는 사실은 아무도 부인할 수 없을 거야.' 그토록 높은 위치로 오르고 싶은 줄리앙의 꿈은 좌절되고 그는 높은 사형 집행대 위에서 최후를 맞게 된다. 우리 시대가 깊이 성찰해야 할 욕망의 높이를 그린 불길한 초상이 아닌가 한다.

40

세기말에 꽃피는
탐미주의의 비극
_오스카 와일드의 『도리언 그레이의 초상』

'예술을 위한 예술'에만 탐닉하다보면 더 많은 미와 쾌락의 황홀경을 위해 시대의 도덕과 충돌을 일으킬 수밖에 없게 되는데, 오스카 와일드 역시 옥스퍼드를 졸업한 수재이면서도 데카당스한 악취미와 동성애 등으로 항상 스캔들의 주인공이자 감옥에까지 투옥되는 고초를 겪게 된다. 평범한 치장과 가구와 화술을 너무나 혐오했던 와일드는 방을 아름다운 여자들의 나체 사진과 청자기와 유별난 가구로 장식해놓았으며, 신기한 유미적 의상에 장미나 백합, 해바라기와 같이 미를 상징하는 꽃을 꽂고 다녔고, 심미적이고 위트가 넘치는 화술로 청중을 사로잡았다고 한다.

그는 '예술이 인생을 모방하는 게 아니라 인생이 예술을 모방한다'라는 예술지상주의적 신념을 표상했으며 그것은 『도리언 그레이의 초상』에서 구체적으로 나타난다. 서문에서 그는 '예술가는 아름다운 것을 창조하는 사람이다. 예술가에게 악덕과 미덕은 예술을 위한 도구일 뿐이다. 모든 예술은 전혀 무용지물이다'라고 19세기의 도덕주의와 사실주의에 정면으로 도전한다.

도리언 그레이는 그리스 신화 속의 아도니스처럼 아름다운 미소년으로 화가인 바질의 예술적 영감의 원천이다. 화가 바질은 도리언의 아름다운 초상을 완벽하게 완성시켰는데 그 걸작 초상화를 미술전에 출품해보라는 해리 경의 말에 그는 '어디에도 출품하지 않을 거야. 감정을 가지고 그려진 모든 초상은 화가의 초상이지 모델의 초상은 아니니까. 모델은 오직 우연이요 기회일 따름이야. 나는 그 속에 내 영혼의 비밀을 너무 많이 폭로해놓지 않았나 두렵다네'라고 대답한다.

도덕적으로 자유주의자이고 미와 쾌락만을 최고의 가치로 아는 유미주의자 해리 경은 심오한 미모를 갖춘 미소년 도리언을 만나 그에게 매혹되고, 그의 인생에 엄청난 영향을 끼치게 된다. 순박하고 아름다웠던 도리언은 해리 경을 만나 쾌락지상주의자, 예술지상주의자로 변모하게 되고 자신의 초상을 예찬하는 바질 홀워드의 찬사에서 자신에게서 청춘의 아름다움이 사라져도 초상의 미는 불멸하리라는 생각에 두려움을 느낀다. 그리하여 그는 자기 대신 초상화가 늙고 흉악하게 변하고 자신은 늘 청춘 그대로 미를 지니고 살기를 소망하게 된다.

인생보다 예술이 우위라는 생각을 가진 도리언은 어린 여배우 실비 베인의 연기에 매혹되어 그녀를 '신성하다'고 말하며 사랑하지만 그녀가 도리언의 사랑에 들떠 연기가 졸렬하고 범속해지자 가차없이 그녀를 버린다. 그날 밤 실비 베인은 사랑의 상처 때문에 자살하고 도리언은 자신의 죄악에 잠시 가슴이 아프지만 해리 경의 '내 평생 어떤 여자가 나를 위한 사랑 때문에 자살해봤으면 좋겠네. 여자는 막이 언제 내렸는지를 모른 채 과거에 집착하고, 늘 제6막을 원하지. 매력적이긴 하지만 예술에 대한 감각이 없어. 자넨 나보다 훨씬 행운아야. 그러니 실비 베인을 위해 눈물을 낭비하지 말게나. 그녀는 오필리아나 코델리아보다 덜 실존적이란 말이야'라는 말에 실비의 죽음에 대한 가책을 버린다. 그러나 자신의 초상이 잔인한 모습으로 변했음을 알고 두려워한다. 그녀의 죽음이 순교의 미를 지녔다고 생각하며 그 안에서 미를 보는 것이다.

도리언은 계속 악과 피의 탐미적인 생활을 계속하고 아편을 탐하는데, 자신은 놀랄 만큼 젊은 미모를 가지고 있으나 초상화는 늙고 흉측하게 변해간다.

어느 날 화가 바질이 도리언의 악행과 스캔들을 추궁하며 충고하자 도리언은 그를 살해하고 화학자를 시켜 화학 처리로 시체를 없애버려 완전 범죄를 만들지만 초상화는 피를 흘리기 시작한다.

그뒤 자신에게 복수하려던 실비 베인의 동생이 사냥터에서의 실수로 죽고 화학자마저 자살하자 도리언은 새사람이 되어 전향하여 살려고 한다. 그러나 초상화 속의 인물이 더욱 추악하고 잔인한 모습으로 변해 위선의 빛까지 띠며 손에는 피를 흘리고 있어 도리언은 칼로 초상화를 찢어버리고 만다. 그러나 그 순간 칼에 찔려 죽어 넘어진 것은 늙고 주름진 끔찍한 모습의 도리언이었으며, 초상화는 절묘한 청춘과 미모를 지닌 채 벽에 걸려 있었다.

『도리언 그레이의 초상』은 오스카 와일드의 인생관, 예술관을 집약적으로 표현해놓은 그의 대표작이기도 하다. 이 소설의 주인공은 도리언 그레이가 아닌 그의 초상이다.

예술이 인생을 지배하고 미와 황홀경이 전부인 사랑―그것은 부도덕과 퇴폐의 길을 동반하면서 비난받기도 했지만 항상 세기말이면 꽃피는 허무주의의 어두운 광시곡이기도 하다.

41

죄에서 구원으로 가기 위하여

_ 표도르 도스토옙스키의 『죄와 벌』

『죄와 벌』은 표도르 도스토옙스키를 불멸의 작가로 만든 영원한 명작들—『백치』『악령』『카라마조프가의 형제들』 중에서 가장 먼저 쓰인 장편이다. 『죄와 벌』의 집필은 그가 마흔넷 되던 해 잡지 『세기』의 폐간과 도박으로 인한 경제적 궁핍으로 심한 불행에 시달리고 있을 때 시작되었는데, 그 외에도 가정의 불화, 뇌전증 등 도스토옙스키에게 십자가의 시련 못지않은 고난과 수난이 닥쳤던 음울한 시기였다.

『죄와 벌』에서 도스토옙스키가 다루고 있는 주제는 '초인간적 인간이 안고 있는 문제에 대한 충고'라고 볼 수 있다.

라스콜니코프는 가난 때문에 대학을 중단한, 무시무시할 정도로 두뇌가 뛰어나고 사람의 눈을 찌를 듯한 아름다운 용모를 지닌 대학생이다. 그는 심한 우울증과 열병에 걸린 상태에서 자기 나름대로의 확고한 범죄 철학을 가지고, 고리대금업을 하는 전당포의 노파를 도끼로 살해한다. 그러다 갑작스럽게 살인 현장에 나타난 전당포 노파의 여동생 리자베타까지 엉겁결에 도끼로 죽이게 되어 연쇄 살인을 저지르게 된다.

라스콜니코프는 인간을 소수의 비범한 존재와 평범한 범인으로 나누고 비범한 사람 즉 초인은 평범한 인간의 도덕성과 법률을 초월할 권리가 있으며, 보다 나은 것을 창조하기 위해 낡은 것을 파괴할 수 있다고 믿는다. 그는 비범인 없이는 새로운 인류의 윤리는 정립될 수 없다는 자신의 이론에 따라 살인을 단행했던 것이다. 즉 남에게 해를 끼치는 보잘것없고 추악한 인간인 전당포 노파를 자신처럼 '인류를 구원하도록 선택된 비범한 인간'이 죽여도 괜찮지 않느냐는 초인사상을 범죄 철학의 기초로 삼고 있었던 것이다. 그러나 그는 범행 직후 별안간 끓어오르는 증오의 발작 상태를 느끼고 진저리를 친다.

'빌어먹을 것들! 이제 시작됐다. 이제 시작이라니까! 그따위 할멈이나 새로운 생활이란 게 다 뭐냐! 얼마나 어리석으냐! 만약에 정말로 이 일이 우둔하지 않고 의식적으로 집행되었다면, 진정 이게 확고부동한 목적이 있었다면 어째서 지금까지 지갑 속을 들여다보지도 않고 무엇을 손에 넣었는지도 모르고 있단 말이냐? 대체 넌 왜 그런 고통을 사서 맡는 거냐? 무엇 때문에 그런 비열하고 더럽고 천한 짓을 의식적으로 저질렀단 말이냐?'

그는 무섭게 밀려드는 열병의 기운을 느끼면서도 냉철하게 범행의 단서가 될 만한 것들을 모조리 감추고 노파에게서 빼앗은 돈지갑과 귀금속들을 완전히 은폐시키기에 성공한다. 그는 열병을 앓으며 의식 불명 상태 속에서 헛소리와 무서운 악몽에 내내 시달리게 된다.

그러다가 미친 술주정뱅이 마르멜라도프와 우연히 알게 되고 그의 죽음까지 떠맡게 되어 폐병쟁이에 광인인 그의 아내 카테리나와 어린아이들이 우글거리는 희망 없는 빈민굴의 비참한 생활을 보게 된다.

거기서 마르멜라도프의 딸이며 몸을 팔아 그 빈민굴의 가장 노릇을 하는 나약하고 순진한 창녀 소냐 마르멜라도프를 알게 된다. 그는 소냐의 연약한 어깨 위에 얹힌 무서운 운명의 무게를 느끼고 그녀 앞에 무릎을 꿇고는 발에 키스를 한다.

"왜 이러세요. 이게 무슨 짓인가요! 저 같은 사람 앞에서!"

"나는 당신에게 무릎을 꿇은 게 아니오. 인류의 모든 고통 앞에 무릎을 꿇는 것이오."

라스콜니코프는 말한다. 그리고서 아무에게도 밝히지 못할 자신의 범죄를 고백할 대상으로 소냐를 선택한다. 왜냐하면 소냐는 그토록 고통스러운 타락과 죄악의 진흙탕 속에 살면서도 이 세상 사람이 아닌 것 같은 이상스럽도록 신성한 감정을 가지고 있기 때문에. 그는 묻는다. '하느님은 당신을 위해 무엇을 해주셨소?'라고. 그러자 소냐는 불길 같은 흥분을 담은 채 중얼거린다.

'무엇이든지 다 해주십니다.'

그녀는 촛불 밑에서 그에게 성경을 읽어준다. 나자로의 부활을.

다음날 그가 소냐에게 자신이 리자베타와 노파를 죽였다고 고백했을 때 소냐는 울면서 입맞춤을 하며 '당신을 따르겠어요!

언제까지나, 그 어디까지나! 당신이 유형을 가더라도 함께 가겠어요'라고 눈물에 젖어 외친다. 라스콜리니코프는 자신의 범행 동기를 이해하지 못하는 소냐에게 말한다.

'나 자신을 위해서 나 혼자서 죽이고 싶었소…… 어머니를 돕기 위해 죽인 것은 아니오…… 그저 죽였을 뿐이오. 벌레에 지나지 않는 인간인지 아니면 하나의 인간인지 그것을 알고 싶었소. 나는 모든 것을 초월할 수 있느냐 아니면?…… 나도 역시 한낱 벌벌 떠는 벌레에 지나지 않느냐 하는 것을……'

그러나 라스콜리니코프는 자신이 나폴레옹 같은 절대자나 또는 인간성 자체를 초월하는 초인이기는커녕 무기력하고 비열한 바들바들 떠는 벌레에 지나지 않는다는 사실을 자각하게 된다.

'일어나세요! 지금 바로 네거리로 나가서 몸을 굽혀 우선 당신이 더럽힌 대지 위에 키스를 하세요. 그러고는 온 천지에 머리를 조아리고 모두가 듣도록 큰 소리로 '나는 사람을 죽였습니다!' 하고 외치세요. 그러면 하나님께서는 당신께 생명을 주실 겁니다. 가시겠죠? 가시죠?'

소냐는 온몸을 떨면서 불덩이 같은 눈초리로 그에게 말한다. 고통을 감수하고 그것으로 속죄를 하라고.

소냐는 라스콜니코프에게 자신의 십자가를 준다. 같이 고통을 나누어야 하니 함께 십자가를 져야 한다고. 범행을 자수한 그는 드디어 시베리아로 유형의 길을 떠난다. 그의 뒤를 따라 소냐도 시베리아 땅으로 떠난다. 그러나 처음에 라스콜니코프는 자신의 범죄가 죄라는 것을 인정하지 않았다. 물론 형법상의 죄를 저지르긴 했다. 그러나 그에게 있어 범죄는 그것이 아니다. 범죄는 단 한 가지, 인간성을 초월하려는 그 목적을 참아내지 못하고 자수해버렸다는 것뿐이다.

그러나 라스콜니코프는 유형지의 생활 속에서, 비록 인간이 죄수나 하찮은 해충이라 할지라도 누구나 자기 내부에 절대적인 가치를 지니고 있기 때문에 제멋대로의 살인은 인간성 자체가 용납지 않는다는 것을 느끼게 된다. 그리고 소냐의 사랑이, 감옥 속의 죄수들도 모두 사랑하는 작고 연약한 소냐의 사랑이 드디어 그의 눈을 뜨게 하고 신성한 갱생의 빛을 열어주었다.

그는 부활한다. 그리고 그도 그것을 알게 된다. 갱생한 자기의 모든 존재로서 그 부활을 느낀다.

그는 자신의 행복에 거의 놀랄 지경이 된다. 타락으로 더럽혀졌던 그의 오만한 정신이 소냐의 순결한 신성함에 의해 구원된 것이다.

그러나 소냐야말로 세상의 가장 더러운 타락과 고뇌를 거쳐온 여인이 아니던가. 가장 고결한 신성함이란 가장 추악한 더러움에서만 피어나는 것일까.

에드워드 H. 카는 라스콜니코프를 '러시아의 파우스트'라고 부르면서 결국 그가 영혼의 힘에 도달할 수 있었던 것은 육체적 죄악과 고통을 통해서였다고 보고 있다.

인간은 누구나 죄를 짓고 죄의 길을 간다. 그러나 그 죄의 길을 '죄와 벌의 길'로 만드느냐 아니면 '죄와 구원의 길'로 만드느냐 하는 문제는 결국 한 인간의 영혼의 무게에 달린 것이 아닐까? 고통을 많이 짊어진 영혼은 '죄에서 구원으로' 나아가는 길을 가는 것이리라.

42

인간 넋의 요약
_ 표도르 도스토옙스키의
『카라마조프가의 형제들』

러시아의 대문호 표도르 도스토옙스키의 소설을 읽으면 꼭 영혼이 납치되는 것 같은 기분을 느낀다. 어떤 검고 질척이는 영혼의 뒷골목, 삶을 살아가는 동안 되도록이면 발을 들여놓고 싶지 않았던 악마의 하수도 굴속으로 납치되고 표류당하며 결국엔 그런 악령의 세계에 의해 정복당하고 만다.

도스토옙스키의 세계 속엔 악령과 고뇌와 투쟁과 구원의 문제가 마치 카니발을 벌이듯 난장판을 이루고 있어 '인생은 곧 고뇌이며, 고뇌와의 악마적 투쟁을 통해서만 인간은 구원에 가까워진다'라는 철학적 명제를 생생하게 만날 수 있다.

도스토옙스키의 생애를 살펴보아도 '어둠으로부터의 납치'라는 숙명을 만날 수 있다. 그는 1821년 모스크바의 빈민 구제 병원 의사인 미하일 안드레예비치 도스토옙스키의 둘째 아들로 태어났으나 의사의 아들이라는 신분에도 불구하고 어려서 어머니를 병으로 잃었고 그 자신은 뇌전증을 앓아, 평생 무시무시한 불안을 남몰래 간직하고 있었다.

아버지는 표도르가 열여덟 살 때 자기 영지의 농노에 의해 살해되었고, 그는 1849년 개혁 지향적 열혈 청년의 모임인 '페트라셉스키회會'의 검거로 체포되어 사형 선고를 받고 형장에 끌려갔으나 교수대에 오른 마지막 순간에 황제의 특사를 받고 시베리아 유형 4년과 병역 근무로 감형을 받는 극적 구출이 이루어진다.

도스토옙스키 최후의 걸작『카라마조프가의 형제들』의 주제는 시베리아 유형 생활 당시에 얻었다고 한다.『카라마조프가의 형제들』의 중심 주제는 부친 살해Patricide인데 유형지 옴스크 감옥에서 함께 옥살이를 하던 전직 육군 소위 일리인스키의 이야기에서 소재를 얻었다는 것이다. 이 귀족 출신의 부친 살해범은 유산을 손에 넣기 위해 아버지를 살해한 방탕자인데, 그는 자신의 범행을 자백하지 않았고 10년간 무고한 옥살이를 하다가 10년 뒤의 재판에서 무죄를 선고받고 석방된다.

도스토옙스키는 이 억울한 부친 살해범 귀족 장교의 이야기를 금방 작품화하지는 않았고,『죽음의 집의 기록』『지하생활자의 수기』『죄와 벌』『미성년』『악령』 등의 대작들을 집필한 후 마흔여덟에야 본격적 구상에 들어가 최후의 대작으로 완성했다.

평생 도박과 뇌전증으로 불확실한 어둠 속에서 살며 빚쟁이와 병마에 쫓기다가 1881년 폐동맥파열의 악화로 상트페테르부르크에서 예순으로 세상을 떠나 '알렉산드르 넵스키 대사원'에 묻힌 이 창조적 괴물의 파란만장한 삶은 '나는 괴로워한다, 고로 존재한다'라는 형이상학적 명제의 실천이라 하겠다.

『카라마조프가의 형제들』은 '인간의 넋의 요약' '러시아 생활의 백과전서'라고 일컬어져왔을 만큼 다양한 생활과 성격을 가진 인물 군상들이 우글거리는 만화경적 작품이다. 이 작품의 중요한 갈등은 음탕과 색욕, 그리고 구원 사이에서 일어나는 문제이다.

아버지 표도르 카라마조프는 음탕하고 교활한 성격에 약삭빠르고 영리하기도 한 사람인데, 지칠 줄 모르는 정욕과 욕정의 화신이다. 그는 두 사람의 공식적인 부인에게서 세 사람의 공식적 아들—생생한 힘의 화신인 장남 드미트리, 무신론자인 이반, 천사 같은 알료샤—을 얻었고 자기 집의 하인으로 부려먹고 있는 스메르쟈코프도 백치 여인과의 내연 관계에서 태어난 아들이다.

첫아들 드미트리는 자신의 생모 아델라이다가 신학교 출신의 교사와 도망친 후 죽자, 하인들의 손에서 자라다가 아버지의 방탕한 생활에 방해가 되어 이 음탕의 소굴에서 쫓겨나 어머니의 사촌 오빠인 급진적 자유주의자 표트르 알렉산드로비치의 손에서 양육된다. 그후로도 그는 모스크바의 이 사람 저 사람의 손을 거쳐 떠돌면서 성장하고, 이 성장 과정 때문에 그는 얼마간 과격하고 얼마간 자유주의적이며 뜨거운 육욕주의자가 된다.

드미트리는 아버지와 같은 정욕주의자를 돼지라고 부르며 부친 살해에 대한 욕망과 공포에 떨고 있다. '혹여라도 내가 아버지를 죽이는 일은 있을 수 없겠지만 혹시 또 손을 댈지도 모를 일이다. 다만 아차 하는 순간에 부친의 그 얼굴이 갑자기 견딜 수 없도록 싫어질까 걱정된다. 내가 바로 이 점을 두려워한다. 그렇게 된다면 나도 어떻게 할 도리가 없어질까봐.'

그는 알료샤에게 '두려운 것은 아름다움이 무섭고도 신비롭다는 사실이다. 거기서 신과 악마가 투쟁을 하고 있다. 그 전쟁터가 바로 사람의 마음이다'라고 고백하기도 한다.

한편 둘째 아들 이반은 지적 복잡성을 가진 무신론자이며 니체의 그림자를 지닌 허무주의자다. 드미트리는 헛된 정열의 광란과 육욕적이란 면에서 아버지와 비슷하며 이반은 허무적 지식인이자 골수의 무신론자라는 면에서 아버지와 유사하면서도 대립된다.

드미트리는 '나는 나 자신의 입장을 지키고 아버지를 살해하고 자신을 멸망시킬 작정이다'라고 옛날 애인에게 편지를 쓴다. 그러나 아버지를 죽인 것은 드미트리가 아니고 '만일 신이 존재하지 않으면 어찌되겠는가?'를 열렬히 묻는 거만한 이반도 아닌, 하인처럼 부려지며 굴욕을 참고 살던 백치 여인의 아들인 스메르쟈코프였다. 드미트리와 아버지 표도르는 그루셴카라는 여인을 사이에 둔 뜨거운 연적이었기에 드미트리가 가장 의심을 받지만, 악마처럼 치밀하고 소리 없는 범행을 저지른 것은 스메르쟈코프였다. 스메르쟈코프는 거만한 지식인 이반의 동물적 분신과도 같으며, 스메르쟈코프가 혹시 자신이 원하고 있던 부친 살해의 하수인이 아닐까라는 의혹을 이반은 떨치지 못한다. 둘은 하나의 인격이며 부친 살해범 스메르쟈코프는 또하나의 이반이다.

그러나 기적처럼 놀랍고 순결처럼 아름다운 알료샤라는 선량한 존재가 있어 이 카라마조프가의 음탕과 추악한 운명은 구원을 꿈꾸게 된다. 살아 있는 성자 조시마 장로의 사랑을 받는 수

사 알료사는 기적적으로 인류를 사랑하는 자로 태어났고, 또한 아버지와 형들 모두에게서 사랑을 받으며 그리스도의 참사랑을 실천하고 있는 존재이다. 형들은 포악한 어둠 속을 방황하나 알료샤는 빛 속을 걸어가는 인간이며 그리스도 신앙의 완전한 수용으로 아버지의 더러운 피가 흐르는 대지에 입맞출 수 있는 선량한 인간, 도스토옙스키가 평생 꿈꾸어왔던 인류 최고의 아름다운 미래의 인간이었다. '그가 땅 위에 쓰러졌을 때는 허약한 소년이었으나 지금은 단호한 투사가 되어 일어섰다'라는 말처럼 추악한 인류의 운명 속에서도 일어서는 선량한 사람의 힘—그 기적을 도스토옙스키는 알료샤를 통해 우리에게 제시하고 있다.

43

파멸할 수는 있어도
패배당할 순 없다
_ 어니스트 헤밍웨이의 『노인과 바다』

어니스트 헤밍웨이는 '잃어버린 세대'라고 불리는 작가 그룹에 속한다. '잃어버린 세대'는 1차대전이 잔인하게 노출시킨 인간의 본성을 목도하고 신과 이상을 상실해버린 세대라고 볼 수 있다. 그들은 풍자로써 복수하고 섹스로써 위안받고 음주로써 삶의 비극을 망각하려고 했다. 그리하여 헤밍웨이의 주인공들은 전쟁이나 인생에 의해서 육체적으로나 정신적으로 상처를 입은 황폐한 자들이며, 그와 같은 시대상과 상처를 초월하여 어떤 질서를 찾고자 노력하는 용기 있는 사람들이다. 『무기여 잘 있거라』의 주인공 헨리는 '술은 위대하다. 그것은 당신으로 하여금 모든 나쁜 것을 잊게 만든다'라고 말하는데, 헤밍웨이 자신도 『오후의 죽음』이란 에세이에서 술이 어떠한 다른 순수하게 감각적인 것보다 더 폭넓게 즐거움과 향락을 준다고 말한 바 있다. 또한 헤밍웨이적 주인공은 음주뿐만 아니라 낚시, 투우로 즐거움과 위안을 추구하는데 낚시, 음주, 투우 등은 전후의 절망감을 경감시키는 해

독제의 역할을 한다. 낚시는 '육체적 감각에 완전히 탐닉해 있기 때문에 낚시 이외에 생각할 것이 아무것도 없는 무심한 행복의 지고 상태'로 불리며, 투우 구경 또한 '감정적 엑스터시(황홀) 상태와 카타르시스(정화)'로 절망을 잊어버리게 하는 종교적 역할을 한다. 신이 없는 세계, 종교를 잃어버린 시대에 살면서 헤밍웨이는 음주, 낚시, 사냥, 투우와 같은 '육체적 행동'을 통하여 세계의 혼돈을 피하고 심적 평화를 얻고자 했으며, 그리하여 '종교는 없어도 일종의 도덕률만은 확고하게 가지고 있는 주인공들의 강인한 성격'을 강조하였다. 즉 삶이 아무리 비극적이고 환멸뿐이라 해도 인간은 불패자Undefeated가 되어야 한다. 아무리 고통투성이라 해도 '세상은 싸울 만한 가치가 있는 좋은 장소'이기에 힘과 의지력을 가지고 떳떳하게 세상과 맞서는 것이 인간의 선善이라는 것이다. 그리하여 헤밍웨이 최대의 주인공인 『노인과 바다』의 산티아고 노인은 '인간은 패배하게끔 만들어지지 않았다. 인간은 파멸될 수 있을지언정 결코 패배당할 순 없다'라고 말한다.

이와 같은 불퇴전의 투지력과 강인한 의지력은 헤밍웨이 자신의 삶에서도 지치지 않고 부단히 추구되는데, 그는 자신의 주인공들처럼 '완벽한 육체적 힘'을 자랑하면서 어려서부터 아버지와 함께 낚시와 사냥, 스키 타기, 권투 등을 즐겼고, 1차대전과 스페인 내란에 종군기자로 참가했으며, 후에 투우를 즐기러 스페인을 즐겨 방문했고, 쿠바 해안에서 낚시를 하고 아프리카 밀림에서 야수 사냥을 하는 모험과 행동의 삶을 살았다.

그는 항상 위험의 한복판에서 살 때만 삶의 절정을 느끼는 뜨거운 행동주의자였다. 고혈압으로 쓰러져 건강이 악화되고, 육체적, 성적, 정신적으로 자신이 완전히 소모되었음을 느끼자 엽총을 장전한 뒤 이마에 댄 채 방아쇠를 당겨 자기의 두개골을 날려버렸다. 헤밍웨이 자신이 바로 '파멸당할지언정 결코 패배할 수 없'는 불패적 인간상의 전형이었다고나 할까.

『노인과 바다』는 그런 불패의 정신을 그린 작지만 위대한 작품이다. '인생을 지속하기 위한 최초의 의무는 인내다'라는 헤밍웨이가 좋아하는 표어대로 이 작품은 인간의 육체적 인내력과 정신적 의지력을 최대한으로 강조하고 있다. 산티아고는 84일 동안 아무 고기도 잡지 못한 늙고 초라한 어부인데 그럼에도 불구하고 커다란 고기를 낚을 꿈에 잠겨 하루도 빠지지 않고 홀로 바다로 나간다. 마을에선 그를 운이 다한 늙은이라고 비웃지만 그는 양키즈 팀의 야구 스타인 젊고 힘센 디마지오를 숭배하고 밤마다 꿈속에서 아프리카 해안에 나타나는 사자들을 꿈꾸면서 자신의 의지력을 강화시킨다. 그러던 어느 날 산티아고 노인은 거대한 청새치가 자신의 낚싯바늘을 물었음을 느끼고 낚싯줄을 잡아당겨 인양해 올리려고 하나, 청새치가 너무 크고 힘이 셀뿐더러 자신의 힘이 부족하고 쪽배가 작아 어떻게 손써볼 도리가 없음을 알고 청새치가 물속에서 이끄는 대로 사흘 낮 사흘 밤을 낚싯줄에 매달려 온 바다를 끌려다닌다. 노인이 고기를 잡은 것이 아니라 마치 고기가 노인을 사로잡은 것처럼 노인은 큰 고기의 힘을 밧줄을 통해 절실히 느끼며 홀로, 아니 고기와 함께 바다를 표류한다. 그는 그것을 어차피 혼자끼리의 도박이라고 생각하며 자신이 잡은 고기에 대하여 연민과 애정을 느낀다. '저 녀석의 도박은 올가미와 간교와 함정을 벗어나 어디까지나 저 어두운 바다 밑에서 견디는 일이다. 그런데 나의 도박도 온갖 인간의 무리에서 벗어나, 아니, 온 세계의 사람들로부터 멀리 떨어져서 그 바다 밑까지 놈을 쫓아가는 일이다. 그렇기 때문에 우리는 지금 이렇게 같이 있다. 점심때부터 내내 같이 있지 않는가. 피차 외톨이이며 아무도 도와줄 사람이 없다.'

그는 고독 속에서 자신이 잡아야 할 고기를 향한 숙명적인 연대의식을 느끼고 고기를 잡아야 할 자신의 숙명에 대해 비애와 섭리를 느낀다.

'고기는 사람에게 희생되게끔 태어났으며 산티아고는 고기를 잡는 어부로서 태어났다. 그러나 난 어부가 아니었어야 했는데…… 하지만 고기잡이를 천성적으로 타고났는걸.'

이렇게 산티아고는 스토이시즘의 인내력을 갖춘, 천직에 만족하고 운명에 순응하는 낙관적 인물이다. 그리하여 청새치가 사납게 이끄는 낚싯줄에 손이 찢겨 피가 흐를 때도 그는 이렇게 혼잣말을 한다. '나는 고통을 인정치 않는다. 고통이란 인간에게 아무런 상관이 없다.'

드디어 사흘 밤 사흘 낮의 투쟁이 끝나고 작살에 맞은 청새치는 힘이 빠져 죽는다. 노인은 승리의 전리품인 대어를 이끌고 해안을 향하여 의기양양 돌아오던 중 청새치의 피냄새를 맡고 달려드는 포악한 상어떼의 습격을 받는다. 상어떼는 날카로운 이빨로 노인의 귀중한 고기를 찢어 먹고 물속은 피 구름을 이룬

다. 노인은 작살과 밧줄 하나 남지 않은 속수무책의 상황에서도 계속 상어떼와 싸우며 독백한다.

'좋은 일은 오래 가지 못하는 법이다. 그게 꿈이었더라면…… 고기가 잡히지 않았더라면 차라리 나았겠지. 침대에 누워 신문이나 보고 있는 편이 훨씬 낫다. 지금으로서는 그렇게 생각한다…… 그러나 인간은 패배하려 만들어지지 않았다. 인간은 파멸당할지언정 패배당할 순 없다.'

그는 그런 상태에서도 희망을 버린다는 것은 죄악이라고 느끼며 '죽을 때까지 그들과 싸워보겠다'라고 결심한다. 상어떼의 습격에도 불구하고 노인이 그 거대한 대어를 이끌고 유유히 해안으로 돌아오는 동안 상어들은 청새치의 살을 다 뜯어먹고 희고 앙상한 뼈만 남겨둔다. 코끝에서 꼬리까지 18피트나 되는 거대한 백골의 고기를 이끌고 노인은 해안에 돌아와 행복한 잠을 잔다. 또다시 아프리카의 바닷가에서 놀고 있는 사자의 꿈을 꾸는 것이다. 노인은 '인간이 할 수 있는 일과 참을 수 있는 일'을 보이기 위하여 의지와 인내를 다하여 상어떼와 투쟁을 했고 그리하여 자신이 항시 꿈꾸는 야구왕 디마지오와 사자들에 부끄럽지 않은 불패의 용기를 보인 것이다. 야구왕 디마지오와 아프리카 해안의 사자 꿈—그것은 고통을 참고 위대함을 성취하는 스토이시즘의 인간이라는 상징이자, 그것이야말로 인간 헤밍웨이와 헤밍웨이적 주인공이 추구하는 불패의 인간상이라고 해야 할 것이다. 오늘밤에도 노인은 사자 꿈을 꾸고 내일 아침에도 작살과 밧줄을 든 채 바다 한가운데로 나가지 않겠는가?

44

시대에 길들여진 삶
그 탈출을 위한 몸부림
_ 서머싯 몸의 『달과 6펜스』

요즈음을 흔히 '보통 사람들의 시대'라고 부른다. 산업화된 도시 생활 속에서 '보통 사람들'이란 작은 안락과 편안한 미래를 추구하고, 그리 복잡하지도 날카롭지도 않은 운명을 선택하며 이른바 소시민성이라는 작은 굴레에 매여 안정을 지향한다. 나박나박 썰어놓은 깍두기나 똑같은 거푸집에서 나온 두부처럼 그들은 규격화되고 평균화된 윤리의식과 문화 의식, 생활 감각을 갖는다. 그들이 말하는 '재치 있는 이야기'라는 것을 듣다보면, 대개 시간을 때우기 위한 한담이거나 어디서 이미 들어본 듯한 소담笑談에 지나지 않는다. 그만큼 평준화된 의식 수준과 문화 감각을 산업화 시대에서 공급받아 자신도 모르는 사이, 거의 비슷비슷한 평균적 삶에 길들여져 있는 것이다.

시대에 길들여진다는 것—그것은 특별하게 타기할 일도 혐오할 무엇도 아니지만, 그 길들여짐은 공포나 불안을 위무시켜주는 대신 우리의 실존적 모험심과 독자적 개성을 빼앗아버린다.

평균적 범절과 평균적 생활양식, 평균적 소망을 지니고 살다 보면 우리는 자신이 하나의 기성복으로 변해가고 있음을 느끼게 된다. 보통 사람들의 시대란 그래서 '모든 사람의 기성복화化 시대'이다. 초월의 꿈을 상실한 소시민적 순응주의의 삶이란 자기 스스로 하나의 기성복이 되는 것을 방치하는 막연한 무저항과도 같은 것이다. 흡사 채소와도 같은 상태 속에서 우리는 대충 살다가 대충 늙어갈 수도 있다.

보통 사람들의 '윤리'라는 미덕의 탈을 쓴 규범에 이럭저럭 따르다가 돈·사랑·성공·안락 같은 미신에 빠져 그럭저럭 만족스러운 삶을 마치기도 한다. 그러나 때때로 이상한 힘에 사로잡혀 모든 기성복적 규범을 거부하고 궤도 밖으로 나가는 사람들도 있다. 궤도 이탈. 그런 사람을 흔히 보통 사람들은 광인이나 천재, 혹은 비정상적 괴짜라고 부르기도 한다.

서머싯 몸의 『달과 6펜스』는 바로 그런 보통 사람들의 일상적 감각과 정면으로 위배되는 삶을 살았던 한 예술가의 이야기다. 주식중개상이자 남부러울 것 없는 안락한 가정을 지닌 마흔의 스트릭랜드는 어느 날 갑자기 아무 말 없이 집을 떠난다. 스트릭랜드 부인은 시인과 소설가 등을 집으로 초청해 다과회를 열 정도로 예술에 대한 관심이 깊은 사람인데, 스트릭랜드는 단지 그림을 그리기 위해 이런 부인과 자식들을 버린 것이다.

스트릭랜드는 사교성도 없고 별난 점도 없다. 그는 그저 사회의 일원으로서, 남편과 아버지로서, 주식중개인으로서 선량하고 정직하고 평범한 한 인간에 지나지 않았다. 그래서 그의 부인은 이 갑작스러운 가출을 이해할 수 없었다. 여자와의 도피 행각이라는 소문도 퍼졌으나 스트릭랜드는 파리의 한 누추한 다락방에 살며 그림만을 그린다.

'아니, 여보시오! 세상에 자기 아내를 무일푼으로 내버리는 법이 어디 있소?'라는 화자의 말에 스트릭랜드는 '나는 17년 동안이나 그녀를 벌어먹였으니 이젠 제 손으로 벌어먹는 것도 좋지 않겠소?'라고 냉정하게 대꾸한다. 그는 예술 이외의 다른 모든 화제에 대해선 '개의치 않는다'고 답하고 '당신은 인간이 아니오! 세상에선 당신을 개나 돼지라고 할 거요!'라는 비난에도 '그럴지도 모르지' '그럴 테지'라는 단호한 답변으로 응수할 뿐이다.

스트릭랜드는 대단치도 않은 그림을 그리느라고 세상의 모든 미덕과 인습을 내동댕이친 것인데, 그것이 화자인 '나'의 눈에는 이렇게 보인다.

'운명의 전환이란 여러 가지 형태로 찾아오며 여러 가지 방식으로 이루어진다. 사람에 따라 격한 물결에 잘게 깨어지는 돌과도 같이 도발적인 변동을 필요로 하는 이가 있는 반면, 끊임없이 방울방울 떨어지는 물방울로 말미암아 돌이 닳아가듯 천천히 전환점을 맞는 이도 있다. 스트릭랜드는 광신자의 단순함과 사도의 열정으로 전환점을 맞게 된 경우였다.'

스트릭랜드는 '홀린 사람'이나 '인습타파꾼' '냉혹하고 짐승 같은 사람' 등 갖가지 비난과 욕설을 들으면서도 인생의 쾌락에 무관심한 채로 오직 그림만을 그린다. '보통 영국 사람'이 지닌 쾌락 지향성을 증오하면서 그는 드디어 타히티로 떠나 원시적이고 고독한 자유를 마음껏 누리다 나병으로 죽는다.

그가 파리에 있을 때, 네덜란드에서 온 화가 스트로브가 굶어 죽어가는 그를 집에 데려가 간호해주고 그림도 그릴 수 있게 사랑과 온정을 베풀었다. 그러나 스트릭랜드는 스트로브의 부인과 사랑에 빠져 집주인 스트로브를 내쫓고 그 집에서 동거한다. 그러다 그 생활에 싫증이 난 스트릭랜드가 그 집을 떠나버리자 그녀는 끝내 비소를 마시고 자살해버린다. 그것을 비인륜적 행위라고 비난하는 화자에게 '사랑하면서 예술을 할 만큼 인생은 길지 않아. 여자는 한번 사랑을 하면 상대방의 마음을 전부 차지할 때까지 만족하지 못하지. 남자의 마음은 우주를 떠돌아다니는데 여자는 그것을 자기 가계부 속에 가둬놓으려고 하거든' 하고 말한다.

그림 한 장 팔아보지 못하고 그는 타히티의 원주민 여인 아타와 결혼하여 행복하고 신비로운, 그러나 말할 수 없이 빈궁하고 비참한 생활을 하다 죽는다. 그가 나병에 걸려 완전히 장님이 되고 나서 숲속의 오두막 벽에 그려놓은 벽화는 에덴동산을 연상케 하는 태초의 정경을 묘사한 것이다. 아담과 이브, 무정하고 아름다우면서도 잔학하고 정령의 신비로 다가오는 나무들, 진흙으로 처음 만들어졌을 때의 인간처럼 원시적이면서도 신과 같은 일면을 갖춘 그런 성스러운 벽화였다.

충실한 아타는 스트릭랜드의 유언에 따라 그 오두막의 벽화를 태워버렸는데 스트릭랜드의 임종과 그 벽화를 본 의사는 그 벽화가 마치 로마의 시스틴 사원의 천장화처럼 거대하고 압도적이었다고 말했다. 스트릭랜드는 결국 그 토인의 오막살이 안에서 자신의 에덴 한 장을 그리려고 그토록 비인간적 방황과 인습타파적 만행을 감행해야만 했던 것이다.

그는 분명 괴짜였지만 타히티에서는 이상한 사람으로 천대받지 않았다. 영국과 프랑스에서의 그는 둥근 구멍 안에 박힌 사각의 못과도 같았다. 그러나 타히티에서는 어떤 형태의 구멍이든 다 있기 때문에 못이 맞지 않을까봐 걱정할 필요가 없었다.

『달과 6펜스』는 프랑스의 화가 폴 고갱을 소재로 한 소설이다. '6펜스'는 영국의 은화 가운데 최저액으로 자본 시장 안에서 삶을 영위해가는, 돈에 묶인 인간 삶의 비속함을 상징하며 '달'은 하늘 높이 떠 있는 무한한 예술 세계의 차가움을 상징한다. 소설의 제목은 '보통 사람의 시대'에 조금이라도 평균적 상식과 비속한 돈의 굴레를 떠나 살려고 할 때 달처럼 차갑고 고독한 운명의 극지極地로 공중형空中刑에 처해진다는 것을 암시하고 있다.

6펜스의 길과 달의 길은 다르다. 6펜스의 길은 시중의 통속적 기성복에 몸을 맞춰 사는 것이고, 달의 길은 나를 찾아 떠나는 원시적 여행의 고독에 가깝다. 그러나 6펜스의 일상 속에 달을 품고 키우는 노력이 있다면 비속함에서 해방되는 전환이 전혀 불가능하지는 않을 것 같다.

45

신을 흔들어놓고 싶은
어느 아웃사이더 이야기
_ 권터 그라스의 『양철북』

세계가 하도 우스꽝스럽고 괴물스러워 스스로 성장을 멈추고 난쟁이가 되어 살기를 원하는 꼬마 괴물 아이가 있었다. 그의 이름은 오스카 마체라트. 오스카는 어머니와 사촌인 브론스키의 근친상간적 불륜을 목격하면서 자신의 성이 정말 마체라트인지 혹은 자신이 어머니의 정부 얀 브론스키의 아들은 아닌지 의심하기도 한다. 그는 말하자면 혼돈의 탯줄에서 태어난 자식이었다.

'세 살 때의 생일 사진에서 나는 그 북을 가지고 있다. 빨간색 흰색이 톱니 모양으로 칠해진 새 북이 내 배 앞에 매달려 있다. 한없이 착한 얼굴을 한 나는 의기양양하게 북채를 양철 위에서 교차시키고 있다. 푸른 두 눈은 마치 다른 사람들이 갖고 있는 것은 필요치 않다는 듯 힘찬 의지를 보이고 있다. 그 무렵 나는 결심했고 나는 모두에게 말했다. 어떠한 경우에도 정치관료는 되지 않겠다. 식료품 상인도 되고 싶지 않다. 오히려 이 상태에 마침표를 찍고 머무르겠다고 결심했다. 나는 그 말대로 그 상

태에 머물렀고 오랜 시간 몸피도 옷차림도 그대로였다.'

성장을 스스로 멈추려고 지하실 계단에 몸을 던진 꼬마 오스카. 그는 어른이 되면 아버지가 요구하는 억지 장사꾼이 되어야 하고 현금을 짤랑거리는 식료품상의 세계로 들어가야 하기 때문에 '북에 매달려서' '세 살의 생일날 이후' 조금도 성장하지 않는 난쟁이가 되는 것을 선택한다. 그는 오히려 일종의 치매 상태의 도덕적 순결을 원한 것이며, 스스로 자라기를 멈춤으로써 비도덕적이고 엉망으로 뒤집혀 있는 어른들의 일탈된 세계를 향해 저항 선언을 한 것이다.

세상의 부조리와 부도덕을 고발하기 위해 오스카는 94센티미터로 멈춘 자신의 발육 부진을 저항의 깃발로 높이 치켜들고 있는 셈이다.

세상엔 대문자처럼 확실하고 골리앗처럼 거대하며 황제나 영웅처럼 위대한 신의 걸작이 되고 싶어하는 사람들이 얼마나 많은가? 그러나 오스카는 소문자처럼 작고 다윗처럼 어리며 엄지손가락만큼 작은 세 살배기 아이이기를 스스로 택한다. 그것은 역사와 정치의 확대 지향적이고 파괴적인 영웅 심리로부터의 해방 선언이며 속고 속이는 난장판인 어른들의 욕망으로부터의 탈출 선언이다. 그는 고대 그리스 문학에서부터 헤밍웨이나 말로의 문학에까지 나타나는 비극적 영웅과는 거리가 있다. 그는 비극적이라기보다는 희비극적이며 숭고함 없는 아이러니의 반영웅인 셈이다. 그렇지 않은가? 도스토옙스키의 '백치' 무쉬킨 공작이나 카뮈의 이방인 뫼르소, 포크너의 화자 퀜틴이 보여주듯 현대의

영웅은 부조리의 반영웅이며 숭고미라고는 하나도 없는 그로테
스크한 아이러니의 아웃사이더들이 아닌가?

오스카는 북을 친다. 그가 비명을 지르며 양철북을 치면 유
리로 만든 것들은 전부 깨어지고 부스러기로 해체되어 쓰러져내
린다. 시계도 부서지고 거울도 박살이 난다. 그의 어머니는 모든
애매한 징조를 자신을 위한 것이 되도록 해석해버리는 여인이었
는데, 그녀는 유리 파편은 행복을 가져다준다고 외치며 그 행복
의 파편들을 쓸어담곤 했다. 그녀는 죽을 때까지 삼각관계를 유
지했으며 남편의 아이인지 브론스키의 아이인지 모르는 아이를
임신하면서 끝없는 구토 증세를 일으켜 죽게 된다. 구토증 발작
으로 죽어간 어머니가 묻힐 때 오스카는 어떤 강렬한 욕망을 느
낀다.

'오스카는 관 위에 올라타고 싶었다. 그 위에 앉아 북을 치고
싶었다. 양철이 아니라 관 뚜껑을 북채로 치고 싶었다. 어머니와
태어나지 않은 아이와 함께 오스카는 무덤에 들어가고 싶었다.
가능하면 흙 속에서 북을 치리라. 양손에서 북채가 썩어 문드러
지고, 관 뚜껑이 북채와 썩고, 어머니가 그를 위해, 그가 어머니
를 위해, 누군가 다른 사람을 위해서 썩어 그 살을 대지와 땅속
의 주민들에게 줄 때까지 두들기길 원했다.'

그는 북소리로 신을 흔들고 사랑 없는 세상 사람들을 흔들어
깨워 무언가를 고발·폭로하고 싶은 것이다. 어머니가 없는 세상,
폴란드 도시 단치히가 나치의 점령에 놓이고 그에 반항하는 폴
란드인의 항쟁이 계속되는 전쟁 속에서 우체국 직원이던 브론스

키마저 오스카의 잘못으로 죽을 때도 그는 북을 친다.

2차대전은 여러 마을 사람들의 운명을 이상한 방향으로 흩트려놓고, 그는 난쟁이 곡예단장 베브라가 이끄는 나치 군인들을 위한 위문 극단에 참가하여 전쟁의 우스꽝스러운 부조리를 체험하게 된다. 그동안 '신을 향한 외침'이었던 북치기는 전쟁의 병사들을 위한 위안과 곡예물로 타락하게 되고 베브라의 마술 극단은 전선 위문 공연으로 바쁜 세월을 맞는다. 그곳에서 오스카는 99센티미터의 난쟁이 여배우 로스비타와 사랑에 빠진다. 그러나 로스비타는 아침 커피를 마시려다 폭격을 맞아 죽는다.

'오 로스비타, 네가 몇 살이었는지 나는 모른다. 알고 있는 것은 네가 99센티미터라는 것, 지중해가 네 입을 빌려 말을 했다는 것, 그리고 만인의 가슴을 꿰뚫어 보았다는 사실이다. 그러나 너는 자신의 마음만은 꿰뚫어 보지 못했구나. 그렇지 않았다면 너는 나를 떠나 뜨거운 커피를 얻으러 가지는 않았을 것이다.'

오스카가 그 이상하고 무수한 성 체험 속에서도 가장 사랑했던 여인은 로스비타였다. 그러나 그의 에덴은 깨어지고 오스카는 아버지 마체라트의 부인이자 새어머니인 마리아가 낳은 아들 쿠르트의 세번째 생일 전날 집으로 돌아온다. 쿠르트는 사실 오스카의 아들인 셈인데 그는 자신의 키보다 2, 3센티 초과해버린 아들에게 '만일 성장을 멈추고 싶다면 도와주마'라며 양철북을 준다. 소련군이 진주하자 나치 당원이었던 아버지 마체라트가 사살되고 오스카는 계모이자 아내인 마리아와 아들 쿠르트와 함께 한 많은 단치히를 떠나 뒤셀도르프로 이사한다. 그뒤 재즈 연주가로 성공하여 생활하던 중 간호부 드레페아의 살인 사건 혐의자로 체포되지만 정신병자로 인정되어 정신병원에 수감된다. 그러다 진범이 밝혀져 석방되는데 석방을 앞둔 서른 생일날, 예수의 수난을 암시하면서 이 방대한 작품은 끝을 맺는다. "나는 예수다. 나는 예수다"라는 말을 그는 독일어로 프랑스어로 영어로 외친다. 이 정신병원에서 강제로 쫓겨나면 서른의 사나이 오스카는 이제 무엇을 어떻게 할 것인가?

오스카는 스스로 난쟁이가 되어 탈사회적 존재, 즉 아웃사이더로 사회 밖에서 사회와 역사의 악을 관찰한다. 그는 마치 예언자나 예수처럼 고독한데 그 고독은 현대 예술가의 고독이나 현대인 그 자체의 고독과 동일하다. 양철북을 두들김으로써 그는 현대의 잔인성과 야만성을 고발한다. 그로테스크한 난쟁이 오스카는 한낱 기형적 발육 부진아가 아니라 자신의 정신과 도덕성을 보존하기 위해 스스로 세상 밖으로 나간 예수적인 지성의 모습이다.

5부

『댈러웨이 부인』에서부터
『날아다니는 것이 무서워』까지

46

가을도 겨울도 없는 벼랑 위의 불꽃
_ 버지니아 울프의 『댈러웨이 부인』

'지금 나라는 존재는 너무나 막막해서 견뎌낼 수가 없다. 말하자면 가을도 없고 겨울도 없다. 모든 것이 벼랑을 따라 흘러내리고 있다.'

이것은 버지니아 울프가 죽기 9개월쯤 전 일기장에 써놓은 말이다. 제임스 조이스와 프루스트와 더불어 20세기 새로운 현대소설의 막을 열었던 최고 지성의 작가, 육체관계가 없는 '정신만의 결혼Marriage of the Minds'을 영위해갔던 위험하고도 날카로운 개성의 소유자, 『댈러웨이 부인』과 『등대로』와 같은 아름답고 시적인, 풍부한 불멸의 소설을 남긴 그녀에게도 삶은 막막하고 '가을도 겨울도 없는 벼랑 같은 것'이었다는 말은 나에게 무척 감동을 준다. 그녀는 말했다. 삶이란 '의식이 시작되는 곳에서 끝나는 곳까지 우리를 에워싸고 있는 반투명의 피막'과 같다고. 그리하여 그녀는 마치 '안개 속의 불꽃'과도 같이 반투명의 덮개 저 너머에서 빛나는 생명의 실체를 잡으려고 고뇌했고, 모든 작품에서 일상성 저 너머에 있는 신의 광휘와도 같은 존재의 순간을 포착하기 위하여 지성과 감각의 수정 렌즈를 갈고 닦았다. 그녀는 시간의 흐름을 깊이 인식했으며, 과거, 현재, 미래라는 시간의 경계가 뚜렷하지 않은 인간 내면 세계에 비중을 두면서, 과거와 미래가 용해되어 있는 '현재 순간'을 중요시했다. 그 '현재 순간'은 베르그송의 '순수지속'과 같은 의미를 지녔으며, 어둡고 잡다한 시간의 흐름 속에서 신의 의미로 개화하는 '꽃피는 찰나의 시점'이었고 그녀는 무엇보다도 그런 존재의 순간들을 사랑하였다. 그녀가 쓴 자전적 에세이의 제목은 그리하여 『존재의 순간들』이 아니던가.

『댈러웨이 부인』에서 작가는 말한다. '바로 이것이 우리들 영혼의 참다운 모습이라고 그는 생각했다. 우리들 자신이 이런 것이다. 깊은 바다에 사는 물고기처럼 커다란 해초의 줄기 사이를 뚫고 몽롱한 속을 헤매며 햇볕이 아롱지는 곳을 지나 앞으로 앞으로 나아가서 어둡고 싸늘한 깊은 신비 속으로 들어가며, 이윽고 별안간 표면에 떠올라와서 바람에 주름지는 물결을 타고 논다. 말하자면 영혼은 잡다한 일상을 영위해가는 동안에도 손질을 하고 닦고 활기를 띠려는 적극적인 욕구를 가지고 있다.'

이러한 영혼의 내밀한 욕구를 반짝이는 물방울들의 투명 섬유처럼 길고 풍부하게 짜기 위하여 그녀는 강력한 플롯으로 지탱되는 전통적인 소설 작법을 거부하였고 대담하고도 야심적인 '의식의 흐름'이라는 새로운 심리소설의 기법을 추구하였다. 버지니아 울프는 에세이 『현대소설』에서 다음과 같이 말한 바 있다.

'내면을 들여다보라. 평범한 날의 평범한 마음을 잠시 자세히 바라보라. 마음은 수많은 인상을 받고 있다. 하잘것없고 환상적인, 곧 사라져버릴, 혹은 강철처럼 날카롭게 각인된 인상들을.'

바로 이런 반짝이는 체험과 인상의 파편을 모아 그녀는 생명의 바다와도 같이 풍부하게 유동하는 내면 세계의 흐름을 소설화시켰으며, 그리하여 그녀의 소설은 섬세한 영혼의 내적 독백, 수정 렌즈처럼 맑고 투명한 감성의 몽환과 무한한 아름다움으로 생명의 바다를 이루게 되었다. 그녀만큼 시간과 죽음을 의식한 작가도 드물었는데 바로 이런 어쩔 수 없는 인간의 유한성을 무한한 영원성으로 뒤바꾸어놓기 위하여 그녀는 '순간' 속에 '영원'이라는 상상의 피를 집약적으로 수혈해놓았던 것이다. 마치 『등대로』 속의 램지 부인이 죽어서도 영원히 삶의 신비한 테두리 속으로 되돌아오고 있듯이 시간은 흐르고 죽음과 삶은 공존해 있고, 마치 『벽 위의 흔적Mark on the wall』처럼 아무것도 사라지지 않는다. 인생의 신비란 시간을 초월해서 존재하는 데 있다. 따라서 클라리사 댈러웨이가 셉티무스의 죽음에서 그것과 일치됨을 느낄 때 클라리사는 생의 본질을 계시받은 셈이 된다. 왜냐하면 인간의 존재는 하나의 유동체이며 죽음이 죽음 자체로 끝나는 것이 아니라 육체는 소멸해도 다른 것의 부분이 되어 영원히 존재할 것이며, 개체의 죽음이 있더라도 시계는 어김없이 시간을 알리고 인간의 생은 계속되어갈 테니까.

버지니아 울프는 전 생애에 걸쳐 세 번의 정신착란을 일으켰으며 마지막 정신착란이 올 기미가 보이자 사랑하는 남편 레너드와 언니 바네사에게 두 통의 유서를 써놓고 우즈Ouse강으로 달려가 외투주머니 속에 돌멩이를 가득 담은 채 강물 속으로 몸을 던졌다.

'나는 다시 미칠 것 같은 두려움에 사로잡혀 있습니다. 이런 두려운 시간을 더이상 참아낼 수 없을 것 같아요. 이상한 소리가 들려오고 정신을 집중할 수가 없습니다. 그래서 내가 할 수 있는 최선이라고 생각되는 일을 하고 있어요. 당신은 제게 이 세상에서 더할 수 없는 행복을 안겨주셨습니다. 이 세상에 우리보다 더 행복할 수 있는 두 사람이 있으리라고는 생각되지 않습니다.'

정말 버지니아는 외면상으로는 놀라우리만큼 선택받고 행복한 삶을 살았다. 빅토리아 시대의 저명한 비평가이자 전기작가요 철학자요 학자인 레슬리 스티븐의 딸로 태어나 빅토리아 시대 최고의 작가들의 총애를 받으며 자랐던 유년 시절을 지나 오빠의 친구들과 뛰어난 철학적·지성적 대화를 나누며 청춘을 보내고, 오빠의 친구인 정치평론가이자 언론인이었던 레너드 울프와 결혼하여 지극한 사랑과 간호를 받으며 지성적이고 예술적인 자극으로 충만한 삶을 살았다. 당대 최고의 지성인들로 구성된 블룸즈버리그룹에서 활동하며 T. S. 엘리엇에게 '버지니아 울프는 한 비밀스러운 문화 집단의 중심'이라는 극찬을 듣고, 훗날 남편과 더불어 호가스 출판사를 설립하여 T. S. 엘리엇, D. H. 로렌스, 캐서린 맨스필드 등 주옥같은 천재들과 만나 쓰고 읽고 담론하는 예술적 카니발 같은 평생을 살아갔다. 그러나 그녀는 어머니의 죽음과 아버지의 죽음, 오빠의 죽음을 겪을 때마다 위험한 정신착란을 일으켰고, 신혼여행을 다녀온 지 1년도 되지 않아서 치사량이 넘는 베로날을 먹고 자살을 기도하기도 했다. 1차대전과 2차대전 사이에서 막중한 정신적 파괴를 견디었지만 결국은 정신착란에 대한 공포 때문에 투신자살을 함으로써 그 화려하고도 풍부한 생애를 쉰아홉에 마감하였다. 그녀는 실로 독자적이고도 아름다운 생애를 살았다. '삶이란 광선의 원자처럼 손가락 사이로 덧없이 새어버린다. 그러므로 그 덧없는 원자 같은 존재의 순간을 가능하면 많이 움켜쥐어야 한다'고 스스로 말했듯이 그 광선의 원자를 부지런히 모아 현란한 투명 섬유와 같은 '의식의 흐름' 소설을 남겼던 것이다. '여성이 시 또는 소설을 쓰려면 연간 1백 파운드의 돈과 문에 자물쇠가 달린 방이 필요하다'고 유명한 에세이집 『자기만의 방』에서 말했던 버지니아 울프. 그녀는 비록 가을도 겨울도 없는 벼랑 위에서 우울한 정신의 위기와 싸우는 형극의 삶을 살다 갔지만, 그녀가 켜놓은 '예술의 등대'는 불멸처럼 찬란하게 우리의 삶을 비추어준다.

47

누가 그에게 돌을 던지겠는가?
_ 시어도어 드라이저의 『시스터 캐리』

시어도어 드라이저는 미국이 자랑하는 20세기 초의 위대한 자연주의 소설가이다. 그는 발자크나 에밀 졸라와 같은 프랑스 자연주의 소설가들을 좋아했으며, 그 자신 또한 찰스 다윈이나 스펜서, 헉슬리와 같은 진화론적 과학 이론과 종교적 불가지론에 심취하여 진화론에 입각한 '비관적 운명론자'의 입장을 가지고 세계와 인간을 바라본다. 에밀 졸라는 자연주의 문학을 '문학적 시체 해부'라고 불렀는데 드라이저의 문학 역시 사회와 시대 속에 갇혀 있는 인간의 운명을 시체 해부적 시선으로 냉철하게 분석하고 있다. 인간은 자신이 속한 사회 환경에서 결코 자유로울 수 없고 꼭두각시처럼 지배되는데, 그 꼭두각시적 파멸의 궤적이 개인의 삶이다. 그리고 그 파멸을 이끄는 것은 돈과 지위에 대한 추악한 동물적 욕구인데, 인간은 그 동물의 상태를 끊어버릴 만큼 강하지 못하다는 것이 드라이저의 인간관 내지 운명관이다. 그런 시각이 방대하게 펼쳐진 작품이 그의 대표작이자 미국 문학의 거대한 봉우리인『미국의 비극』과『시스터 캐리』이다.

'시스터 캐리'는 컬럼비아시티에서 열여덟 살까지 살아온 시골 처녀이다. '캐럴라인 미버가 시카고행 기차를 타던 날, 그녀가 가진 것이라고는 조그마한 트렁크 하나, 싸구려 가짜 악어 손가방 하나, 종이봉지에 싸넣은 점심, 노란 가죽지갑이 전부였다. 지갑에는 기차표와 언니의 주소, 현금 4달러가 들어 있었다. 그녀는 수줍으면서도 발랄한 열여덟 살로 젊음과 무지에서 오는 환상이 가득했다. 기차가 아버지가 일하는 제분소 옆을 지날 땐 목이 메었으며 고향 동네의 푸른 경치가 뒤로 물러날 때는 비통한 한숨이 새어나왔다. 이렇게 해서 그녀를 고향과 어린 시절에 묶어놓고 있던 실이 다시는 이어질 수 없게 끊기고 말았다.' 젊음의 아름다운 무지와 환상의 풍선을 타고 캐리는 대도시 시카고의 산업사회적 정글로 첫발을 내디딘다. 캐리의 언니는 남편에 대한 의무와 아기 돌보기로 가난하고 고단한 삶을 이끌어가고 있는 빈민주부였고 형부는 도살장에서 일하는 이른바 도시 빈민이었다.

캐리는 근사한 상점이나 백화점의 점원 자리를 알아보려고 기여기저기 기웃거렸으나 다 거절당했고 '우리는 경력이 있는 사람을 찾고 있습니다'라는 거부의 말 속에서 시카고란 대도시의 화려한 문이 닫히는 추방의 매정함을 느낀다. 그러다가 모자를 만드는 공장에 봉제공으로 취직하는데 형편없는 노동 조건과 더럽고 야비한 분위기, 저속한 동료들에게 환멸을 느끼고 공장을 그만둔다. 숙박비를 못 내면서 언니의 집에 머물 수 없는 매정한 현실에 절망을 느끼고 직업을 구하러 시내를 다니다가 기차 안에서 외판원 드루에를 만나 도움의 돈을 받는다. '돈을 손에 들고 있으면 이상하게도 캐리는 안도했다. 고민과 한탄을 하다가도 일단 손에 쥔 20달러를 생각하면 놀라운 위안을 느꼈다. 아! 돈, 돈, 돈! 돈을 갖는다는 것은 얼마나 멋진 일인가!' 이렇게 돈의 경이로움과 아름다움에 현혹되어 캐리는 활달하고 분방하고 남성다운 씩씩함과 유능함이 넘치는 외판원 드루에와 동거 생활을 하게 된다. 시카고라는 알라딘의 환상궁전 속에 진입할 도리가 달리 없는 캐리는 여자로서 가장 쉽게 잡을 수 있는 향락의 길로 들어가게 된 것이다.

'꽃이든 처녀든 이식利植이 항상 성공하진 않는다. 이식된 꽃이 그전과 같이 자연스럽게 성장하려면 토양도 더 풍부해야 하고 주위의 여건도 좋아야 한다.' 캐리의 환경 순응 과정은 무모하고 헐벗었으며 척박했다. 순진하지만 상류사회의 돈과 명예와 지위에 대한 막을 길 없는 허영심을 가진 캐리는 시카고 최고의 고급 살롱 지배인인, 교양 있고 부드러운 권위를 가진 허스트우드를 알게 되고, 캐리가 지닌 젊음이라는 마력에 빠진 허스트우드는 자신의 전 재산과 든든한 사회적 지위와 유망한 자식들과 가정을 버리고 회사의 공금을 횡령하여 캐리와 뉴욕으로 도망을 친다. 눈먼 욕망의 길에 빠진 것이다. '허스트우드가 시카고에서 어떤 인물이었건 일단 뉴욕에 온 후에는 바다에 떨어진 물방울 하나에 지나지 않았다. 뉴욕이란 바다에는 이미 고래들이 가득했고 평범한 물고기는 아예 보이지도 않았다. 다시 말하면 허스트우드는 아무것도 아니었다.'

뉴욕에서 허스트우드는 자신의 소자본을 공동 투자하여 자그마한 술집의 지배인 노릇을 몇 년 했으나 도시 개발로 투자금의 일부만 건진 채 실직하고 만다. 허스트우드 역시 뉴욕이란 거대한 알라딘의 환상 문을 계속 두드리고 다니지만 실직의 쓰라림에서 구제될 수 없었다. 뉴욕은 마침 대공황에 빠져 있었고 경제적 난국은 실직 계급을 우글우글 양산해놓았기 때문이다. 철도 파업 때 파업노동자들 대신 새 고용인으로 며칠 일해본 허스트우드는 노동자를 착취하는 권력이나 자본이 냉혈적이고 야비하다는 것과 노동의 정직한 대가란 빈민굴과 싸늘한 죽음밖에 없다는 자본주의적 세계의 정글 원리를 깨닫고서 구직 노력을 포기하고 만다.

캐리는 점점 위축되다가 마침내 절망적인 무용지물이 되고 만 허스트우드에게 환멸을 느끼고 일자리를 구하러 다니다가 브루클린의 자그마한 오락 극단의 코러스걸로 취직을 하게 된다. 주급 12달러에서 시작한 캐리는 쇼가 성황을 이루어 계속 주급이 오르고, 주연 배우가 되는 뜻하지 않은 행운을 잡는다. 항상 더 높고 명망 있는 상류사회를 꿈꾸고 있던 캐리는 브로드웨이의 성공과 광채에 도취되어 허스트우드를 버리고 상류사회의 여왕 같은 생활을 누린다. 허스트우드는 밑바닥까지 떨어져 마침내 부랑 거지가 되고 브로드웨이의 대배우가 된 캐리의 모습을 보며 '결국 성공했구나. 아, 이제 그녀는 성城 안의 세계로 들어갔구나. 웅장한 성문이 열려 춥고 황량한 성 밖에 있던 그녀를 들여보냈구나. 그녀는 이제 그가 알아온 모든 유명인사처럼 저 멀리 딴 세계에 있는 존재가 되었다'라고 독백을 한다. 허스트우드는 걸인들이 우글거리는 빈민 합숙소의 어느 방에서 가스를 틀고 자살하고, 캐리는 브로드웨이 황금의 정상에 올라 발자크의 『고리오 영감』을 가슴에 껴안은 채 흔들의자에 앉아 모든 사치와 호화로움 속에서도 성공한 사람의 외로움과 무의미를 느낀다.

작가는 결론적으로 말한다.

'아, 복잡하고 뒤엉킨 인간의 삶이여. 우리는 얼마나 희미하게밖에는 보지 못하는가. 캐리의 삶을 보라. 처음에는 가난하고 소박하게 감정에 치우쳐 아름다운 모든 것을 갈망하며 따라갔다. 그러나 결과는 벽에 부딪히는 것뿐이었다. 세상의 법은 이렇게 말한다. '아름다움에 매력을 느끼면 따라가라. 그러나 정당한 방법이 아니면 안 된다.' 세상의 관습은 이렇게 말한다. '정직한 노동을 통하지 않고 자신을 더 낫게 만들어서는 안 된다.' 그러나 정직한 노동이 견디기 어렵고 대가가 형편없이 적으며 아름다움으로 이르는 길이 너무 멀어 목적지에 이르기도 전에 마음과 몸이 지쳐버린다면 누군가가 정당한 길을 버리고 경멸받는 길을 통해 속히 목적지에 다다랐다고 해서 누가 그에게 돌을 던지겠는가?'

시스터 캐리의 성공담과 허스트우드의 파멸담은 '온 우주를 휩쓸고 다니는 힘 속에서 무지한 인간은 바람에 날리는 나뭇잎 같은 존재일 뿐'이라는 드라이저의 인간관을 반영한다. 이 이야기는 20세기 초 시카고의 이야기라기보다는 20세기 말 서울의 이야기에 가깝다. '물결이 우리를 삼켜버릴 때 우리는 별을 향해 손을 뻗는다'는 말처럼 본능과 욕망의 물결이 더이상 우리를 정복하지 못하도록 의지와 이성이 지배하는 깨달음의 시곗바늘을 저마다 마음속에 새로 꽂을 때이다.

48

어머니에서 혁명가로 변신한 어머니
_ 막심 고리키의 『어머니』

러시아의 가장 위대한 작가인 톨스토이는 고리키를 고전문학과 소비에트문학 사이의 '살아 있는 다리'라고 불렀다. 러시아혁명 11년 전에 쓰인 『어머니』는 처음에는 압수당하고 폐기되었으며, 작품이 쓰여진 지 1년이 지난 후에야 수많은 검열을 거쳐 간신히 알아볼 수 있는 형태로 출간된다. 이 작품을 통해 그는 러시아 전역뿐 아니라 전 세계에 명성을 떨치는 커다란 성공을 거둔다. 아마도 현대 문학의 어떤 작품도 그것이 가져다주는 감동과 그 파문에 있어 『어머니』를 능가하지 못할 것이다.

『어머니』의 주인공인 펠라게야 닐로브나는 공장 지대인 노동자촌에 사는 가난하고 학대받는 불쌍한 여인이다. 남편은 열쇠공인 미하일 블라소프인데 야만적인 힘과 무언가를 무자비하게 휘둘러댈 것만 같은 이해하기 어려운 공포를 사람들에게 주는 덥수룩한 수염의 사나이였다. 아내에게 하는 말이란 '상관 마, 버러지 같은 년아!' 같은 상스러운 욕이거나 죽지 않을 만큼 때리고 난 뒤 울부짖는 늑대 울음소리 같은 것뿐이었다.

그들에겐 공장 노동자인 아들 파샤(파벨의 애칭)가 있었는데, 아들이 열여섯 살이 되던 해 아버지는 탈장으로 죽어 공장촌의 무덤에 묻혔다. 사람들은 '그는 죽은 게 아니라 뒈진 거야……' 라고 말할 정도였다.

아버지가 죽었을 때 어머니는 갓 마흔이었다. 젊은 아들 파벨은 다른 공장 청년들과 달리 고결한 진지성과 유난히 책에 몰두하는 습관을 보였는데, 어머니는 아들이 평범한 공장 청년을 닮아가지 않는 것이 기분 좋으면서도 아들이 무언가에 주의를 집중하고 완고하게 어딘가 어두운 삶의 급류로 흘러들어가는 것을 눈치챘을 때 까닭 모를 두려움을 느낀다.

까닭 모를 두려움이야말로 어머니의 인생 바로 그 자체였지만, 아들은 어머니에게는 다정하게 굴었고 어머니의 부담을 줄이고 도움을 주려고 애쓰기도 했다.

어느 날 그녀는 아들에게 왜 금지된 책을 읽느냐고 묻고, 아들은 '진실을 알고 싶었습니다. 우리가 도대체 어떤 삶을 살아왔던가요? 어머닌 벌써 마흔이에요. 그런데 과연 어머닌 살아 있었다고 할 수 있겠어요? 아버진 어머닐 때리기만 했어요. 비참한 삶에 대한 분풀이로 말입니다. 30년 동안 공장에서 일하면서 비참한 삶이 자기를 짓누르고 있는데도 아버지는 그게 무엇 때문이었는지를 몰랐던 거예요'라고 말한다. 그러고서 파벨은 '우선 공부를 하고 제가 배운 것을 가르쳐야겠어요. 우리 같은 노동자들은 배워야만 해요. 삶이 어째서 이렇듯 고통스러운가를 말예요'라고 다짐한다.

진리를 공부하는 동지들이 집으로 모이고 부잣집 딸인 나타샤와 지식인 안드레이, 니콜라이 같은 훌륭한 이들이 자신의 계급을 뛰어넘어 노동자, 농민의 개혁을 위해 목숨을 걸고 일하는 데 감동한 어머니는 불온 유인물을 제작했다는 혐의로 아들이 감옥에 가자, 자신이 직접 유인물을 전달하는 위험한 일을 하기도 하면서 점점 무지와 문맹을 뛰어넘어 각성과 공동체적 사랑에 눈을 떠간다. 파벨의 동지인 우크라이나인 안드류샤에게 그녀는 말한다.

'우리 여인네들의 사랑이란 순수하지가 못해! 자기에게 필요한 것만 사랑하기 때문이야. 다른 사람들은 모두 민중을 위해 고통을 당하고 감옥에 가고 또 시베리아로 가고, 죽기도 하는데 난 그렇지 못해. 그들은 정말 순수한 사랑을 하고 있는데 난 나만을 사랑해, 나와 가까운 사람만을, 파샤와 자네……'

그러고서 그녀는 묻는다. '어떻게 자신을 버릴 수가 있단 말인가……?'

노동자의 날인 메이데이에 깃발을 들고 행진을 이끄는 아들이 '동지들! 우리는 우리가 누구인지를 떳떳하게 선포하기로 결정했습니다. 우리는 오늘 우리의 깃발, 이성과 진실과 해방의 깃발을 높이 들 것입니다!'라고 말하며 경찰 저지선을 뚫고 나가자 '낡은 세계를 깨부수자, 일어나세 깨어나세 노동자들이여……'라는 노래에 맞춰 노동자의 물결이 용암처럼 움직여가는 풍경을 보고, 그녀는 자신도 모르게 감응되어 위대한 아들의 뒤를 따른다. 그뒤 파벨이 체포되어 감옥살이를 하는 동안 어머니는 자신이 파벨이 어머니만이 아니고 굶주린 러시아 민중의 어머니, 전체 동지들의 어머니라는 것을 느끼고 그것을 실천한다. 무식하다는 취급을 받으며 짐승처럼 학대받아오기만 했던 어머니의 입에서 '우리의 어린 자식들이 행복을 향해 나아가고 있어요. 그들은 모든 사람들, 그리스도의 진리를 향해 나아가고 있는 거라오. 우리 자식들은 진리를 창조하고 진리를 위해 죽어갈 겁니다. 그들을 믿읍시다'라는 절규가 유창하게 쏟아져나올 정도로 어머니는 변해간다.

파벨이 시베리아 유형을 언도받은 후에도 어머니는 아들의 동지들과 지하운동을 하고 유인물을 배포하면서 노동자 농민을 깨우치는 위험한 일을 도맡아 한다.

결국 유인물을 비밀리에 배포하러 가는 기차역에서 어머니는 개처럼 얻어맞으며 체포되고, 헌병들에게 그녀는 '피바다를 이룬대도 진리는 죽지 않을 것이다. 진리가 네놈들 머리 위에 떨어질 날이 있을 게다'라고 외쳐댈 정도로 변모한다. 혁명가 아들을 둔 어머니에서 스스로 혁명가 어머니로 변해가는 리얼리즘적 과정이 곧 이 소설이고 혁명 전야의 러시아 민중들의 사고가 살아서 꿈틀거리는 위대한 책이 바로 이 소설이다.

49

욕망보다 더 뜨거운 삶의 불사신
_ 테네시 윌리엄스의
『뜨거운 양철 지붕 위의 고양이』

삶이란 뜨겁게 달구어진 프라이팬 위에서의 끝없는 무도舞蹈라는 말을 실감하는 때가 있다. 창문을 아무리 아무리 열어젖혀도 찬바람 한줄기 스쳐오지 않아 집이 온통 화덕 위 압력솥의 내부처럼 끓고 있을 때, 죽음보다 더 뜨거운 삶의 조건들 속에 갇혀 그 뜨거움으로 온통 영혼의 이파리들이 검게 지쳐 시들고 있을 때, 영혼의 혼절—그것처럼 삶이 백치적 무서움으로 우리의 숨을 뜨겁게 틀어막을 때, 그런 시간이면 우리는 어쩔 수 없이 우리의 슬픈 인간 조건들을 들여다보게 된다. 삶이란 뜨겁게 달구어진 프라이팬 위에서의 끝없는 무도이며 마법이 풀릴 때까지, 우리의 숙명 위에 내린 저주가 풀릴 때까지 우린 그 춤을 추고 있어야 한다고. 죽음이 와서 우리를 그 마법의 구두에서 방면시켜줄 때까지 우린 제각기 숙명의 뜨거운 춤을 그만둘 수가 없노라고. 그건 욕망이기보다는 차라리 삶의 끝나지 않는 처절함이며 잔인한 인내의 형식인지도 모른다. 아무튼 우리는 주어진 숙명의 뜨거운 프라이팬을 박차고 나와버릴 수는 없다. 그렇다면 남는 것은 인내의 형식—뜨거운 양철 지붕 위에서 어떻게 살아가야 하는가라는 질문이다. 테네시 윌리엄스의 희곡 『뜨거운 양철 지붕 위의 고양이』는 바로 그 질문에 대한 치열한 해답이며, 삶에 깃든 비극적 실존의 뜨거운 모습을 적나라하게 노출했다는 의미에서 그대와 나—우리 뜨거운 삶의 초상화라고 해야 하겠다.

이 연극의 무대는 미시시피 삼각주의 어느 대지주의 저택이다. 장치의 지붕은 하늘이며 때때로 달과 별이 마치 초점을 맞추지 못한 망원경으로 볼 때처럼 희고 뽀얀 선으로 나타나기도 한다. 무대의 측면에는 화려한 목욕탕 문이 있고 마루엔 커다란 더블베드와 우리 시대 최고의 기념비적 기형물인 라디오 겸용 전축, 텔레비전 세트, 그리고 많은 술잔과 술병이 든 찬장이 다 함께 붙어 있는 커다란 괴물 가구가 놓여 있다. 바로 이 두 개의 가구—커다란 더블베드와 술병이 즐비한 찬장—이것이 이 극의 비극적 상황을 암시해주는 상징이 된다. 섹스와 알코올—그것이 상징하는 욕망과 정신의 황폐함. 그것들이 지배하는 뜨거운 양철 지붕 위에서의 삶.

이 대지주의 저택엔 아버지의 생일을 맞아 큰아들 내외와 둘째 아들 내외, 그리고 큰아들의 여섯이나 되는 아이가 모여 법석을 이루고 있다. 둘째 아들 브릭과 그 아내 매기는 아직 아이가 없는데 매기는 자신이 아이를 낳아야만 병든 시아버지의 재산을 상속받을 수 있음을 알고 남편 브릭을 침대 속으로 끌어들이려고 필사적인 노력을 한다. 그러나 브릭은 섹스에 냉담하며 이 모든 희극적 법석으로부터 도피할 목적으로 술에 탐닉하고 있다.

'아버님은 당신을 무척 사랑하고 계셔요. 그리고 당신 형님하고 도깨비 같은 새끼만 낳는 괴물 형수님을 아주 싫어하신단 말예요. 아버님이 유언장을 쓰기 전에 우리에게 아이만 생긴다면……'

매기의 욕망은 바로 유산 상속에 대한 치열한 집착이다. 그러나 왕년에 유명한 축구선수였고 스포츠 방송 아나운서였던 브릭은 아내를 멀리하며 술만 마시는 세월을 보낸다.

'난 정말 외로워요, 견딜 수 없을 정도로.'

'누구나 그래.'

'자기가 사랑하는 사람과 함께 사는 것이 혼자서 사는 것보다 훨씬 더 외로울 수도 있어요.'

매기는 남편의 무관심과 초연한 도피성에 진저리를 내면서도 집요하게 달라붙는다. 마치 고양이가 목젖을 가르랑거리며 애무하듯이 달라붙는 것처럼. 그것이 그녀 인내의 형식이다.

'당신은 언제나 운동할 때도 지든 이기든 상관하지 않는 초탈한 기질을 갖고 있었죠. 더구나 이젠 완전히 패배했기 때문에, 아주 늙어버렸거나 병으로 가망 없는 인간들에게서만 찾을 수 있는 매력, 패배자의 매력이라고나 할까요. 그런 게 있어요. 침착해 보이거든요……'

'당신은 아주 훌륭한 연인이었어요. 같이 자기 좋은 사람이죠. 당신의 무관심은 사랑을 할 땐 아주 훌륭하거든요. 그런데 이제 당신이 나한테 절대로 사랑을 주지 않으리라는 생각을 하면 난 부엌에 가서 제일 길고 날카로운 칼을 찾아가지고 내 심장에다 똑바로 박아버리고 싶어요. 내겐 아직 패배자의 매력이 없어요. 난 아직도 경기장에 있어요. 그리고 꼭 이길 결심인걸요.'

매기는 이렇듯 욕망을 향한 치열한 싱싱함을 지니고 있고 브릭은 모든 것을 포기한 듯한 도피성 환각에 빠져 있다. 이런 부부의 결합이야말로 참으로 부조화의 극치라고나 해야 할 것이다. 관능의 꽃 같은, 욕망의 열대화 같은 매기는 말한다.

'뜨거운 양철 지붕 위의 고양이가 승리하는 길은 무엇일까? 아마 그대로 지붕 위에서 버티는 거겠지. 참을 수 있는 한.' 아버지는 암을 앓고 있고 그것을 알고 있는 큰아들과 며느리는 자신들에게 유리하게 유언장이 작성되게끔 치열한 작전을 편다. 매기는 함정에 빠진 자신의 처지를 남편이 동정하도록 갖은 술수를 펴지만 끝내 실패하고 만다.

'당신이 아무리 고양이처럼 굴어도 아무 이득이 없어.'

'나도 알아요. 왜 이렇게 고양이처럼 구느냐구요? 질투로 기진맥진하고 갈망에 사로잡혔기 때문이죠. 난 언제나 뜨거운 양철 지붕 위의 고양이 같은 기분이에요.'

'그럼 지붕 위에서 뛰어내리구려. 고양이는 지붕 위에서 뛰어내려도 하나도 다치지 않고 사뿐히 뛰어내릴 수 있지.'

'어떻게 하란 말이에요?'

'애인을 구하구려!'

브릭은 친구 스키퍼의 죽음 이후 알코올중독에 빠졌고 매기는 스키퍼와 남편의 우정이 동성애적인 사랑이라고 생각하고 있다. 매기는 스키퍼에게 남편과 그가 연인 사이가 아니라는 것을 증명하려면 자기와 자야 한다고 말하고, 스키퍼는 브릭과 자신의 관계가 세상에서 추측하는 그런 것이 아님을 밝히기 위해 매기와 같이 잤으나 성기능이 갑자기 마비되어 실패로 돌아간다. 그 사건은 스키퍼를 죽음으로 몰아넣고 브릭을 무기력한 알코올 중독자로 만든다. 매기는 남편에게 말한다. 인생의 꿈이 모두 사라진 후에도 삶은 계속 되어야만 한다고. 여기에선 '계속 되어야만' 한다는 의지가 무척 강조되고 있다.

브릭은 아버지에게 말한다.

'우리는 허위 조작 속에 살고 있어요. 그걸 피하는 길은 술 아니면 죽음뿐이죠.'

그는 아버지의 죽음이 얼마 남지 않은 것을 알면서도 유언장 때문에 모두 모여 만수무강을 빌고 있는 생일잔치에 대해서도 말할 수 없는 혐오와 구토증를 느낀다.

'난 허위에 대한 증오심으로 술을 마셔요. 아버지.'

아버지가 브릭만 편애한다고 큰아들 쿠퍼는 비난을 하고 큰며느리는 매기가 밤마다 자식을 잉태하기 위해 남편에게 동침을 구걸하고 있다고 폭로한다. 삼각주에서 제일 큰 재산이 그런 더럽고 무책임한 인간들에게 돌아가서는 안 된다는 것이다. 그러자 매기는 자신이 임신중이라고 둘러댄다. 같이 자지도 않는 남자의 아이를 어떻게 임신하느냐는 비난과 모욕을 들은 뒤 둘만이 남게 되자 매기는 그 거짓말을 지금이라도 정말로 만들자고 애걸한다.

'당신은 단념할 때도 멋있게 하는 연약하고 아름다운 인간이에요. 당신을 붙잡아줄 사람이 필요해요. 당신에게 인생을 다시 살도록 해줄 사람이. 그런 일을 난 해낼 수 있어요. 뜨거운 양철 지붕 위에서 버티려는 고양이의 결심보다 더 굳은 결심은 없을 거예요. 안 그래요? 여보, 안 그러냐구요?'

테네시 윌리엄스의 다른 여주인공들, 가령 『유리 동물원』의 로라나 『욕망이라는 이름의 전차』의 블랑쉬 뒤부아가 과거 속의 환상과 비현실적 몽환에 기대어 사는 '촛불이 어울리는 여인들'이라면 『뜨거운 양철 지붕 위의 고양이』의 매기는 모든 위기와 절망에도 불구하고 뜨거운 양철 지붕에 버티려는 굳은 결심을 가진 '태양이 어울리는 여인'이다. 욕망보다 더 뜨겁고 끈질긴 투쟁 감각으로 절망의 극한 상황을 버텨나가는 고양이의 뜨거운 지혜, 그것은 미움이나 경멸이라기보다는 고뇌에 대한 하나의 현실 대처 능력으로 보여진다. 꿈을 꾸는 자는 패배하지만 뜨겁게 현실을 직시하며 버티는 자는 늦더라도 승리의 강인함을 획득할 것이다.

50

환상이라는 이름의 도망
_ 테네시 윌리엄스의 『유리 동물원』

『유리 동물원』은 앞서 소개한 『뜨거운 양철 지붕 위의 고양이』, 그리고 『욕망이라는 이름의 전차』 등의 희곡으로 잘 알려진 테네시 윌리엄스의 작품이다. 이 작품은 톰 윙필드라는 청년이 과거를 회상하는 추억극의 형식을 취하고 있는데, 이 '비현실의 현실'이라는 추억극의 형식과 현실세계에 적응하지 못하고 촛불과 유리 동물들이나 만지작거리고 사는 로라의 몽환적 성격이 절묘하게 조화를 이루어 무대의 신비와 아름다움을 최대한으로 기묘하게 연출해낸다.

이 연극의 배경이 되는 장소는 세인트루이스의 뒷골목, 사마귀 모양으로 도심 한가운데 볼썽사납게 서 있는 중하류 아파트의 한 방이다. 이 방은 피화층계避火層階라고 불리는 비상구를 통해서 들어가게 되어 있는데, 이 피화층계라는 말이 시적인 암시를 풍긴다. 복잡한 도시 한복판에 벌집덩어리처럼 서 있는 이런 건물들이야말로 끝까지 버텨보겠다는 인간의 치열한 불로 불타고 있기 때문이다.

이 연극의 등장인물은 해설자이자 등장인물인 톰 윙필드, 그의 어머니 아만다, 누나 로라, 그리고 단 한 명의 신사 방문객이다. 거실 벽난로 위에 걸려 있는 아버지의 큰 확대 사진 역시 한 사람의 등장인물의 역할을 충분히 해낸다. 그는 전화국에 근무하다가 장거리 전화에 홀려 어느 날 문득 이 구질구질한 현실을 버리고 도망쳐버린 사람인데, 연극에는 직접 나오지 않아도 '실물보다 큰' 사진으로 걸려 이 연극의 다섯번째 인물이 되면서 동시에 이 연극을 지배하는 상징의 역할을 한다. 그는 아들 톰에게는 항상 희망을 주는 묵시의 신 같은 존재이며 어머니 아만다에게는 지긋지긋한 패배와 원한의 상징이 된다. 그는 홀연히 집을 버리고 도망친 후 태평양 연안에 있는 멕시코 마사틀란에서 단 한 번 그림엽서를 보냈다. 거기엔 '잘 있니, 잘 있거라'라는 단 두 마디가 적혀 있었을 뿐 주소조차 없었다.

톰은 집 떠난 아버지를 동경하고 어머니에 묶인 현실을 지긋지긋하게 생각하면서 증오하지만, 추억이라는 허구에 빠져 사는 병적인 어머니와 다리를 저는 누나 때문에 하는 수 없이 구두 회사의 창고지기라는 무섭도록 단조로운 직업을 가지고 있다.

그의 어머니 아만다는 다 큰 자식들에게 식탁에서 '애, 제발 잘 씹어야 해. 동물은 씹어 삼키지 않아도 위에 음식을 소화시키는 부분이 있지만 사람은 음식을 삼키기 전에 잘 씹어야 한다. 그러니까 잘 씹어서 침샘이 기능을 발휘하도록 해라'라는 잔소리를 늘어놓을 정도로 집요하고 잔소리가 많고 터무니없는 여인이다. 톰은 '원, 어린애도 아닌데 이렇게 먹어라 저렇게 먹어라 하세요. 지긋지긋해. 밥맛이 다 떨어지거든. 동물의 분비 작용이니, 침샘이니!' 하고 어머니의 지칠 줄 모르는 성가신 잔소리를 지겨워한다. 밤마다 영화관에 가는 게 그의 유일한 낙이다.

또한 어머니 아만다는 자신의 고향인 남부 블루마운틴에서 젊은 시절을 보낼 때 얼마나 많은 청년이 자신에게 구혼을 하려고 현관문을 들락거렸는지를 얘기하면서 지나치게 수줍고 내성적인 딸 로라에게 '얼굴이 반반하고 몸맵시가 물찬 제비 같다고 해도 그것만으로는 안 돼. 무슨 경우를 당해도 척척 대꾸할 줄 아는 말재주가 있어야 되고 손님 대접이 능란해야 한다'라고 줄기차게 설교를 하며 몰아세운다. 아만다는 블루마운틴에서 부유하고 잘생긴 구혼자들이 줄줄이 자기를 연모했던 젊은 시절의 환상을 먹고 살며, 로라는 불면 날아갈 듯이 가냘프고도 연약한 유리 동물들을 모으는 취미에 의지하여 간신히 살아간다. 그들은 동물원 속의 유리 동물들처럼 자기 세계 안에만 갇혀 지낸다.

어머니 아만다는 자식에 대한 과대망상을 버리지 못하고 로라에게 직업을 얻어주기 위해 실업대학의 타이피스트 공부를 시키기도 하지만 로라는 사람들 앞에 나서기가 두렵고 무서워 학교를 몰래 그만두어버린다. 어머니 아만다는 딸에게 속은 것을 괴로워하다가 로라가 '동생댁이라는 사람한테 눈칫밥이나 얻어먹고 사는 노처녀 신세'가 되지 않게 하려고 아들 톰에게 결혼 상대가 될 만한 남자를 집에 초대하라며 성화를 부린다.

그러나 로라에겐 고등학교 시절 홀로 좋아했던 남자가 있다.

폐렴에 걸려 결석을 하다가 학교에 간 로라에게 왜 결석을 했느냐고 묻고, 폐렴에 걸렸었다고 하니 패랭이라고 잘못 알아듣고는 로라를 항상 패랭이꽃이라고 부르던 남자였다. 그는 학교 오페레타에서 바리톤 주인공을 했고, 마치 중력을 거부하는 듯한 영웅기질로 인기가 좋은 청년이었는데, 로라는 학교 연감에 실린 그의 사진을 보며 아직도 연정을 느낀다. 그러나 로라는 다리를 저는 자신의 처지 때문에 남자들 앞에 나선다는 걸 상상할 수도 없다.

어머니 아만다는 '쓸데없는 소리! 네가 무슨 다리를 전다고 그러니! 조금 이상한 것밖에는…… 언뜻 봐서는 눈에 띄지도 않는다. 약점이 있을 때엔 그걸 메꾸게 다른 면에 힘쓰면 돼. 매력이 있어야지. 명랑하고, 그리고 매력! 그거면 문제없다'라며 계속해서 우긴다. 어느 날 톰은 그런 어머니의 과도한 애정에 참을 수 없는 역정을 느끼고 '저도 참을 만큼 참았어요. 제가 하고 있는 일이 제가 하고 싶은 일이라고 어머니는 대수롭지 않게 여기죠. 저라고 합판으로 사방을 막아놓은 창고 속에 들어가고 싶은 줄 아세요? 그런 곳으로 아침마다 출근하느니 차라리 내 머리통을 부숴버렸으면 좋겠어요. 한 달에 65달러 받느라고 하고 싶은 건 다 집어치웠죠. 그런데 '나'라는 게 있거든요. 그 '나'라는 존재야말로 내가 사랑하는 거예요. 내가 나 자신만을 생각한다면 난 아버지 있는 데로 가버렸을 거예요'라고 말하면서 아만다에게 '빗자루를 타고 한없이 올라가보시죠. 블루마운틴까지 열일곱 명의 신사들이 찾아왔다면서요. 못생기고, 헛소리나 지껄여

대는 늙은 마녀 같으니!'라고 폭언을 퍼붓는다. 그 바람에 로라의 유리 동물 하나가 부서진다.

어머니의 간절한 애원을 끝까지 외면할 수 없어 톰은 누나에게 소개해줄 남자를 한 명 초대하기로 한다. 같은 창고에서 일하는 짐 오코너라는 사람으로 라디오 기술과 웅변술을 배우는 좋은 청년이라고 하자, 아만다는 금방이라도 로라가 결혼하게 된 것처럼 떠들썩하게 치장을 하고 법석을 부린다. 톰이 만난다고 해서 다 결혼하는 것은 아니라고 해도 아무도 아만다의 슬픈 과대망상을 꺾을 수는 없었다.

드디어 짐이 왔을 때, 저녁식사도 하기 전인데 전깃불이 나가버린다. 전기 요금을 낼 돈으로 톰이 상선원 조합에 회비를 내버렸기 때문에 전기 회사에서 전기를 끊어버린 것이었다. 그들은 명주 갓을 씌운 촛불 아래서 환상적인 식사를 하고, 아만다는 끊임없이 로라를 칭찬하면서 자신의 블루마운틴 시절을 손님에게 이야기하며 허세를 부린다. 드디어 짐과 로라, 두 사람만 남았을 때 로라는 그가 자신이 고등학교 시절 이후 내내 연모해왔던 그 청년임을 알아보고 놀란다. 짐은 로라를 기억도 못하다가 '패랭이'라는 별명을 듣고선 그녀를 기억해낸다.

그는 로라에게 '열등감을 버려야 해요. 사람을 사귀어보면 두려울 게 없어요. 혼자만이 어려운 문제를 지니고 혼자만이 희망이 없다고 생각하는 건 잘못이에요. 수많은 사람이 당신과 마찬가지로 실망하고 있거든요. 나 역시 마찬가지예요. 고등학교 시절에 괜히 너무 우쭐대서 인생을 망친 셈인데 난 라디오 기술과 웅변술을 배우고 있어요. 실망할 수는 있지만 용기를 잃는다는 건 문제가 다르죠. 난 실망은 했지만 용기는 잃지 않았어요'라고 말하며 로라를 위로한다. 그러고는 로라의 사진첩에 사인해주며 스스로를 과소평가하지 말라고 격려해주고, 유리 동물을 모으는 로라의 선반을 둘러보며 뿔이 하나밖에 없는 일각수를 가리켜 '전설의 외뿔짐승이군요. 현세에선 더이상 존재하지 않는 동물이죠' 하면서 그것이 로라의 아름다움과 통한다고 느낀다. 그러다 집 앞 파라다이스 댄스홀에서 들려오는 음악에 맞춰 왈츠를 추자고 로라를 잡아끌다가 유리 일각수의 외뿔을 깨뜨려버린다.

로라는 '이제 다른 말들하고 더 정다워질 테죠, 뿔 없는 말들하고요'라고 말하며 현실과 가까워진 듯한 자신감을 느끼게 되고, 짐은 로라의 비현실적인 아름다움에 이끌려 키스를 하고 만다. 그러나 자신의 행위를 금방 후회한 짐은 '톰은 나를 잘못 골랐어요. 다시는 오지 못할 거예요'라고 말하며 약혼자 베티와 곧 결혼할 계획임을 알린다.

아만다는 톰에게 다른 여자와 곧 결혼할 남자를 데려왔다고 노발대발하고 상처 입은 로라는 떠나는 짐에게 외뿔이 부서진 유리 동물을 선물로 준다. 얼마 후 구두 상자에 시를 썼다고 직장에서 해고당한 톰은 아버지처럼 집을 떠나 도망치고, 도시 도시를 다 떠돌아다닌다. 신기한 일과 모험, 방랑을 찾아 떠돌면서 살다가도 그는 유리 소품이 가득 쌓인 진열장 앞을 지나갈 때면 그 무지개같이 오묘한 빛을 내는 조그만 유리 장식품을 바라본다. 그러면 로라가 갑자기 어깨를 치고, 톰은 돌아서서 누나의 슬픈 눈을 들여다보는 것이다. 그러곤 말한다.

'그 촛불을 꺼버려, 누나. 어제도 오늘도 세상은 번갯불로 밝게 빛나고 있어. 누나, 촛불을 꺼.'

『유리 동물원』은 이렇듯 환상에 의지하지 않고선 살아갈 수 없는 비극적 인물들의 허약한 아름다움을 보여주는 작품이다. 현실이 너무나 황폐하고 메말랐기에 '환상이라는 도망의 비상구'를 가지고 사는 인물들에게서 우리는 퇴폐적 과오라기보다는 차라리 음지식물의 눈물겨운 투쟁을 읽을 수 있다.

가벼운 타격에도 쉽게 깨져버리는 유리 동물원처럼 우리의 삶도 사실은 그만큼 아슬아슬하고 위태로운 것이 아닐까. 또한 로라가 혼자 세운 유리 동물원은 많은 사람이 지상에 세운 색유리 창의 성당과 무엇이 다를까.

51

어느 날 갑자기
그녀는 왼쪽으로 걸어갔네
_ 페터 한트케의 『왼손잡이 여인』

『왼손잡이 여인』은 전후 독일 문학의 신동과 같은 페터 한트케의 베스트셀러 작품이다. 페터 한트케는 한국의 관객들에겐 『관객모독』이라는 이상하게 낯설고 무시무시하게 그로테스크한 희곡 작가로서 널리 알려진 바 있다. 그의 대표작으로는 소설 『긴 이별을 위한 짧은 편지』 『패널티킥 앞에 선 골키퍼의 불안』 『소망 없는 불행』 등이 있다.

『왼손잡이 여인』은 공허한 현대 생활에서 실존을 자각한 사람의 대명사이며 무엇으로도 자신의 고독을 팔아넘기지 않는 사람의 대명사가 되어 독일 독서계를 풍미했으며, 몇 년 동안 베스트셀러 1위의 자리를 지켜 백지에 한트케란 이름만 찍어놓아도 책이 날개 돋친 듯 팔린다는 신화를 만들어낸 책이기도 하다. 왼손잡이 여인은 누구인가. 왼손잡이 여인이 사는 삶은 어떤 것인가. 아니, 오른손잡이란 무엇인가. 그녀(왼손잡이 여인)는 누구이며 우리는 누구인가. 우리는 확실히 그녀가 아니며 나는 절대로 그녀가 아니라고 말할 수 있는가.

'여인은 서른 살이었고 테라스 형태로 건조된 방갈로에 살았다. 방갈로는 도시의 매연을 겨우 벗어난 야산의 남쪽 언덕에 자리잡고 있었다. 여인의 눈은 비록 다른 사람을 쳐다보지 않을 때라도 반짝이는 빛을 냈다. 어느 겨울날 오후에 여인은 밖에서 들어오는 황금빛 햇살을 받으면서 널찍한 거실 창가에 놓인 전기 재봉틀 곁에 앉아 있었다. 옆에는 숙제를 하고 있는 여덟 살짜리 아들이 자리를 잡았다. 소년은 책상 위로 몸을 굽히고 글씨를 쓰다가 때때로 쓰기를 멈추고 창밖을 내다보다가 가끔씩 어머니 쪽으로 시선을 옮기거나 했다. 여인은 몸을 돌리고는 있었으나 소년의 몸짓을 알아차리고 뒤를 돌아보곤 했다.'

이것이 소설의 첫 장면이다. 이것을 읽으면 그녀는 매우 아름답고 쾌적한 환경 속에서, 모자람이 없는 목가적인 생활을 하고 있는 행복한 한 폭의 정물화처럼 보인다.

그녀의 남편은 유럽에 널리 알려진 어느 도자기 회사의 지점에 근무하는 판매 책임자로, 그날 저녁 몇 주일에 걸친 스칸디나비아 출장에서 돌아올 예정이다. 그들은 큰 부자는 아니나 충분히 안락한 생활을 누리고 있었고, 격정적이진 않아도 충실히 사랑하고 있었다.

아이는 숙제를 마치고 텔레비전을 보고 있고, 여인은 어둠 속으로 차를 몰아 비행장으로 나간다. 여인은 무언가 기대에 찬 얼굴이기는 하지만 방심한 표정으로 남편을 기다린다. 남자는 대합실로 나오자, 당장에라도 여인의 모피 외투에 싸여 휴식을 취해야겠다는 듯이 여러 사람이 보는 앞에서 여인의 어깨에 머리를 기대었다. 여인이 짐을 받아들자 그제야 그는 여인을 포용할 수 있게 되었다. 그들은 그렇게 오래도록 거기에 서 있었다. 여자가 운전하는 차를 타고 남자는 방갈로로 돌아온다. 남자는 집에 돌아와 술잔을 들면서 말한다. '당신은 안 마셔? 오늘밤 무엇이든 하고 싶은 일이 없어?' '내가 다른 때와 다르기라도 한가요?' '당신은 언제나 다르지. 당신은 그 앞에 서면 두려워할 필요가 없는 사람이야. 그런 사람은 많지 않지.' 여인과 브루노는 근사한 레스토랑으로 기분을 내러 간다. 브루노는 술잔을 들여다보며 말한다. '오늘은 무언가 서비스를 받을 필요가 있다니까. 이 아늑한 기분이라니? 그리고 이 조그만 영원! 당당하고 외경할 만한 서비스를 받는다는 건 그것이 비록 짧은 순간이라 할지라도 자기 자신과의 화해뿐만 아니라 어떤 기묘한 방식에 의한 인류 전체와의 화해를 의미한다니까!'

브루노와 여인은 그날 밤 그 호텔에서 묵기로 한다. '오늘밤은 내가 전부터 꿈꾸어왔던 모든 것이 충만해지는 느낌이야. 마치 어떤 행복의 나라에서 중간 지점을 거치지 않고 바로 다른 곳으로 옮겨가는 느낌이거든. 난 지금 마력을 느끼고 있어. 마리안느, 난 당신이 필요해. 그리고 행복해.'

새벽에 먼저 일어난 여인은 낯설고 공허한 느낌에 목이 잠겨 집으로 가고 싶어졌다. 남편이 왜 그러느냐고 바라보자 '아무것도 아녜요. 아니라니까요!' 하며 고개를 젓다가 남편을 바라보고 말한다. '무언가 이상한 생각이 떠올랐어요. 생각이라기보다는

깨달음을 얻었어요. 당신이 나를 떠나리라는 것, 당신이 나를
혼자 버려두리라는 깨달음이었어요. 바로 그거예요. 브루노, 가
세요. 나를 혼자 내버려두고요.' '영원히 말이지?' '모르겠어요.
그저 당신은 나를 혼자 내버려두고 떠나리라는 것만 알아요.'
'난 우선 호텔로 돌아가 따끈한 커피를 마시면서 생각해보겠어.
짐은 오후에 가지러 가겠어.'

　　그렇게 브루노와 여인은 헤어진다. 집으로 돌아온 여인은 복
도에 걸린 거울 쪽으로 걸어가며 중얼거린다. '맙소사. 맙소사.'
여인은 남편의 짐을 꾸려준다. 브루노는 말한다. '마리안느. 이런
장난을 언제까지 계속해야 좋다는 거요? 난 그만하고 싶은데.'
그러나 그녀는 자신의 행동을 하나의 유행으로 생각하는 남편
의 비난과 조롱을 슬프게 견딘다. 남편은 소리친다. '당신은 내
가 존재하지 않는다고 믿는 거나 아닌지 모르겠어. 당신은 혹시
많은 사람 가운데 혼자만 살아 있다고 믿는 건 아닐까? 마리안
느, 나도 살아 있어. 살아 있다니까!'

　　여인은 집안의 가구를 다시 배열하고, 전등을 닦고, 젊은 시
절 일했던 출판사의 불어 번역 일을 하며 아이와 함께 쓸쓸하지
만 힘찬 투명함을 가지고 살아간다. 어느 날 출판사에 방문한
여인에게 사장이 말한다. '마리안느, 이제 당신의 그 긴 고독의
시간이 시작되는 거요.'

　　여인은 번역을 한다. 한밤중의 타자기 소리가 여인의 고독을
활자로 찍는다. '현재의 상태로 존재하고 싶어하는 것, 그것을 몽
상이라고 부른다면 나는 꿈꾸는 여자가 되고 싶다.' 여인은 아

들의 선생님이자 친구인 독신녀 프란치스카에게 말한다. '난 행복하고 싶지 않아. 행복이 두려워. 행복을 견뎌내지 못할 것만 같아. 난 영원히 미치거나 죽고 말 거야. 내가 지금 번역하고 있는 책 중에 보들레르의 인용문이 있어. 내가 이해하는 유일한 정치적인 행위는 혁명이라고. 나는 이런 생각이 들어. 내가 이해하는 유일한 정치적인 행위는 정신착란이라고. 하지만 브루노는 행복하게 사는 데 꼭 어울릴 그런 사람이야.'

여인은 아들과 잘 지낸다. 엄마로서의 일을 해주면서 자신의 일도 잘해나간다. 브루노는 몇 번이고 집으로 찾아오고 마리안느를 설득하려 하지만 여인은 이대로 사는 게 좋다고 거절한다.

오랜만에 먼 곳에서 찾아온 아버지는 그녀에게 '너 참 예뻐졌구나, 마리안느야!' 하고 말한다. 작가였던 그는 딸에게 '난 아무래도 언제인가 삶의 방향을 잘못 잡기 시작한 것만 같다'고 고백한다. '그렇다고 그걸 전쟁이나 또다른 외적 상황의 탓으로 돌리지는 않겠다. 어떤 때는 글을 쓰는 것도 구실처럼 생각될 때가 많단다. 도대체 생각해볼 사람조차 없는데 어떻게 글을 쓰겠니? 내가 어떤 여자를 만나는 것도 말하자면 그때그때의 상황에 따라서 나 자신을 찾아보고자 하기 때문이야. 너무나 폐쇄적인 단절 상태에서 살면 산송장으로 빈들거리게 되니까.'

여인과 아버지는 자동 사진기에서 사진을 찍고 기차역에서 헤어진다. 여인은 언제나 똑같은 음반을 듣는다.

그녀는 다른 사람과

지하도에서 빠져나왔네.
그녀는 다른 사람들과
간이식당에서 식사를 했다네.
그녀는 다른 사람들과
세탁소에 앉아 있었네.
하지만 나는 언제인가 보았다네.
그녀 혼자서 신문 게시판 앞에
서 있는 것을……

그러나 오늘은
활짝 열려진 나의 집안
갑자기 반대로 놓인 전화수화기 노트 옆에 놓인 연필
그 옆에
손잡이가 왼쪽으로 돌려진 찻잔
왼쪽으로 깎다 만 사과
왼편 주머니에 들어 있는 열쇠꾸러미.
그대 자신을 드러냈구나.
왼손잡이 여인이여!
혹은 내게 어떤 신호를
보내려고 했는가?

나 어느 낯선 대륙에서
그대를 만나고 싶어.

수많은 다른 사람들 가운데서
혼자 있는 그대를 만날 수 있으리.
그대로 수천의 타인들 가운데서
나를 보고
우리들 끝내는
서로를 향해 다가가리라.

여인은 그렇게 살아간다. 남편 역시 '이젠 당신 없이 살아온 날들을 셈하지 않게 되었다'고 말하며 아들을 보러 종종 집에 들른다. '당신의 얼굴은 너무나 평온합니다. 마치 사람이란 죽을 수밖에 없다는 사실을 언제나 확고하게 의식하고 있는 사람 같습니다. 당신은 얼굴에 하나의 생명선을 갖고 있습니다'라고 말하며 그녀를 열렬히 사랑하는 배우의 구애조차 거절하고 그녀는 무엇에도 동요되지 않는 투명하고 차가운 인식의 힘을 느낀다. 그러던 어느 날 밤, 남편과 배우와 출판사 사장과 프란치스카가 모두 모여 즐겁게 파티를 벌이고 놀다 돌아간 밤, 그녀는 혼자 남아 자신의 연필 초상화를 그리기 시작한다. 그것은 힘차다기 보다는 차라리 떨리고 어설픈 획이었으나 이따금씩 단 한 번의 획으로 힘찬 데생이 생겨났다.

그것이 그녀의 삶의 선이었고 생명의 흐름이었다. '그렇게 사람들은 함께 모여 제각기의 방식대로 일상의 삶을 계속한다. 생각을 하기도 안 하기도 하면서, 비록 모든 것이 노름에 걸린 엄청난 경우에도 사람들은 제각기 일상의 길을 가는 듯 보인다.' 괴테의

『친화력』 중의 한 구절을 끝으로 이 소설은 끝난다. 아무것도 막을 내린 것은 없다. 그러나 왼손잡이 여인은 타인들과 어울려 지하철을 타고 쇼핑을 하고 음악을 듣고 사무를 보면서도 언제나 홀로 존재하는 현대 인간의 이중성을 보여주며, 그 이중성을 솔직히 시인하고 자기 자신을 타인에게나 자신에게 있는 그대로 묘파하는 슬픈 힘을 가진 외로운 인간의 대명사가 된다.

52

걷기를 거부한 '여성-이카루스'의 모험
_ 에리카 종의 『날아다니는 것이 무서워』

모든 사람이 삶에서 취할 수 있는 대부분의 몸짓이란 고작 걷는 것이거나 잘하면 남보다 약간 빨리 뛰는 정도가 아닐까. 영웅이나 범상치 않은 천재라 하더라도 세상에서 가장 빨리 달릴 수 있되 날 수는 없는 타조라는 슬픈 새의 숙명처럼 지상 위의 보행에서 완전히 멀어질 수 없음이 인간이라는 동물의 숙명이 아닐까. 그래서 인류는 새를 꿈꾸고 날개 달린 '조류-인간'을 환상했으며 날개의 퇴화를 슬퍼하면서 급기야 비행기를 발명해내기에 이른 것이 아닐까.

밀랍으로 만든 날개를 달고 태양 가까이 더 가까이 창공을 날다가 날개의 밀랍이 녹아 바다에 빠져 죽은 그리스 청년의 이야기 '이카루스 신화'나 자신의 비참한 현실 속에 갇혀 박제가 되어버린 채 천재의 고통을 살았던 시인 이상의 '날개야 돋아라, 날자. 날자. 한번만 날아보자꾸나'라는 비명처럼 인류는 언제나 날개를 꿈꾸고 비상을 열망해왔다. 날개를 꿈꾼다는 것은 곧 중력의 법칙에 사로잡힌 동물적 인간 조건에의 거부, 그것이 아니었을까. 먹고 자고 섹스 끝에 생산하며 사회적 인습 속에 지루하게 갇혀 늪에 빠지듯이 점점 현실 공간 속에 길들여지고, 그리하여 얌전히 단추가 채워진 신사복 윗저고리처럼 단정한 '규격품-인생'으로 굳어지는 것에 대한 뜨거운 반란. 아니면 '탈출의 제전' 같은 것이다. 그렇게 날개를 꿈꾸며 비상을 통해서 현실의 탈출이나 초월을 계획하는 '날개의 꿈'은 일종의 초월의 사상이나 자유의 사상으로서 그만큼 신비하고 황홀할 수도 있으나, 또한 그만큼 공포스럽고 고독한 아픔을 동반할 수밖에 없다. 그런 이중성—나는 것의 자유와 공포(겁)의 이중성을 생생한 언어로 대담하게 그려낸 작품이 바로 에리카 종의 『날아다니는 것이 무서워』라는 소설이다.

에리카 종은 20세기 최대의 미국의 여성 시인이며 여성해방운동의 기수로 알려져 있는데, 바로 이 작품을 읽은 헨리 밀러는 '에리카 종의 팬, 또는 신도'를 자처하면서 '100% 여자인 작가가 쓴, 여성이 여성의 목소리를 발견하려고 쓴' 작품이며 '여성 모두의 내면에 그러한 결단과 의욕을 불지른 여성판 『북회귀선』'이라고 극찬했다. 그렇듯이 이 작품은 낡고 일방통행적인 남성 중심의 도덕규범에서 벗어나 진정한 행복의 삶을 갈구하는 그녀의 몸부림과 남성에 대한 정신분석학적 해부로 점철되어 있는데, 전 세계적인 베스트셀러가 되었을 뿐 아니라 에리카 종을 단번에 미국 여성해방운동의 지도자로 만들어주었다. 이 책은 남근 중심의 가부장적 사회 속에서의 여성해방의 문제를 다루고 있을 뿐만 아니라 문명화된 산업사회 속에서의 인간해방의 문제를 아울러 다루고 있기 때문에 여성해방의 책으로 국한시키기보다는 날개를 꿈꾸는 인간해방의 책으로 보는 편이 더 타당하리라고 생각한다. 그러나 『보바리 부인』이 한 인간의 몽상과 탈출 이야기이면서 동시에 한 여자의 간통 이야기이듯이, 에리카 종의 이 소설 또한 한 사람의 몽상과 탈출 이야기이면서 동시에 한 여자의 '바람'과 모험에 관한 이야기이다. 사실 에리카 종 자신의 자서전적인 소설로 읽히기도 한다.

주인공 이사도라 화이트 윙은 소설의 첫머리에서 빈으로 떠나는 팬암 항공 비행기 속에 앉아 있다. 정신분석학자인 남편 베넷 윙과 117명의 정신분석의들이 그 비행기에 함께 타고 있는데, 그들은 빈에서 열리는 정신분석학 대회에 초청을 받았다. 이사도라 화이트 윙은 시인이자 소설가로서 어느 잡지의 청탁을 받아 이 대회를 취재할 목적으로 빈으로 떠난다. 그녀는 비행기가 이륙할 때마다 겁을 집어먹곤 하는데 이 거대한 새가 날 수 있는 건 자신이 정신을 집중했기 때문이라고 확신한다. '아무 탈 없이 이륙할 때마다 마음이 놓이지만 몹시 기뻐하지는 않는다. 이 역시 나의 개인적인 믿음에 불과하지만 하늘을 날고 있다는 사실에 안심하여 긴장을 풀기라도 하면 비행기가 대뜸 추락할 수 있기 때문이다. 끊임없는 경계, 그게 나의 신조다'라고 그녀는 나는 것에 대한 긴장과 공포를 털어놓는다. 비행기가 창공을 날고 있을 때 그녀는 마음속에 외롭게 끓어오르는 자유에의 열망과 사랑에의 무서운 갈증을 느끼면서 땅 위에서 자기 삶의 방식인 결혼, 일부일처제 속에서 고갈되어가는 메마른 결혼의 지루한 고독을 반성한다. '아무튼 결혼이라는 게 무엇이었는가? 남편을 사랑했다 하더라도 그와 섹스하는 게 싸구려 치즈처럼 무뎌져버리는 피할 수 없는 나이에 접어들었다. 충족시켜주고 살도 쪄워주지만 미각을 자극하지 않고, 쓰지도 달지도 않으며 위험성도 전혀 없다. 그래서 진한 크림 같고 악마적인 다른 치즈를 맛보고 싶어졌다.'

그리하여 그녀는 일각수보다 더욱 희귀한 어떤 만남, 그녀를 지옥처럼 뜨겁게 만들며 완전히 해방된 자아로 만들어주는 성적인 환상 비슷한 순수한 사랑을 꿈꾼다. 그 사랑은 고전주의적인 플라토닉한 사랑이 아니라 섹스처럼 순수하게 육체적인(성적인) 것과 연관된 꿈이다. 이것이 이사도라 화이트 윙의 현대성이며 20세기 여성이 주는 완전성이다. 에리카 종의 말을 빌린다면 '종래의 소설이 여자 문제를 다룰 때 그 여자란 불완전한 자궁에 두뇌뿐인 여자이거나 아니면 불완전한 두뇌에 육체뿐인 여자— 이렇게 둘 중 어느 하나에 지나지 않았다. 그러므로 이제는 지성의 힘이나 사고 능력을 갖추고 자기 탐구로써 책을 읽으며, 사물에 회의를 품고 그와 동시에 전천후 자궁을 소유하고, 생리용품을 사용하며, 오르가즘을 욕구하는 여자—이러한 완전히 인간적인 여자를 쓰지 않으면 안 된다'. 이렇듯이 『날아다니는 것이 무서워』의 이사도라는 시를 쓰고 박사학위 논문을 쓰며 대학에서 가르치기까지 할 정도로 지성적인 여자이면서 동시에 세상에서 가장 황홀한 섹스를 꿈꾸고, 오르가슴의 끝까지 닿고 싶어하는, 전천후의 완전한 여성인 것이다. 빈의 정신분석학자 대회에 남편과 함께 참석한 이사도라는 매력적인 영국인 정신분석학자 에이드리언 굿러브와 미치광이 같은 사랑에 빠져 질풍노도의 방랑과 성적 환상에 빠져들어간다.

이사도라는 '에이드리언은 꿈이었다. 남편 베넷은 나의 현실이었다. 그가 음험하다면 현실은 음험한 것이다. 만일 그를 잃는다면 나는 나 자신의 이름조차도 기억할 수 없으리라'라고 고백하면서 꿈속을 날아다니는 위험한 황홀과 그럼에도 불구하고 현실에 얽매여 있고 싶어하는 잔인한 모순을 느낀다. 그러나 결국 로맨틱한 파시스트 혹은 에로틱한 실존주의자 에이드리언에게 더욱 몰입하게 되면서 이사도라는 남편과 헤어지고 에이드리언과 함께 그의 낡은 트라이엄프를 타고 유럽 여행을 다니게 된다. 그야말로 마약과도 같은 모험, 새처럼 날아다니는 꿈의 생활이 실현된 것이다. 그러나 이사도라는 에이드리언과의 환상과도 같은 미치광이 방랑 속에서도 피곤함과 허위를 느끼고 '자유는 환영'이라는 남편 베넷의 말을 긍정하면서 다시 남편의 곁으로 돌아간다.

'당신은 온갖 모순된 것을 추구해.' '알고 있어.' '자유를 원하면서도 밀착을 원하고 있군.' '알고 있어.' '그런 것은 찾아낼 수 없을 거야.' '알고 있어.' '대부분의 사람은 행복하지 않은데 왜 당신은 행복해지려고 하지?' '모르겠어. 단지 내가 알고 있는 것은, 만일 내가 사랑을 소망하는 것을 그만둔다면 나의 인생은 유방암을 수술한 자리처럼 납작해지고 말리라는 거야. 나는 그런 기대를 양식으로 삼고 있어.' '하지만 어떻게 해방되지? 당신은 독립을 믿고 있잖아?' '그래.' '그런데?' '진정으로 나를 사랑해주는 사람을 위해서라면 나의 영혼도 주의도 신념도 팔아버리겠어.' '위선자!' '맞았어.' '자신 속에 그런 위선이 있다는 것을 알아도 아무렇지 않아?' '싸우고 말고. 지금 싸우고 있잖아. 하지만 누가 이길지는 모르겠어.'

이것은 이사도라가 에이드리언과 헤어진 뒤 혼자 호텔방에서 자신과 나누어보는 통렬한 대화이다. 여기에서 보듯 그녀는 해방된 여자와 해방 전인 여자, 날아다니는 자유와 얽매이는 안정성을 동시에 추구하는 분열된 욕망을 가지고 있다. 그것은 우리 모두의 꿈이면서 한계이고 인간 조건의 숙명이다. 그녀는 결국 '나를 완성시키는 한 사람의 남자—그것은 아마 망상 중의 망상이었을지도 모르겠다. 우리를 완성시키는 인간은 없다. 스스로를 완성시키는 건 자기 자신이다. 자신을 완성시키는 힘이 없으면 사랑의 탐색은 자기 파괴의 탐색이 된다. 그리하여 우리는 자기 파괴가 사랑이라고 생각하려 한다'고 깨닫는다.

이사도라 이카루스. 그녀는 스스로를 이렇게 부른다. 이사도라 이카루스는 결국 사랑이라는 빌려온 날개를 타고 하늘을 날아보고 싶어했으나 결국 날개에서 추락하여 이렇게 고통과도 같은 진실을 깨닫게 되는 것이다. 이사도라 이카루스는 말한다. '빌려온 날개는 내가 필요로 할 때는 절대로 오래 있어주지 않는다. 결국 나 자신의 날개를 키울 필요가 있다. 내게는 해야 할 일이 있다.'

사랑하는 사람을 통하여 날아보고 싶은 것은 결국 가짜 날개일 뿐, 결국 가짜 날개의 환상은 추락의 고통만을 줄 뿐이다. 그리하여 가짜 날개에 추락한 이사도라-이카루스는 말하는 것이다. 진짜 날개를 찾기 위해선 결국 자신의 내면의 힘을 추구하는 길밖에 없다고.

어머니의
음성같이
옛 애인의
음성같이

ⓒ 김승희 2021

초판 1쇄 인쇄 2021년 1월 22일
초판 1쇄 발행 2021년 1월 31일

지은이 김승희
펴낸이 김민정
책임편집 송원경 편집 유성원 김동휘 김필균
디자인 이보람
마케팅 정민호 김도윤 최원석
홍보 김희숙 김상만 이소정 이미희 함유지 김현지 박지원
제작 강신은 김동욱 임현식
제작처 영신사
펴낸곳 난다
출판등록 2016년 8월 25일 제406-2016-000108호
주소 10881 경기도 파주시 회동길 210
전자우편 nandatoogo@gmail.com
트위터 @blackinana | 인스타그램 @nandaisart
문의전화 031-955-8865(편집) 031-955-3570(마케팅) 031-955-8855(팩스)

ISBN 979-11-88862-85-6 03810